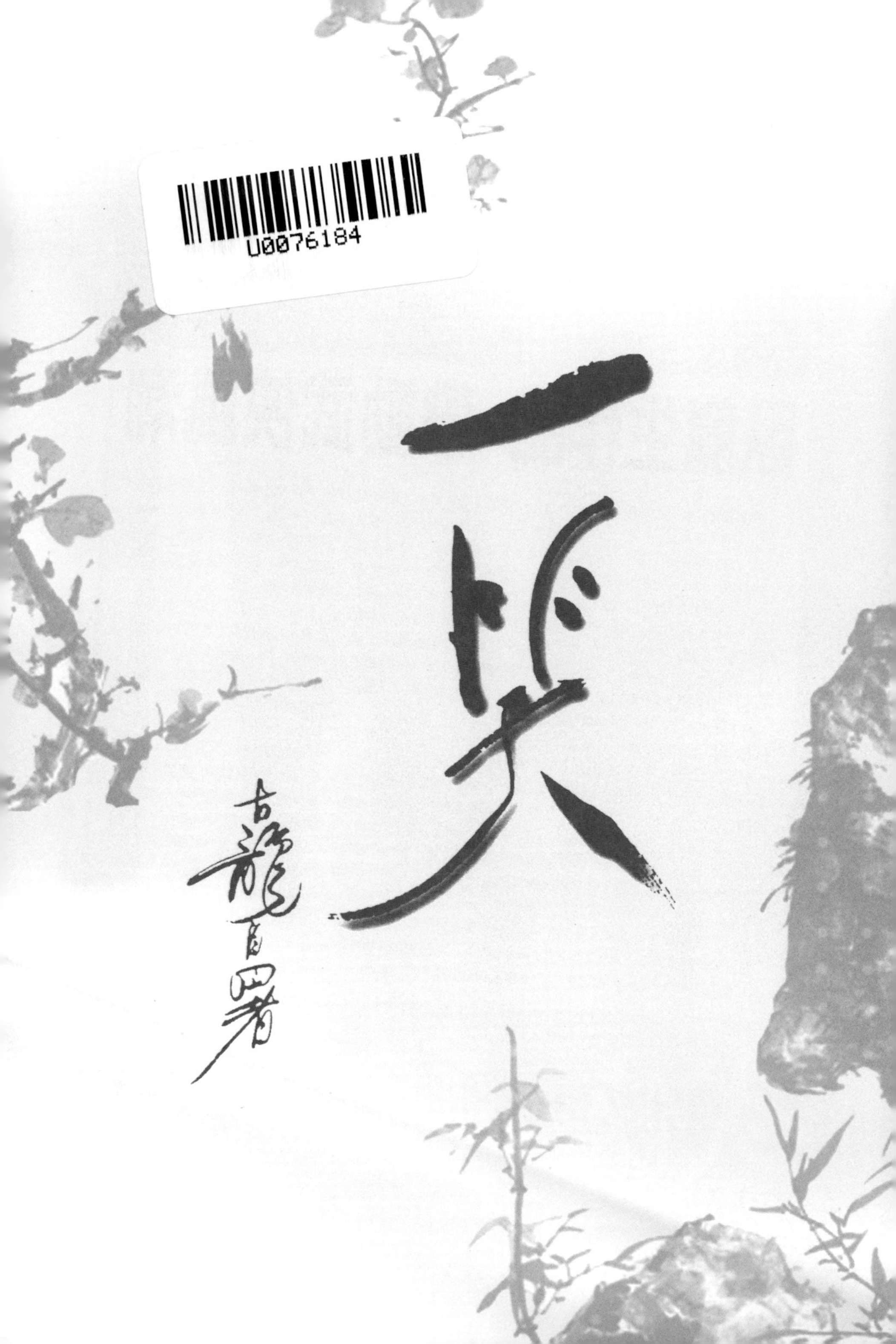
U0076184

盛期之風貌

臥龍生作品　帶動武俠風潮

《飛燕驚龍》開一代武俠新風

《飛燕驚龍》(1958)爲臥龍生成名作，共48回，約120萬言。此書承《風塵俠隱》之餘烈，首倡「武林九大門派」及「江湖大一統」之說，更早於香港武俠巨匠金庸撰《笑傲江湖》(1967)所稱「千秋萬世，一統」達九年以上。流風所及，臺、港武俠作家無不效尤；而所謂「武林盟主」、「江湖霸業」等新提法，竟成爲社會大眾耳熟能詳的流行術語了。

《飛燕》一書可讀性高，格局甚大。主要是寫江湖群雄爲覬覦傳說中的武林奇書《歸元秘笈》而引起一連串的明爭暗鬥；再以一部假秘笈和萬年火龜爲餌，交插敘述武林九大門派（代表正派）彼此之間的爾虞我詐，以及天龍幫（代表反方）網羅天下奇人異士而與九大門派的對立衝突。其中崑崙派弟子楊夢寰偕師妹沈霞琳行道江湖，卻如夢似幻地成爲巾幗奇人朱若蘭、趙小蝶之絕世武功技驚天龍幫，而海天一叟李滄瀾復接連敗於沈霞琳、楊夢寰之手；致令其爭霸江湖之雄心盡泯，始化解了一場武林浩劫云。

在故事佈局上，本書以「懷璧其罪」（與真、假《歸元秘笈》有關）的楊夢寰屢遭險難，卻每獲武林紅妝垂青爲書膽（明），又以金環二郎陶玉之嫉才害能，專與楊夢寰作對(暗)爲反派人物總代表。由是一明一暗交織成章，一波未平，一波又起，極盡波譎雲詭之能事。最後天龍幫冰消瓦解，陶玉帶著偷搶來的《歸元秘笈》跳下萬丈懸崖，生死不明，卻予人留下無窮想像空間。三年後，作者再續寫《風雨燕歸來》以交代陶玉重出江湖，爲惡世間，則力不從心，當屬狗尾續貂之作。

在人物塑造方面，臥龍生寫男主角楊夢寰中看不中用，固然乏善可陳，徹底失敗；但寫其他三名女主角如「天使的化身」沈霞琳聖潔無瑕，至情至性，處處惹人憐愛；「正義的女神」朱若蘭氣質高華，冷若冰霜，凜然不可犯；「無影女」李瑤紅則刁蠻任性，甘爲情死等等，均各擅勝場。乃至寫次要人物如「賓中之主」海天一叟李滄瀾之雄才大略，豪邁氣派；玉簫仙子之放蕩不羈，爲愛痴狂；以及八臂神翁聞公泰之老奸巨猾，天龍幫軍師王寒湘之冷傲自負等，亦多有可觀。

與

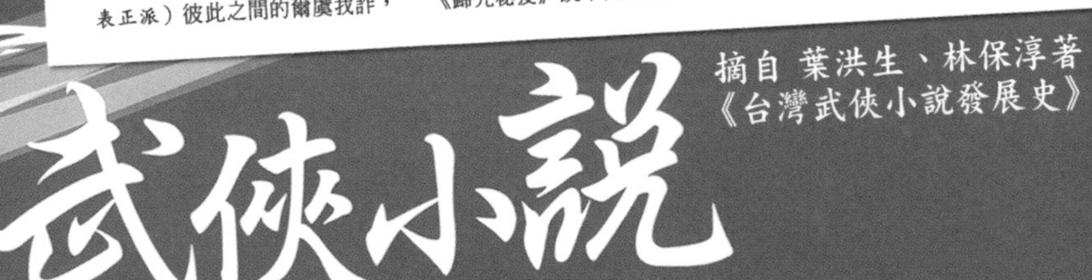

摘自 葉洪生、林保淳著
《台灣武俠小說發展史》

台港武俠文

流行天

臥龍

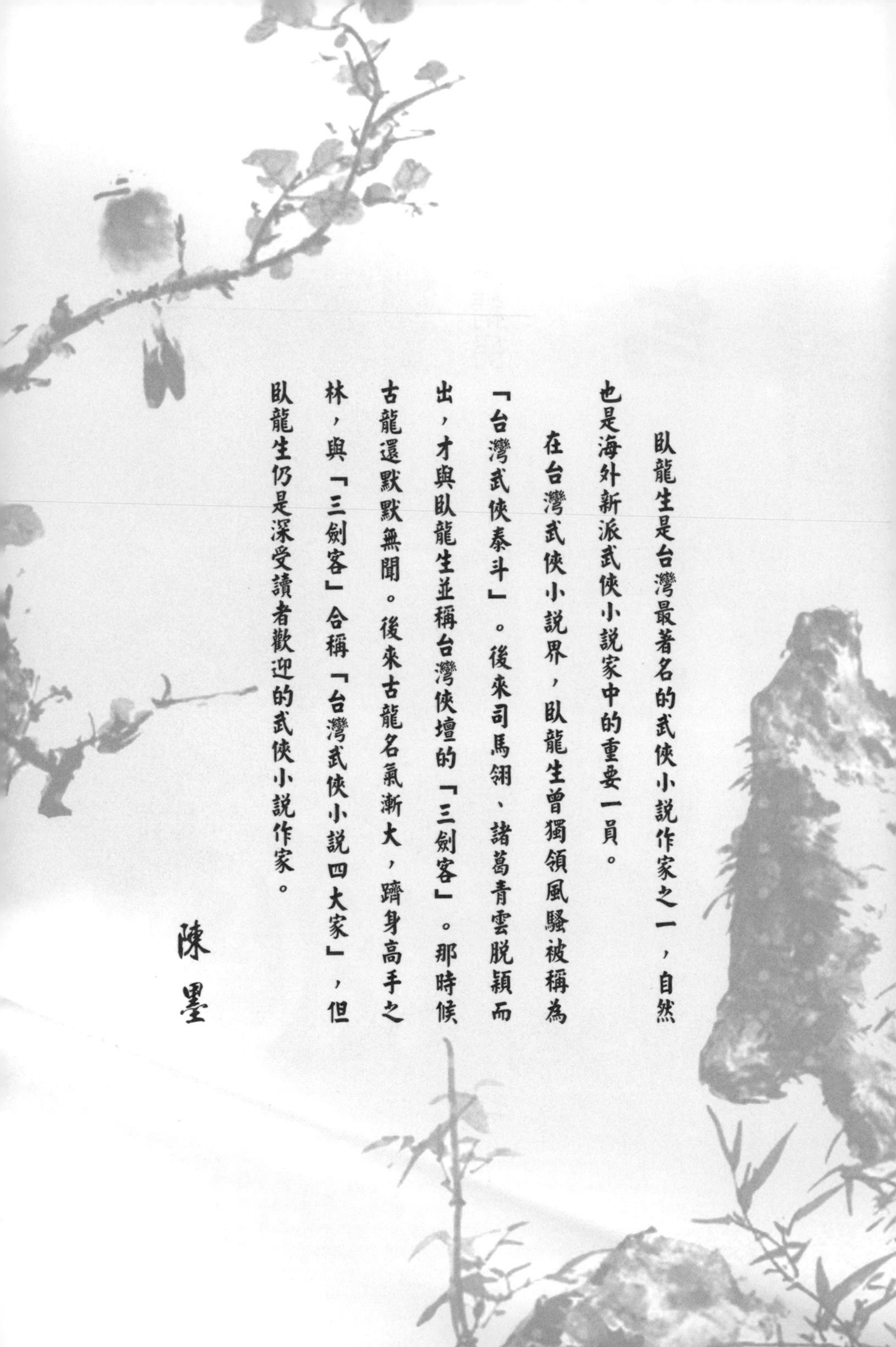

臥龍生是台灣最著名的武俠小說作家之一，自然也是海外新派武俠小說家中的重要一員。

在台灣武俠小說界，臥龍生曾獨領風騷被稱為「台灣武俠泰斗」。後來司馬翎、諸葛青雲脫穎而出，才與臥龍生並稱台灣俠壇的「三劍客」。那時候古龍還默默無聞。後來古龍名氣漸大，躋身高手之林，與「三劍客」合稱「台灣武俠小說四大家」，但臥龍生仍是深受讀者歡迎的武俠小說作家。

陳墨

臥龍生精品集
59
劍氣桃花
(三)

臥龍生精品集59

劍氣桃花(三)

廿一　人在江湖

常三公子淡淡一笑道：「沙無赦，你全力而為吧！本人正要看看你西北沙王府的真才實學，掂掂你紫玉橫笛的份量。」

沙無赦橫笛初出，本是虛招，意在引發敵人的浮燥，再乘隙施為。

如今常三公子穩如泰山，反而使沙無赦點出玉笛之後，一時不知是收回好還是立刻化虛為實的硬攻好。

就在他踟躕猶豫之際，常三公子早已看出他的心神不定，搶上半步，一伸猿臂，就在玉笛來勢之中，左手食中二指疾點沙無赦的腕脈。

沙無赦不由大吃一驚，借著收笛迴旋之勢，中途揚腕向下快如閃電的一壓，橫笛向直倒下，硬砸常三公子手臂，變招之快，用力之巧，確實不同凡響。

「好！」常三公子早已料定對方有這一招，只等沙無赦的玉笛招式用老，左手突的一收身子向右斜跨，人已到了沙無赦的身側，右掌化推為劈，認定沙無赦的左肩胛削去，同時虎吼一聲：「小心肩胛！」

沙無赦玉笛用老，人在不知不覺之下前傾，等於是把肩井送給常三公子，幸而常三公子沒有存

心傷他，放過他肩井大穴，只是劈上肩胛上端，否則縱然不死，必定落個殘廢。

沙無赦覺著肩頭如同鐵錘重擊，痛徹心胸，腳下站立不穩，連連後退五步，方才勉強紮住馬樁。

常三公子哈哈一笑道：「現在該走了吧！」

沙無赦咬緊牙關，強忍奇痛，忽然霍地跳起丈餘，掄起玉笛捨命搗向常三公子，一副拚命的架勢，形如一隻瘋虎。

常三公子一見，不由大感意外，正待運勢蓄力。

忽然，袍裾聲起，一位皂袍老人凌空飄至，人在半空，寬大的袍袖抖動，遏阻了沙無赦的攻勢，更令人驚異的是，在他寬大袍袖展動之下，一條左臂，攔腰把沙無赦騰空的身子抱住，兩人同時落地。

事出猝然，常三公子已撤身退回臺階之上，蓄勢待發。

皂袍老人面如靈官，雪白的頭髮長可及肩，用一條黑緞寬帶扎緊，白髮飄，根根如同銀絲，寬大的黑袍，沒有一個扣子，只用根黑帶攔腰扎住，腳下是雙黑色短靴，像一朵烏雲，魁梧的體形，又像一尊鐵塔。

常三公子不明皂袍老人的來意，而且自己從未聽說過武林中有此一號人物，因此，拱手道：「老人家！尚未請教怎麼稱呼？」

皂袍老人神情肅然的道：「賽鍾馗。」

常三公子不由一愣。

賽鍾馗乃關東三老之一，從未進入中原。

在常家的秘室寶藏之中，雖有記載，但語焉不詳，只提到遠在關外有稱做關東三老的三位異人，僅僅提到他們的綽號。

為首的卻是一個女性，綽號賽無鹽，第二號人物綽號賽關羽，第三位叫賽鍾馗。也只如此而已，對於他們三人的武功門派，性情作為，並無片紙隻字提及。

面對賽鍾馗，常三公子不敢大意，因為那賽鍾馗長長的手臂，攔腰抱住沙無赦，並無一絲歹意，極可能是沙無赦的一夥。

此時，賽鍾馗正從懷內摸出一粒紅色藥丸，硬生生塞到沙無赦的口中。

奇怪的是，那沙無赦竟然由他擺布，一言不發，只有一對凶狠的眼睛，直眉瞪眼的瞧著賽鍾馗。

常三公子仔細凝神審視，方才發覺，敢情是賽鍾馗已在凌空之時，點了沙無赦的穴道，所以沙無赦才毫無反抗餘地。

賽鍾馗將藥塞畢，聲如洪鐘，朗朗的道：「小王爺！昔日西北，多承你家老王爺照顧，在沙漠之中救過老夫一命，醫好了疫症，老夫未能報答，一直耿耿於懷。

「日前專程到西北送些老山人參給你老王爺，老王爺說你進入中原，託我找尋你，傳話要你回去。」

他侃侃而談，完全不覺得院落中有常家兩兄弟以及數十家丁護院。

「哈哈……」賽鍾馗說完，見沙無赦不言不語，不由哈哈大笑，又大聲道：「老糊塗了，你被我點了穴道，當然不能講話。」

說著，另一隻寬大的袍袖隨意一拂，替沙無赦解了穴道。

就在他大袖一揚之下，露出了袖子中一大截烏漆發亮的鐵手臂，原來賽鍾馗的一條右臂卻是純鋼鑄造，末端三個銳利無比的彎鈎，分三個方位，像一枝具體而微的船錨。

沙無赦穴道既解，掙扎著跳出賽鍾馗的懷抱，大吼道：「老前輩！你這算什麼？我爹叫你找我，也不該攔住我報仇呀！」

賽鍾馗面無表情，大聲道：「報仇？報什麼仇？」

沙無赦道：「前輩，我被姓常的打傷了你是看到的，這不是仇是什麼？」

誰知，賽鍾馗一頭長髮搖動不已道：「那不是仇，我親眼看到，他可以點你肩井大穴，但是他沒有，所以說他並沒想傷你，證明你們之間沒有仇。」

常三公子暗想：原來賽鍾馗早來了，從說話之間發現他為人正派而又講道理。

此時，沙無赦又道：「不！在沙某看來，他這樣對待我，比把我殺了還難過，才是奇恥大辱。」

賽鍾馗略一思忖，突然道：「好！這個仇我替你報，反正我欠老王爺天大的人情，救命之恩。」

常三公子聞言，立刻警覺，暗暗提防，因為他已看出賽鍾馗的功力高深而且怪異，不是好對付的，勢須小心因應。

可是，沙無赦聞言，比常三公子更加焦急，忙不迭的攔在賽鍾馗身前道：「前輩！沙某並沒認輸，我的事由我自己了斷，不敢勞動你的大駕。」

「哈哈哈！」賽鍾馗像似洪鐘的笑聲，彷彿把屋頂都震飛了來，拈鬚咧著嘴道：「好！英雄出少年，我年輕的時候，也有這股牛脾氣。」

常三公子微微一笑，對著沙無赦道：「沙兄！今天你已經身受微傷，改天吧！反正來日方長，常某隨時候教。」

賽鍾馗也勸道：「沙小王爺，跑得和尚跑不掉廟，今天的這筆賬，記下就是！」

沙無赦沉吟一下，怒火稍減，朗聲道：「常玉嵐，沙某再問一句話，我們的君子協定，你還認不認賬？」

常三公子道：「此話怎講？」

沙無赦道：「我們回族講話是說一不二。採石磯分手，沙某已經在打探你父母的消息，今天就是來告訴你已經有了眉目，想不到碰上了紀無情那個小子，居然佔了我的先機。」

常三公子聞言，忙追問道：「沙兄！你已有了家父母的消息？請快指點！」

沙無赦喝道：「你還沒答覆我的問話。」

常三公子忙不迭的道：「你是說我們的君子協定？這……當然！當然！常某不會反悔！」

沙無赦道：「好！但願你言而有信，再見！」

常三公子一見他折身要走，飄身追上幾步道：「沙兄！適才你所說已有了消息，可否見告？」

沙無赦略加思索道：「沙某只是疑惑而已，並沒有確實的訊息。」

「也好呀！」常三公子陪著笑臉道：「值得疑惑之處，就是最好的線索，只要沙兄肯將詳情見告，兄弟我感激不盡！」

沙無赦道：「好吧！有兩條線索，你自己也留心打探一下，秦淮河一帶出現一位黃衣少年，幾乎走遍了所有的妓院茶樓，到處打探一位老婦人的下落，我想可能與你有關也說不定！」

常三公子連連點頭，追問道：「請問第二個疑點是……」

沙無赦道：「煙雲樓你應該知道的了！」

常三公子頷首道：「乃是金陵城最大的官宦行臺、仕商客棧，老字號了。」

沙無赦緊接著道：「目前成了江湖人聚集之地，曾有一個沒人知道來歷的老太婆，獨自包佔了一間上房。來去沒有定時，我幾次三番想法接近，怎奈都沒見到她的影蹤！」

常三公子拱手謝道：「多謝沙兄！若是能得到確實的訊息，常某萬分感激！」

沙無赦卻道：「不須感激，但願你言而有信，記住我們之間的君子協定。」

這時，賽鍾馗突然插口道：「怎麼？小王爺，你們在找人？找什麼人？」

常三公子不願將自己要找失蹤父母之事張揚得滿城風雨，那樣會毀了金陵世家的聲譽，因此忙道：「失蹤的兩個人。」

賽鍾馗揚起雪白的長眉，甚是不解的道：「奇怪！為什麼到處有失蹤的事出現？」

沙無赦道：「前輩的話是指……」

「唉！」賽鍾馗雙手啪！的拍一下道：「我也是進關尋找一位失蹤的故友！這位老友還是武林之中響噹噹的人物，料不到失蹤三年多毫無音訊，奇怪不奇怪？」

常三公子很有興趣的拱手道：「前輩的故友是誰？既然失蹤三年餘，為何前輩現在才進關尋找？」

賽鍾馗道：「別提啦！我是上個月才曉得。提起我這位老友，你金陵常家應該曉得，他是丐幫的……」

說到此處，賽鍾馗忽然一怔，自知說漏了口，忙用整理鬍鬚掩飾不安，吱唔的道：「唉！不提也罷，沙小王爺！走，老夫先替你看看傷勢，然後喝幾杯金陵城的狀元紅！走！」

說完，拉著沙無赦就走。

沙無赦回頭還叮嚀道：「常兄！記住我們的君子協定，不要食言嘍！」

目送二人背影，常三公子心中在思量著如何去秦淮河一帶查看黃衣少年。

因為，他心知沙無赦的話不假，自己追蹤八桂飛鷹到雨花臺，不是有個黃衣蒙面怪人嗎？那黃衣怪人掌劈八桂飛鷹之前，面對強敵，百忙之中畫石留字，在石桌上寫了一個孝字……

常三公子越想，越覺得這個孝字裡面含著十分重要的意義，甚而，那黃衣蒙面人極可能在當時早已發覺有人伏在暗處窺視，也許孝就是寫給自己看的，因為當時並無別人在場。

沙無赦口中的黃衣少年，極可能就是自己所見的黃衣蒙面人，最少二者之間必有關連，算得上是一條最好的線索，尋找母親的唯一途徑。

常三公子想著，回身對常玉峰道：「大哥，目前情勢對我們金陵世家甚為不利。小弟想從明天起，我們對外宣稱杜門謝客，煩勞大哥照應家事，訪尋父母交給小弟去辦，不知大哥意下如何？」

常玉峰道：「只是要你去江湖冒險，我這個做大哥的心中過意不去！」

常三公子忙道：「家中並沒有福享，與小弟在外同樣重要。而且，沙無赦所說的兩條線索都在金陵，我會早出晚歸，諸事還要與大哥商量。」

常玉峰嘆了一聲道：「唉！都是我無能……」

「大哥！」常三公子急忙安慰哥哥道：「大哥如此說，就愧煞小弟了。這一連串的禍事，幾乎全因小弟而起，拖累了大哥，還使二哥枉死，小弟真是百死莫贖。從明天起，小弟立誓要找回爹娘，重振金陵世家的雄風。常家不能就此頹廢下去，使我輩兄弟上無以對列祖列宗，下無以對子孫後代！」

這時，已整整折騰了一夜，東方漸漸露出了魚肚白。

秦淮風月，是六朝金粉的銷金窟。

沿著秦淮河西岸，入夜笙歌不絕，舞影婆娑，畫舫往來穿梭，水上帆影如織，而岸上燈火輝煌，簪光鬢影，最是使人留連忘返。

怡香院，是秦淮河上最大的一間，雖也是風月場所，但不是常人可以去得的。

怡香院既是風月場所，為何不是一般人可以去的呢？

並不是它門禁森嚴，也不是被富商官府獨佔，實在是怡香院的派頭奇大，纏頭之資特高，沒有百兩以上的銀子，進了怡香院只怕出不來。

怡香院之所以收費奇高，當然有它的道理。

院中的粉頭近百餘人，個個貌若天人不說，尤其人人能歌善舞，舉凡詩、詞、歌、賦、琴、棋、書、畫，無一不精，全是從吳越蘇杭千中選一挑出來的美人胎子。

因此，怡香院進進出出的，全是王孫公子，富商巨賈，門前車水馬龍，艷名遠播，章臺走馬的

朋友，甚而以能進出怡香院為榮。

華燈初上，正是怡香院酒香四溢的時候。

檀板輕敲，絲絃撥弄，傳出一陣醉人的歌聲。

「去年元夜時，月與燈如畫，月上柳梢頭，人約黃昏後。今年元夜時，月與燈依舊，不見去年人，淚濕羅衫透。」

歌聲哀怨纏綿，使人蕩氣迴腸，隨著徐徐夜風飄蕩在空際久久不已，真個是繞樑三日。

常三公子雖然生在金陵長在金陵，財富又是金陵數得到的世家，可是從來不涉足秦樓楚館，而連日來每天最少都要到怡香院盤桓一陣。

由於他翩翩風采，一副貴家公子哥兒的人才，加上出手大方一擲千金毫無吝色，尤其他每次到來或是小坐片刻，或是招幾個文靜不俗的姑娘陪坐小酌幾杯，絕沒偏好，更沒有留宿的風流竟夕，所以上下都混得熟了。

這時，他正在與幾個平日相識的姑娘，圍爐淺飲，耳聽動人的歌聲陣陣傳來，無意的推開窗格的一半，探頭向對樓傳出歌聲的房內望去，並沒有看到唱歌的雛妓，卻心頭驀地一震。

原來，對面房裡，也是在圍爐小酌，三五個花枝招展的姑娘，有的撥著琵琶，有的執著檀板，一曲已罷，笑語聲喧。

使常三公子心頭一震的不是歌聲美妙，也不是雛門艷美如花，而是背對著窗子，面向屋內之人那身杏黃的衣衫。只是因那人背窗而坐，看不出他的面目，而這身杏黃裝束，正是常三公子要找的人。

因此，他哪還有心飲酒說笑，對著身側幾個姑娘道：「我早起受涼，忽然覺著頭疼，你們退去讓我在此休息片刻！」

姑娘們反正已拿到了陪酒的花紅，樂得再去接待客人，有些假情假義的還表示關心說了句應酬話，有些應了聲是即各自散去。

常三公子見房內已無別人，就著推開的窗格，翻身越出，沿著燈光映照不到的簷下，猿攀攀到了二樓的滴水簷前，繞到對樓。

本想到對樓背後，先看清身穿杏黃衣衫人的真面目，誰知後窗因是北向，此時寒風凜冽，窗子已關上不說，而窗內簾幕低垂，連一線燈光也沒透到外面來。

此時剛剛入夜，街道上車馬不絕，不便在樓上久留。

事實上又不能衝破窗戶，縱然不怕驚世駭俗惹上麻煩，最怕打草驚蛇，失去了寶貴的線索。

常三公子心想：我用個守株待兔的笨辦法。

想著，急忙由原路回到先前飲酒的房內，招來侍候的僕婦，笑著道：「這間房子通風太悶，好像對我不利，幾次進來都莫名其妙的頭痛，換一間如何？」

煙花門巷的人，對花錢的爺們除了百依百順之外，從來不問理由的。

老鴇兒笑嘻嘻的道：「公子說得對！一個人的流年風水很要緊，這間房子本來就不好。公子，你喜歡哪一間，儘管吩咐，立刻給你換！」

常三公子掏出一錠銀子，輕輕地放在桌上道：「這算這兒的酒錢，另外在對面樓梯口那間房子很不錯，我要那一間！」

老鴇兒順口逢迎，她哪裡知道常三公子之所以要那一間，是因為那間正是黃衣人飲酒房子的門口，乃是出入必經的要道。

常三公子所以換房子，雖然是醉翁之意不在酒。但老鴇兒可不知道，除了重新安排酒菜之外，又招來了兩個姑娘陪著侍候。

一個名叫牡丹，一個名叫海棠，是常三公子以前沒見過的。

常三公子哪裡有心飲酒取樂，眼神不時的向門外樓梯上下之處望去。

海棠嗲聲嗲氣的一面斟酒，一面道：「公子要不要聽小曲，我們牡丹姐姐的小曲，是怡香院的第一把交椅！」

常三公子尚未答言，牡丹卻自作主張的道：「對！我侍候你一段。海棠妹妹勞你的駕去把琵琶拿來。」

海棠應了一聲，扭扭捏捏的去了。

牡丹目送海棠去後，低聲湊著常三公子耳畔道：「此地危險，到後花園，有話告訴你。海棠來了，就說我被客人拉走。」

她說完之後，臉上似乎十分害怕，匆匆忙忙的掀簾而出。

常三公子不由頓時想起，百花門的人是無孔不入，尤其是風塵場中，莫不安排有明樁暗卡。

看那牡丹掀簾而去的身手步法，分明是江湖挾有功夫的架式，一念至此，正好海棠拿著琵琶進門，忙道：「牡丹姑娘被一個熟客拉走了。」

海棠有些疑惑，但是立刻道：「那麼，我先孝敬你一段水漫金山寺！」

常三公子道：「太好了！我去方便一下就來。海棠姑娘，你可不能走了啊！」

說著，故做便急的樣子，出了房門，逕向牡丹所說的後花園而去。

月淡星稀，花影扶疏的後花園，甚為寂靜。

常三公子凝神梭巡，並沒見到牡丹，只好低聲叫道：「牡丹！牡丹！」

假山石後，牡丹探出半個臉來，低聲應道：「常公子！這裡來。」

常三公子與假山石原隔著一道人工小河，聞言縱身躍過小河！

忽然，一聲嚶嗚慘叫，正是來自那假山石後。

常三公子心知不妙，騰身越過假山，怎奈假山之後，乃是一片竹林，黑漆漆的伸手不見五指，只好低聲叫道：「牡丹！你在哪裡，有什麼不對嗎？」

竹林內一陣窸窣之聲，分明是有人，但卻不見回音。

常三公子管不得許多，矮身進了竹林，但見，一條黑影快如狡兔，穿過竹林狂奔。

常三公子怎肯放過，論功力三幾個縱躍就可追上前面的黑影，怎奈竹林中密密麻麻的竹竿，有本領可無法施展。眼看那黑影已騰身上了院牆，常三公子不免暗罵了聲：「好狡滑的毛賊！」

奇怪的是，那黑影上了院牆，並不急著向前跑，反而扭回頭來向竹林中探望，等到常三公子將要穿出竹林，他才湧身向牆外跳去，向郊外狂奔。

常三公子不由冷冷一笑，因為，他並不是初出道的傻瓜，依照黑影怪異的行動，分明是有意引常三公子追他，料定必有高手接應。

但是，藝高人膽大，加上要把事弄明白，所以常三公子並不猶疑，穿過院牆，啣尾追去。

出了水西門，那人腳下加力，跑得快如脫兔，然而，常三公子腳下更加不慢，一面追趕一面喝道：「朋友！你自問跑得掉嗎？」

眼看前面就是孝陵。

常三公子深恐黑影進入叢林之中被他逃脫，雙臂疾振，疊腰而起，一式連陞三級，凌空幾個翻騰，人已衝到黑影的前面，轉身攔住去路，冷哼聲道：「看你往哪裡跑！」

那人一見去路被擋，捏唇發出三聲刺耳的怪哨。

颼！颼！颼！

破風之聲四起，衣袂連振不已。

黑暗中十餘個紅衣人頭戴紅色面套，從孝陵的墳坵之後，一湧現身，齊向常三公子圍攏了來，每人手中一柄匕首，寒光森森，漸逼漸近。

常三公子一見，新仇舊恨湧上心頭。

對於紅衣人，他是恨之入骨，因為一連串的事故，都與紅衣人有關，而且分明是對著自己來的。

以前，並不重視。現在，不能再大意放過，而一定要活捉生擒一個，揭開他們的真面目，弄明白他們的真身分，問清楚一再生事找岔，到底為的是什麼？

因此，常三公子暗暗運功，決心要抓住一個。所以他選定距離自己最近的一個，出手先制下他來再做道理。

此刻，十餘紅衣蒙面人已圍成一個新月半圓形，個個喉嚨發出咯咯的怪聲，忽然發一聲喊，十

餘柄匕首，像潮水似的捲上前來。

常三公子心意既定，不退反進，舒臂認定選好的目標，像老鷹抓小雞似的，閃電抓去。

誰知，十餘紅衣蒙面人個個身手不凡，而且進退之間，彷彿有極好的默契，而且這種默契的暗號，就是他們喉嚨裡所發出的咯咯之聲。

當常三公子作勢欲起之時，十餘人中似乎已有人發現了他的念頭。

因此，咯咯咯連吼三聲，十餘個紅衣蒙面人齊的收起前逼的步法，又像退潮一般的退出丈餘。

這是常三公子始料所不及，因此，僅僅是毫厘之差，抓了個空。

一招抓空，常三公子怒火益熾，雙掌連振，直向十餘紅衣蒙面人列好的陣仗中衝去。

咯！的一聲，十餘紅衣蒙面人竟然如響斯應的四散奔逃，剎那之間翻過孝陵龐大的墳壘，一齊鑽進黑呼呼的古柏林中。

常三公子幾乎把肺都給氣炸了。

因為，從紅衣蒙面人的身手上看，分明是個個身懷絕技，人人修為雖不算一流高手，但是，絕不是泛泛之輩，若是合力一拚，在五十招之內，還不致於落敗，尤其群毆群鬥，說不定佔盡上風。

如今竟然不戰而退，分明是意存捉弄，存心戲耍。

常三公子追到古柏林邊，只好止住腳步，大喝道：「藏頭露尾的鼠輩，有頭有臉的出來一個！」

話沒落音，東側草叢中一聲破鑼似的嘶啞嗓門，乾澀澀的叫道：「一個不行！咱們兄弟一出來就是五個。」

嘶啞聲中，草叢裡冒出五個短髮沖天，尖削削的五個怪人頭來，分開草叢，原來是五個瘦猴也似既瘦又小的矮人來。

常三公子不由眉頭一皺，沉聲道：「原來是黃山五小。」

黃山五小是一胎所生，五兄弟自成一家，行為怪異，為人在善善惡惡之間。

這五兄弟之所以生得矮瘦小巧，據說是一胎五嬰先天不足，乃是黃山深處一個農婦所生。那農婦生下五胞胎之日，因產後失血，便一命嗚呼。

而農婦的丈夫無力養育五個嬰兒，狠下心腸，丟下五個出生未久的嬰孩，棄家出走不知所終。相傳，五小是被一頭白猿哺乳養大，自小就跟著白猿過著野獸的生活。

白猿老死，五兄弟也已長大成人，但是依舊過著習慣的野獸生活，只是天生的一點靈性未滅，又與山上的樵夫農家熟識，這才學會了人語，漸漸恢復了人的生活。

只是山居農樵不講禮義，不明世事，五小也就無法出山謀生，好在五小天生蠻力，加上隨白猿爬絕壁、攀斷崖，縱躍騰挪勝過常人。十餘年前，又被黃山五老之一的玄真子收羅門下學習武藝，終朝替玄真子挑水擔柴，煮飯燒茶，卻也安份守己。

自玄真子死後，他們五兄弟如脫韁野馬，沒了管教，一年也到山下做些打搶擄掠不要本錢的生意。

有時，被江湖敗類誘之以利，唆使他們去對付仇家，漸漸的，在江湖上有了名氣。

因為他兄弟五人出生即母死父走，連個姓名也沒有，別人只好稱他們為黃山五小，他們也自認是黃山五小。

為了分辨他們兄弟五人，只有在五個人的手指上來識別。

老大的大姆指上纏一圈白藤，老二在食指上纏一圈白藤，其餘順著秩序都用白藤纏繞一圈。

大姆指上纏著白藤的老人，咧咧乾癟癟的尖嘴，縱了縱鼻頭道：「你是姓常？」

常三公子心知遇上了愣頭青，只好道：「不錯，我正是金陵常玉嵐！」

五小的老大連連點頭，打量了一下，偏著尖腦袋瓜，自言自語的道：「怪事！他為什麼值這麼多的銀子。」

常三公子莫名其妙的道：「黃山五小不在黃山，到金陵來不知何事？」

五小之一的噗嗤笑了聲道：「除了銀子還為什麼？姓常的，沒時間嚕嗦，有人出一千兩銀子，要你的腦袋，自己割下來吧，免得我們兄弟動手！」

常三公子聞言，並不著惱，他知道黃山五小本是渾人，要設法問出是何人指使！

因此微微一笑道：「哦！一千兩，不算少！是誰這麼大方？肯出一千兩銀子買我的項上人頭！」

五小之一的道：「當然有囉，不然我們兄弟能白幹活不拿錢？」

常三公子依然不動聲色道：「是誰？」

五小的老五衝口而出道：「是一個穿紅衣服的，就是剛才十多人中的一個。」

他憨憨直直的，分明是實話實說，不像是欺人之言。

常三公子不由十分失望，因為他原想套出唆使之人，眼看已經落空，可見買黃山五小出來拚命之人，確是十分狡詐。

這時，黃山五小之一的又如狼嗥猿啼似的吼道：「姓常的，想夠了嗎？是自己動手，還是等我們動手？」

常三公子道：「我不會自己動手割下自己的腦袋，我也奉勸五位不要動手！」

黃山五小的老大急得直搔一頭短髮，一副猴急的樣子道：「那我們的銀子已經收了。」

常三公子笑道：「退回去，我可以加倍給你，我給你們二千兩！」

黃山五小聞言，似乎有些心動，五個聚成一堆，吱吱喳喳一陣，忽然齊的發聲厲嘯，每人從圍在腰際的獸皮內抽出兩件怪兵器，一柄短柄劈紫斧，一把砍柴的開山刀，悶聲不響，分為五方，向常三公子撲到。

常三公子面對五個小怪人，卻也不敢大意，急切間身子上提，平地躍起丈餘，人在凌空順手折了三尺來長一根古柏，旋風式畫了個圓圈，消去五小的來勢，人也落在孝陵的高聳石碑之上。

黃山五小的人雖瘦矮，但縱跳的功夫卻有獨到之處。

五個人發一聲喊，陡的上衝丈餘，五柄短斧，五把開山刀雨點似的齊向常三公子劈下，真也十分凌厲。

常三公子深知欲要脫身，絕非言語所能打發這五個野人。因此，橫掃手中柏枝，尋得一個破綻，左手化拳為掌，認準黃山五小之一拍去。

不料，一掌拍實，換了常人必然立斃當場，甚至被拍得五臟六腑寸寸斷碎，橫屍當場。

而拍在五小之一的身上，只覺如同拍在一團棉花之上。

被拍的五小之一，順著掌力震出三丈之外，一連幾個跟斗，又像是飛人一般，重新加入戰團，僅僅是厲吼連聲而已。

常三公子不由大吃一驚，論功力招式，自己高出黃山五小多多，論修為內力，也在五人之上，可是，眼前分明是一擊而中，料不到五小有此怪異的能耐，怎能不大吃一驚呢？

想著，彈身跳出圈子，只怪自己大意，因為原是想到怡香院探聽消息，不便將長劍帶在身上，憑一雙肉掌，勢必要落下風，豈不是陰溝裡翻船。

黃山五小的身法乃是出娘胎練起，靈活超越常人，如影隨形，絲毫不放鬆的尾隨而至，斧、刀齊施，凶狠至極，銳不可當。

常三公子一面揮動手中軟綿綿的柏樹枝，一面心想破敵之策。

忽然，他想起，雖然沒有長劍，只要有一個比手中軟綿綿的嫩柏枝硬的東西，也可以當成劍用。

想著，一面拒擋黃山五小的攻勢，一面四下照料。

就在柏樹林不遠之處，有一叢人高的孟宗竹，若是拔下一枝，絕對可以當成利劍使用。

心念既定，一面將手中軟柏枝舞起，腳下漸漸向竹叢移動。

黃山五小見常三公子只顧退讓，五人的興致越濃，不斷吱吱喳喳吼叫，寸寸進逼，招招凶狠。

眼看常三公子已退到那叢孟宗竹不遠，不料先前退去的十餘個紅衣蒙臉壯漢，呼哨一聲竟從矮竹叢後聯手攻出。

常三公子哪有分毫的空隙去拔近在咫尺的竹竿，前後受敵，情勢危急。

好在，那十餘名紅衣蒙面漢子，對常三公子心存畏懼，不敢搶攻硬上，而黃山五小不論生死，

一味的凶狠刀斧齊施，全是拚命招數。

黃山五小因身體與常人完全不同，五個矮小的身影，像是紙紮的一般，如同穿花蝴蝶，順著常三公子拍出的凌厲掌風，飄忽不定。掌風掠至，他們飄退開去，掌風掠過之後，他們又捨命而為。

在這種拚鬥之下，顯然對常三公子甚為不利，因為要引起凌厲的掌風，必須灌注全身真力，否則就是破綻，破綻若露，五小的刀斧齊施，後果不堪設想。

須知，任何一個高手，並不能招招貫注真力，必須虛實交替，實在是凝聚丹田內力，十分耗損元神，人既不是銅鑄鐵打之身，元氣畢竟有限，一旦元氣耗盡，就是沒有外力侵襲，本身也是形同爛泥。甚而精、氣、神枯竭而死。

尤其此時此刻的常三公子，除了掌掌貫上真力，招招不能稍懈之外，內心之中還加上一份自覺窩囊的怒氣。

像黃山五小這種角色，不過是江湖上二三流的角色，無名的小卒，若不是他們天生異稟身輕如同飛花落葉之外，慢說是五小，就是十小、八小，早已一一打發掉了。

如今，不但束手無策，而且時間若久，自己真力不濟之時，甚而要遭毒手。

常三公子有此想法，黃山五小顯然也打的是這個主意，開始一陣搶攻，原想五人合力常三公子必定難以招架，等到接近之時，便知道常三公子不是一般高手，掌力雄渾，如同排山倒海，掌風所及，像是奔雷迅電。

因此，五人不敢硬接掌勢，採用死纏不放的戰法，要等常三公子內力耗得差不多，再伺機取勝。

兩下各有心事，但想法不約而同，足有兩個時辰，依然看不出那一方勝面較大，也看不出那一方露出敗跡。

而圍在外面的十餘個紅衣蒙面人，只是虛張聲勢，吶喊助威而已。

常三公子眼見這樣耗下去，絕對不是辦法，而且也毫無意義。因此在不著痕跡之下，有意的向孝陵外華表處退去。

那座華表比普通的牌樓高過許多，除了豎立的六座支柱是天山麻石砌成之外，頂端是十分精緻巧匠雕就的盤紋圖形。

常三公子就微弱的星光之下，察看地上牌樓的側影，料著全力倒退，必可縱身登上牌樓的頂端。

居高臨下，到時黃山五小必然追蹤向牌樓頂端騰躍，自己就可以趁著五人凌空無法交換方位之際，選一隱蔽之處，找一件可以代劍使用的樹枝，或者稱手之物退敵。

念起，已距牌樓不遠，口中大喝道：「常某失陪了！」

語落，身像一支衝天花炮，平地上射三丈有餘，倒退躍上牌樓的頂端。

不料，牌樓一角，飛簷陰影掩遮之處，駭然有一個通身雪白的人影，如一座石雕神像，盤膝趺坐一動也不動。

常三公子不由大吃一驚，料定今晚是著了別人的道兒，引到此地來，四面八方都安排好強敵，要想脫身，必有一番苦鬥。

趁著黃山五小尚未到來，沉聲喝道：「什麼人！」

那雪白的人影卻不答話，但見右手微揚，一陣破風聲中夾著一樁暗器，直射常三公子的面門。

常三公子哪敢怠慢，躲已不及，一舒猿臂，伸手向那襲來的寒芒抓去，被他抓了個正著。

那雪白人影發出暗器之後，並無襲擊之意，嘿嘿一笑，突然向左側暗處撲落而去，星飛丸瀉，快如驚鴻。

常三公子大惑不解，再看自己手上所抓的，哪裡是什麼暗器，原來只是一塊玩石。看清之後，不由色然而喜，暗道一聲：「慚愧！」

他想：「自己為何想不到用石塊對付黃山五小呢！真的是事不關心，關心則亂，許是當局者迷吧！」

想著，順手在牌樓上將那雕得十分精細的花紋石塊大力抓在掌中。這時，黃山五小恰好騰向牌樓射來。

常三公子施用漫天花雨手法，將掌中碎石認定黃山五小撒去。

黃山五小原以為常三公子已到了山窮水盡，躍上牌樓乘機開溜。因此五人全沒防到這一招，本已騰空的身子，齊的折腰翻滾，飄落在丈餘之外。

常三公子逼退追蹤的黃山五小，豪情萬丈，飄身下了牌樓，頭下腳上，箭般射落地上。

就在將要落實的剎那之間，拋去手中柏枝，順手一抓，兩手各抓了幾顆玩石。

有了玩石，如虎添翼，神威大發，沉聲喝道：「五個小輩，常某一再忍讓，竟敢寸寸進逼，休怪本公子手下不留情！」

口中說著，已將右手兩塊玩石發出，飛蝗一般帶起嘶—嘶—厲嘯，射向五小之一的眼珠。

這又是一樁意外，也是一著奇招。

黃山五小的老二，剛迎著常三公子的正面，不知常三公子發出的是什麼法寶，因為纏鬥了兩個時辰，料定常三公子身上若有暗器，焉有不發出之理。

而常三公子從牌樓上下落之時，倒栽而下，雙手著地乃是必然的身法，根本不著痕跡，怎能料到他抓了石子呢。

等到常三公子揚起手臂，五小也都以為是虛招，故此完全不防，到了如同流星的石子離面門不遠，才發覺飛蝗般的黃星二點，夾風雷之聲襲到，欲想閃躲，哪裡還來得及。

但聽嘶！嘶！兩聲，黃山五小的老二慘厲刺耳的一聲暴吼，雙手摀著臉，兩道鮮血從手縫中滲出，敢情是正射中了兩隻眼睛，疼得在地上打滾，娘天爺地的叫得群山響應，令人汗毛倒立，慘不忍聞。

一招得手，常三公子更不怠慢，彎身在地上本想抓石子，不料卻抓到了一大截小手指粗細的枯枝，靈機一動將枯枝折成三寸餘長的幾截，當成了弩箭使用，專找五小的雙眼兩耳、喉結、太陽穴發出。

黃山五小頓時手忙腳亂，顧不得在地上打滾的老二，每個人舞動手中開山刀同短斧各自護定周身大穴，絲毫不敢稍停。

常三公子被牌樓上雪白人影提醒，這一招果然奏效。

想到先前被黃山五小苦苦相逼的狼狽，這股怨氣難消，平日不願輕易出手傷人的性格，也因而大變，左縱右跳，引開黃山五小的心神，不時發出枯枝，專射黃山五小的要害。

他是存心施為，準、狠至極，轉眼之間，慘叫連連，黃山五小沒有一人倖免，最絕的是竟有四人是被射瞎了雙眼。

僅有五小的老大，躲過雙眼，面頰兩側各插著一根枯枝，露出三分之一在皮肉之外，鮮血淋漓，疼得他一蹦七尺，慘嚎不已。

常三公子正待上前，抓住一個，要追問他們是被何人收買。

然而，突的一條大鵬般的人影，斜刺裡撲了出來。

常三公子猶豫之際，不由退出七尺。

「常兄！」那人身未落實，朗聲道：「小小毛賊，由小弟效勞！」

他說著，手中長劍疾掄，如同滿天飛雪，但見銀光一團，令人目不暇給。

倏忽之間，嗆的一聲，立刻銀光收斂，劍已還鞘。

再看，黃山五小一個個喉結之處多了一個酒盅大小的血孔，紫烏烏的鮮血外翻，發出吃吃的刺耳之聲。

這時，常三公子才看出，這人原來是司馬山莊的少莊主司馬駿，手法的俐落，劍勢的凌厲，就是眨眼之間的功夫，了結了黃山五小。

常三公子給怔住了，不知道應說些什麼才好。

司馬駿還劍入鞘，面露笑容，拱手為禮道：「常兄！憑你的身分，怎麼會同黃山五小有了過節？他們乃無名之輩，野蠻之人，應該不配與你金陵世家結什麼樑子。」

常三公子既不好責備司馬駿，只好道：「司馬兄說得對極，我們之間本來沒有什麼瓜葛，而且根本沒有見過面。」

司馬駿朗聲一笑道：「不過，在下對黃山五小早有耳聞，他們兄弟五人野性難馴，燒殺姦擄，無惡不作。

「家父早想託人加以制裁，今天恰巧碰見，料不到他們敢捋常兄你的虎鬚，小弟能代常兄效勞，實在榮幸至極！」

他這番話表明了兩點意義。第一、黃山五小惡貫滿盈早已該死，司馬山莊領袖武林，有權利也有責任處治江湖敗類；第二、他殺黃山五小，乃是為了常三公子。

隱隱有向金陵世家示好之意。

常三公子真是啞巴吃黃蓮，有苦說不出。

他不但不能說出自己原想留下活口，追問出幕後主使之人的內心話，而且還要表示對司馬駿的好心非常感謝。

因此，強打笑容道：「常某甚為感激！」

司馬駿道：「感激二字未免忒也的見外了。不瞞常兄說，我司馬山莊的情形與常兄金陵世家略有不同，不管黑白兩道，都知道司馬山莊是江湖人。

「而你呢？就不同了。江湖人管江湖事，乃是名正言順的事，金陵世家出面插手江湖之事多少有些不便！」

常三公子唯有順其話意道：「司馬兄說得是！不知司馬兄何時南下，有何貴幹？」

司馬駿胸有成竹，不慌不忙的道：「在下星夜兼程趕路，還沒進金陵城，路過此地，遙聞有人

聲吶喊，不料湊巧碰上常兄與黃山五小鬥氣，冒昧插手，還請常兄不要見責才是！」

常三公子哦了聲道：「哦！與在下糾纏的，並不止是黃山五小，另外還有一批不明來路的人。」

司馬駿似乎大感意外的道：「真的？黃山五小化外野人，從來沒聽說與任何幫派連手。常兄所說的另外一批人是什麼樣子？據小弟所知，常府對武林之事，鉅細無遺，全有記載，想必對那批人也看出端倪了！」

常三公子苦笑搖頭道：「慚愧！小弟見識太淺，實在看不出那批人的來處，不過……」

他說到這裡，略微一頓，雙目凝神，逼視著司馬駿道：「少莊主，適才你曾說司馬山莊才是武林的泰斗，江湖的司命。少莊主可知道有一批紅衣如火，頭套蒙面不明來歷的人，他們是哪一條道上的？」

司馬駿一陣愕然，但是又立即很自然的道：「紅衣如火，頭套蒙面……黑白兩道並沒有如此裝扮的呀！」

常三公子道：「少莊主！進入孝陵之前，可曾遇到過十數人結隊，身穿紅衣頭套蒙面的一群。」

司馬駿忙不迭的搖頭道：「沒有！」

常三公子道：「既然沒有，這批人可能還沒離開孝陵，少莊主可有清興與小弟搜查一番！」

「可以！」司馬駿很爽快的道：「能夠為常兄效勞，弟之所願也！常兄！咱們是分頭抄林，或是一路搜尋？」

常三公子道：「還是一路由那片古柏叢搜起，繞一圈後再回此處，你看如何？」

司馬駿拱手道：「全憑常兄，請吧！」

兩人各做了一個手式，正待向柏林中搜索，司馬駿忽然像想起了什麼，腳下停步，向常三公子道：「常兄！小弟有一個餿主意，不知可行不可行？」

常三公子忙道：「有話請指教！」

司馬駿道：「小弟此次南下，帶有十幾個莊丁，他們雖不是高手，但都練過一陣莊稼把式！」

常三公子道：「少莊主的意思……」

司馬駿道：「偌大的明孝陵，黑呼呼的柏樹林，夜色深沉，我們兩個人只能走一條線，說不定那批歹徒會漏網。把我那些莊丁召喚來，地氈式的搜索，如此一來那批歹徒，插翅難飛了！」

常三公子聞言，點頭道：「這當然好。少莊主！不知貴莊屬下現在何處？」

司馬駿面有喜色道：「不遠，就在孝陵山坵之外的通商大路邊，我這就叫他們前來！」

他說完，不再等常三公子的意見，深深吸了一口氣，仰天發出一聲清嘯，如同風聲鶴唳，驚得宿鳥飛出林梢，尾音回聲不絕。

嘯聲乍起，十餘條黑影，從山坵之後也沖天而起，快速的落實地面，一字排開，轟雷一聲，向司馬駿朗聲道：「參見少莊主！」

司馬駿肅然道：「聽著！金陵世家常三公子，乃是本莊世交本少莊主的好友，適才在此遇上一批不知來歷不明身分的歹徒。

「歹徒身穿紅衣，頭戴面套，趁著常三公子與黃山五小過招之時，隱藏在這片柏樹中，現在分

途搜索，發現歹徒，發出本莊暗號，搜不出歹徒，半個時辰之內，回到此處集合聽命！」

「殺！」十餘黑色勁裝壯漢，人人將背後夜行包袱外面的長劍抽出，吼了聲殺！立刻鑽向柏樹林中，霎時不見。

常三公子拱手道：「司馬山莊不愧武林第一莊，莊上弟兄進退有秩，井井有條，令人折服！」

司馬駿嘆息聲道：「這叫人在江湖，身不由己，哪像常兄世家的清高寧靜！」

常三公子聞言，苦笑搖手道：「司馬兄！事實與理想往往差別很大。最近的一把火，還有二家兄慘遭不測，以及……」

他原想把母親失蹤、秘室圖冊被劫的詳細情形原原本本的告訴司馬駿，但他發現司馬駿目光閃爍，既不驚異金陵世家的重大劇變，也沒有追問下去的意思，於是，淡淡的一笑道：

「不過，司馬兄，這些事在整個武林中，乃是微不足道，但在小弟一家，卻是天翻地覆的大事，只要我常玉嵐有一口氣在，一定要找出主謀之人，來一個血債血還，以牙還牙！」

司馬駿還是對常三公子的話，既沒勸慰，也不置可否，卻把話題一轉道：「常兄！府上既遭了一場無情的祝融之災，那些江湖圖頁武林紀事，不知可曾波及？」

常三公子衝口道：「沒有！幸而沒有！」

他因覺著司馬駿這一問太過突然，照理應該問常老太太的安好，再查問常玉岩的死因，然後才會提到那些圖籍冊頁的事才近情理。

加上，先前常三公子已經沒把母親失蹤及圖書被劫之事說出來，而今，也不便再說了。

誰知，司馬駿聞聽圖籍記事沒有損失，不禁又追問道：「難得！難得！常兄！水火無情，重要圖書沒有被燒，乃是不幸之中大幸！不知圖書藏在何處，居然火沒燒燬！」

常三公子愈覺不悅，心想，無論燒燬與否，乃是常家的秘密，直接追詢他人的秘密，不是另有圖謀，就是不懂禮貌，因此，滿臉堆笑道：「小弟常年在外，家中之事說也慚愧，其實並不清楚。」

這是推託之辭，也算是一個軟釘子。

司馬駿這時才有些覺得問話太過猴急，連忙拱手道：「請恕小弟失禮，太過冒昧，其實，小弟是因為你我通家之好，關心而已，何況，貴府的秘圖冊頁，有許多與武林大事攸關，小弟是怕落在敗類之手，必然會引起武林一場混亂！」

常三公子聞言，先前的不悅之色，不但未能稍減，而且加深了惴色。

因為，司馬山莊領袖武林，司馬駿言外之意，無形中就是說那些圖書冊頁事涉武林，司馬山莊有權過問，並不是多此一舉。

常三公子越想越覺不是味道，但卻按捺下心中的不悅，舉著笑容道：「司馬兄說得不錯，好在金陵常家並未在江湖上立幫設派，幸而還不致於累及司馬山莊，否則真是對不起你了！」

說話的神情雖然和顏悅色，但骨子裡卻是有言外之意，彷佛說金陵世家的事，司馬山莊管不到。

司馬駿怎會聽不出弦外之音，也含笑道：「對！對！金陵世家雖是武林，卻超越江湖門派。」

兩人只顧言來語去，司馬山莊的莊丁，已全都回到原地，向司馬駿稟明一無所獲。

常三公子心中尚有兩個疑團待解，一是適才牌樓之上的雪白人影，一是怡香院的黃衣人，因

此，無心與司馬駿盤桓，抱拳當胸道：「少莊主！你此次南來恕小弟家中俗務太多，無法奉陪，尚請恕罪！」

司馬駿還禮道：「哪裡話來，在下此次南來，也許要小住數日，如有用我之處，請不必客氣！」

常三公子道：「不敢勞駕！就此別過！」

司馬駿道：「常兄請！」

常三公子別了司馬駿，重又回到孝陵的牌樓之前，縱身上了先前發現那白衣人影之處，仔細搜索，並無任何發現，再三省視，連瓦楞上的青苔都沒留有腳印，可見那白衣人身法之巧，武功修為之高，的確到了踏雪無跡登萍渡水的境界，爐火純青的地步。

他略一思索，回憶白衣人去時的方位，趁著天未黎明，展功循線向前。一連翻過幾處山坵，一路上並無任何發現，不但沒有庵觀寺廟，連山居野店也沒有。

常三公子料著白衣人深夜獨自留在孝陵牌樓之上，絕非偶然，極可能就在附近落腳，聽到孝陵有人打鬥，跳上牌樓瞭望，等到見自己孤單一人對付黃山五小，又見自己手無寸鐵，才點醒自己以玩石制敵。

然而，這不過是揣測罷了，一連沿著鍾山腳下去了盞茶時分，毫無端倪可尋，眼看到了鍾山的盡頭，東方已露出了魚肚色，才發現一座椰樹林中，隱隱約約的像是一間茅台。

常三公子大喜過望，腳下加快，進了疏疏落落的白楊樹林，不禁大失所望。

先前所見的茅舍，不過是一個人字形的簡單棚子而已，而且是新搭未久，棚子裡面禾草鋪成的

就地床鋪，平鋪著一幅薄薄棉被，枕頭卻是一塊長方型的大鵝卵石，還有一副茶具。

常三公子見棚內無人，鑽進棚去，摸摸瓦茶壺，不料卻是熱騰騰的一壺茶，折騰了一夜，沒見到茶還不覺得，既見到了茶，直覺得口渴得很，倒滿一杯，正待坐下慢慢品嚐。

棚外一個蒼老的聲音道：「是哪位朋友，這茅草棚雖小，可是有主的哦！」

說著，一位禿頂的中年人，彎著腰，探進個光禿禿的腦袋，緩緩鑽進人字棚來。

常三公子不由臉上發燒，連忙離開地鋪，十分尷尬的道：「老丈，在下貪趕夜路，闖進了棚子，請老丈不要責怪！」

禿頂中年人一見常三公子，本已鑽進來的身子，忽然又縮了回去。原來手中持著的丈餘長釣魚竿，隨手丟在地上，執禮甚恭，肅立棚側，低聲道：「常公子！這茶，這茶正是奉命為你準備的，請用！請用！」

常三公子奇怪的道：「沒請教閣下怎麼稱呼？為何認識在下？」

禿頂中年人肅聲道：「屬下金四！」

「金四？」常三公子更加迷惘，他想不起這個自稱屬下的金四在那兒見過，搜盡枯腸再也記不起自己家中有金四這個人。

因此道：「金老丈，你是弄錯了吧！」

金四忙道：「常公子！你是沒見過金四，金四雖沒見過你，但你的儀表，夫人在臨行之時，曾將你的畫相懸掛，讓屬下仔細觀看，確實記下，所以，屬下一見就認出你是屬下的龍頭！」

「哦！」常三公子如夢初醒。長長的哦了一聲。

從金四的話裡，他聽出了夫人，又聽到自己被稱為龍頭，這才想起百花門中的八朵名花，五條惡龍，禿頂中年人自稱金四，姓金排名是第四條龍。

金四見常三公子的神情，知道已曉得了自己的來龍去脈，接著道：「公子想起來了？」

常三公子忙笑著道：「非常抱歉，一時忘懷了，金四哥，快進棚來，坐下講話！」

金四人是進來了，只是仍然哈腰恭身。口中道：「公子！千萬不能叫什麼金四哥，本門的規矩壞不得，否則，夫人還以為金四犯上，那可是死罪一條！」

常三公子心知金四所說是實，點頭道：「好吧！金四！你怎麼知道今夜我會摸到這裡來？是未卜先知？」

金四道：「屬下哪有未卜先知的本領，本來已經入睡，兩個時辰之前，接到銀箋令，才燒好熱茶等候龍頭，又去溪邊釣了兩尾活鮮鮮的鯽魚，算是宵夜點心，龍頭！是煮鮮魚湯還是烤著吃？」

常三公子道：「銀箋令！奇怪，誰能預料我一定會到這裡來呢？」

金四抬頭道：「這個，屬下就不知道了！」

常三公子追問道：「銀箋令是何人傳達來的？」

金四在懷中摸出一張手掌大小的銀色花箋，雙手遞向常三公子道：「請龍頭驗令！」

常三公子曾在翠玉口中，知道了不少百花門中的一般規矩，急忙站了起來，雙手接過那頁銀色花箋，口中道：「常玉嵐接令！」

但見那手掌大小的銀箋之上，草書著：「準備好茶點，五更接龍頭。」十個字下面，並未落款署名，也沒加蓋印信，只畫著一隻眼睛。

常三公子對百花門中的一切幫規，僅僅是從翠玉口中略知皮毛，他也知道百花門的禁忌特多，不知道的，絕對不能多問，否則會惹禍上身。

他對金四所說的銀箋令先前聽成了銀箭令，事實上也是一無所知，等到金四依規矩恭請驗令，那乃是百花門中最起碼最常用的晷典，所以才沒露相，而今他仍不知這銀箋令是何人所發，在什麼情況之下才發，那畫著一隻眼睛代表什麼，並不曉得，也不敢輕易的向金四追問。

即使真的要問，金四也未必回答，想著，忙依規矩雙手將銀箋捧好，交還金四道：「驗令已畢，原令交還。」

金四搶上一步，雙手接過銀箋，小心翼翼的納入懷中貼身之處。才道：「龍頭！那魚？」

常三公子有些餓了，飢腸轆轆作響，笑著道：「勞駕烤一烤吧，既快又簡單！」

「是！」金四應了一聲，就在棚外生起火來，吊起支架，專心一意的烤魚。

常三公子一面飲茶，一面試探著道：「那傳送銀箋令之人，沒有再說其他的話嗎？」

金四道：「屬下睡夢中被銀箋打到臉上，一驚而醒，並未能見到傳令之人是誰。因此，別無所知！」

常三公子還不死心，繼續問道：「依你猜想那會是誰？」

金四陪笑道：「屬下不敢胡亂推測，龍頭一定能諒解屬下苦衷，本門之人，是不能隨便猜測本門一切行動作為的。」

常三公子心知問不出所以然來，把話題一轉道：「金兄弟，你到金陵來必是另有大事要辦，不知是你一個人前來？還是另有本門其他人結伴？」

這時，金四已將烤得兩面黃澄澄的，香味撲鼻，用一張枯黃的荷葉捧著送到常三公子面前，毫無表情的道：「屬下只知奉命前來在此結廬，其他一概不知，唯有隨時聽候差遣。」

「哦！」常三公子嚼著細嫩鮮美的魚肉，又道：「原來如此！你所謂的差遣，是何人差遣呢？」

金四冷冷一笑道：「龍頭！你是在考驗屬下？」

常三公子忙道：「不！絕無此意，只是隨便聊聊而已，本門的五條龍，還用得到考驗嗎？金兄弟！你千萬不要誤會我的意思！」

金四躬身道：「屬下不敢誤會，我是怕龍頭你對屬下的忠誠有惑疑之處，那，屬下就死無葬身之地了。」

他一臉的惶恐，像一頭鬥敗了的公牛，完全失去一個武林高手的豪情壯志，百花門的門規苛嚴可見一般。

常三公子一口氣把兩條烤魚吃得剩下像梳子般兩副魚骨，舐舐嘴道：「金兄弟，謝謝你一壺好茶兩尾鮮魚，咱們後會有期。」

金四連忙道：「金四理當侍候龍頭，但願龍頭在夫人之前美言幾句，屬下就受惠不淺了！」

常三公子走出茅草人字棚，外廂天已大明，他打量一下周遭的形勢，又對金四道了聲：

「再會！」順著小河溯水而上。

因為迎面是巍巍鍾山，河的下游是通往官塘大道，折回去是明孝陵，只有逆水而上，才是自己要去的地方，才能存有一線希望，希望能發現昨夜那位白衣人的行跡。

對於金四奉令在此等候，常三公子並不感到奇怪，因為百花門無孔不入，百花夫人無所不在，自己早已有了經驗，躲也躲不脫。

只是那白衣人的行動，太令人惑疑，尤其他武功修為之高，的確在常三公子之上，若是友善一方，當然是可喜，但也得找出他來當面道謝，若果白衣人是敵方的人，就要小心提防了。

小河蜿蜒繞著鍾山，越向上游，河面更窄，水流更細，再向前去，小河已變了小溪，一股細流，流過高低有致的石隙，淙淙有聲。漸漸地已沒有了人行路了。

常三公子不由絕望，心想，自己一定是找錯了方向，前面已經是山窮水盡，哪會有白衣人的跡象可尋。

正打算折回頭去，忽聽陣陣轟轟轟轟的雷鳴之聲，從小溪頂上懸崖間一道並不十分寬大的瀑布，像一條白鍊，倒瀉而下，水勢雖然不大，但落下之勢甚急，水柱打在崖下的巨石之上，發出雷鳴之聲，雖不如洗翠潭千軍萬馬奔騰之勢，但秀靈之氣，卻有勝之。

常三公子已走了半天，人已疲乏了，選個接近瀑布之處一塊凸出的青石上，盤膝而坐，閉目將息。

不料，崖上的瀑布轉眼之間由細小變成寬大，比先前所見頓時增長了一倍有餘，凌空倒瀉，好似黃河決了提一般，奔騰下傾，勢不可當。

常三公子甚為訝異，因為，萬里無雲，晴空如洗，分明沒有下雨，為何瀑布水勢陡然增長許多？

他仰臉上望，兩邊懸岩陡峭，長滿苔蘚藤蘿，好奇心驅使，他童心大起，選了左側的懸岩，攀藤附葛，向上爬升，要探一個究竟。

滑不溜手的苔蘚，脆弱不牢的葛藤雖然攀登十分吃力，但是，常三公子施出輕身功夫，只是略以借力，片刻之際，已攀上了絕崖頂端。

原來別有天地。瀑布的水源，卻是一個具體而微波光瀲灩的小湖，湖的一側，山色重重，形成一列屏風也似的斷崖，雖在冬季，卻也蒼翠欲滴，對湖岸上，火似的楓葉，一列無邊無際，比二月的榴花，還要鮮明，還要艷麗，耀人眼目。

另一側是一片平整的草地，此時，綠草已枯，褐色的地上，東一叢，西一束，開著不知的小黃花，格外清新可喜。

就在常三公子攀登上的這邊，湖水如同開了鍋的沸水，由湖底翻起白滔滔的浪花，發出雷鳴也似的水聲，激動得湖水如同暴漲，有時竟然冒起丈餘，然後潑天瀉下，溢出湖沿，奔騰澎湃，正是使瀑布暴漲加大下沖的原因。

常三公子不由看得發呆，心想，難道這湖底有俗傳的所謂水靈精怪作祟？不然為何激起如許大力的浪花。

他想著，沿著懸岩與湖邊的一列花樹，蛇行到一塊怪石之後，選個既能隱蔽自己身體，又可以注視湖中動靜的地方，伏下來摒氣凝神注視湖面。

忽然，一個通身淺藍色水師衣褲的小巧人影，突然從浪花翻騰之中，冒出湖面，上射丈七左右，發出一聲嬌叫，凌空翻了個跟斗，又快如凡瀉，嘶——的一聲，像弩箭一般穿入了湖底。

常三公子大感驚奇，因為那人影一起一落，只是剎那之間功夫，其快無比，但從身材玲瓏剔透，折腰手腳輪廓，分明是個女子。為何……

就在常三公子意念未餘之際，又有一個粉紅水緊衣的同樣身影，與先前那淺藍人影同樣的身手，躍出湖面，上射丈餘，然後凌空翻騰，頭下腳上，像箭般射入湖中。

常三公子不由目瞪口呆，暗想，這是什麼道理，為何落入湖底之後，身上的顏色會在一剎那之間，由淺藍變成粉紅，難道真的是水妖出現。

常三公子這個猜想，立刻被眼前的景象否定了。

因為，此時，不但先前那個淺藍身影，緊接著射入湖內粉紅色人影第二次，躍出湖面而上躍丈餘，隨後，又一個湖綠的身影，同一姿勢躍起急落，湖綠色人影下落之際，一個淡黃的身影，沖出湖面。姿勢身法，與第一個淺藍水緊衣的那個，完全相同，一致無二。

淺藍、粉紅、湖綠、淡黃，原來是四個人，此起彼落，啣尾接踵，好像是湖水泛起的一串花環，舉動四濺的銀色水珠，激起湖面上翻滾巨浪，迎著陽光照耀，真是一個奇異景色，難得一見的美妍鏡頭。

常三公子看得出神，不由雙掌連拍，失聲高叫道：「好！太美了。」

沙！沙！沙！沙！

水花激動之聲連連，四個美妙的身影，像四枝花弩，一齊射落水面，然後探出頭來，齊向常三公子隱伏之處望著。

常三公子自覺失態，不能再偷偷摸摸的隱在怪石背後，一長身，到了怪石頂端，挺身岳立。

湖中四個突然躍出湖面，不約而同的撲向常三公子立身之處，分為四方攔住去路。

這時，常三公子方才看清，原來是四個身穿水緊整套衣褲，頭戴著水魚皮帽的四個美艷女子，每人面帶怒容，目露慍色，凝視著怪石上的常三公子。

常三公子作了一個四方揖，抱拳當胸，陪著笑臉道：「在下無意中路過貴處，碰見各位在此嬉水，絕對沒有輕薄之意，請四位姑娘不要惱怒！」

身穿淺藍水衣的冷冷一哼，不理會常三公子的話，反而掃視了另外三個同伴一眼，不屑的道：「你們聽見沒有？他是無意之中路過此處！好一個無意之間路過此處，我們這裡成了金陵城的丹鳳街菜市口了，有意無意都可以路過此處，好笑不好笑！」

其餘三個女郎聞言，都不由笑得花枝展招，那個淡黃衣的道：「天下有很多聰明人，自己以為舌燦蓮花，憑三寸不爛之舌可以騙過天下所有的人，卻忘了自己謊言漏洞像我們這個湖一般大！咯咯……」

四人嬌笑連連，先前怒目相問，立刻要動手的氣氛，反而一掃而空。

身穿粉紅的女郎，笑聲收起，又十分俏皮的對著常三公子連連點頭，轉面向三個同伴道：「你們猜一猜，這個說謊大師是誰？」

她稍停一下，又自問自答的接著道：「喏！遠在天邊，近在眼前，就是自認為很瀟灑，很英俊的大無聊、大混混頭、大混蛋！」

常三公子臉上飛露一陣發燒，忙道：「四位！四位！你們聽我解釋，聽我解釋。」

「慢來！」穿湖綠的姑娘搶著道：「我還沒開口呢？你也不必解釋，雖然你如何解釋都沒有

用，有意也好，無意也好，反正呀，你來得去不得，知道嗎？我只問你這位小哥哥，為什麼你家大人不好好招呼你，讓你亂跑亂闖，現在闖出禍來了吧！」

她一副老氣橫秋的口吻，把常三公子當成了迷路的小孩，完全是教訓的語氣，說話時還做出一副老態龍鍾彎腰駝背的表情樣子，十分逗人，十分滑稽，把另外三個人引得笑彎了腰，上氣不接下氣。

常三公子尷尬得很，自己站在怪石頂上，像一個展覽的物品不說，而且任由四個女孩子你一言我一語的調侃、戲弄，只是無法回答，欲待抽身而去，眼看四人在嬉水時所展的輕身功夫，也都是上乘一流，必然不會放過，更因自己偷窺人家姑娘嬉水，就是理虧之處，怎麼還能動粗使武呢？此湖既有四個女孩子，她們的居處必在附近，說不定一時翻臉，驚動了村人，群起而攻，即使不怕，但有口莫辯，真是跳進黃河也洗不清。

想著，硬起頭皮，朗聲道：「四位已經把氣出完了吧！取笑也夠了吧！在下確是無意的……」

「住口！」淺藍衣姑娘粉臉一沉，嬌聲含怒道：「誰要取笑你，是我們拿帖子請你來的嗎？」另一個粉紅姑娘，也沉聲道：「無意！誰管你有意無意？下來，難道等姑娘們動手不成！」

常三公子心知要想脫身，必須一番周折，但是，他確實不願拳腳相見，一個男子漢見到別人姑娘家戲水，若是正人君子就須迴避，自己竟然忘情的叫起好來，難怪她們生氣，換了自己，也一定早已出手，以洩心頭的怒火。

因此，連忙帶笑道：「四位姑娘！殺人不過頭落地，在下自知理曲，已經向各位致歉，應該已可平下怒火，不要再逼在下了。」

「可以！」淺藍衣的姑娘點頭道：「我們不逼你，你下來再說！」

常三公子無奈道：「我可以下來，只是……只是四位千萬不可誤會，不可動手。」

粉紅水衣姑娘冷冷的有些不齒道：「還用到四個人動手嗎？未免有些自命不凡吧！」

湖綠衣著的姑娘似已不耐，連連招手道：「不要嚕嗦了！下來，下來！」

常三公子只好一湧身，躍落湖前草坪之上，不住的點頭道：「多謝四位姑娘不追究……」

誰知，淺藍水衣姑娘嬌叱聲道：「呸！誰說不追究來！那怪石之上，垂著的葛藤要你把它扯下來。」

常三公子道：「我們彼此已把話說明白了，姑娘！你要扯那葛藤是……」

「是要綁你！」淺藍色衣衫的姑娘粉臉鐵青，怒容滿面道：「你認為姑娘們會相信你的鬼話連篇嗎？你說路過此處對不對！」

常三公子連忙點頭道：「對！對！」

淺藍衣衫姑娘益發大怒道：「路過！過在哪裡，哪裡有路，要是在大路邊上，姑娘們會在這裡玩水嗎？你是鴨子死了嘴還是硬的。」

常三公子不服的道：「我沒有說你們是在路邊戲水，可是，這兒不可能沒有路呀！有路，就有人走，怎能認定在下是說謊呢？」

粉紅衣衫的道：「壞在這兒就是沒有路。」

常三公子問道：「要是沒有路，你們是打哪兒來的？天上掉下來的不成！」

湖綠衣衫的姑娘生嗔道：「你管得著嗎？」

淺藍的那個不耐煩的道：「少耍嘴皮子，你不扯那葛藤我們自己扯。」

就在她說話之時，另外兩個已跑到怪石之下，扯了幾根手指粗細的葛藤，並且結成了活套，其中一個雙手撐開活結藤套，衝著常三公子道：「來，頭伸過來，放心！綁你回去查問明白，不會吊死你，也不會用刑逼你，這是規矩。」

她口中說著，腳下也漸漸走近，只要一揚手，藤套就可以套上常三公子的頸了。

常三公子焉能㤞由她將活結套上頸子，連忙側移數步退出七尺，連連搖手道：「姑娘！使不得，使不得！在下的話已經說得很明白，要是再這樣苦苦相逼，對不起，我只好三十六策，一走了之。莫怪我毫無交代！」

淺藍衣著姑娘道：「一走了之？你想得美！敬酒既然不吃，只好請你吃罰酒了，拿下！」

手持藤套的聞言，淡淡一笑，揚手將藤結活套向常三公子頭上套來！手法既快且準。

常三公子出其不意，急切間低頭一式禹門三浪，登！登！登！登！跳出丈餘之外。

淺藍水師衣褲的姑娘一見道：「原來有個三招兩式，難怪如此大膽！姑娘來拿你。」

她的動作比話還快，平地前射七尺，凌空挺腰，一式風擺殘荷，晃動香肩，如影隨形的尾追常三公子飄至，人在半空，雙手左掌右指，掌式攔住常三公子的去路，指點常三公子肩井大穴。出手之妙，妙到毫末，制敵之準，公厘不差。

常三公子一見她乃是上乘手法，不由大吃一驚，雙掌分花拂挪堪堪化解了來勢，不由叫道：「姑娘好身手！」

淺藍衣著姑娘一招落空，怒氣未消，揮手道：「大夥兒上，此人身手不凡，來路可疑，不能放過。」

此時，手執葛藤的姑娘，也捽動藤套道：「留他活口，捉回去再說。」她把手中葛藤活套當做兵器，舞動之時曳起呼呼風響，搶先向常三公子兜頭套下。

這時，另外三人也如法炮製，每人都扯下葛藤，打好活結，齊向常三公子施為。

常三公子既好氣，又好笑，自己原是被瀑布水聲所引，料不到惹下出乎意外的麻煩，這四個毫不講理的姑娘，先是調侃一陣，接著教訓一番，此時，把自己當成了打獵的獵物，視為野牛野馬般用套索來套。

麻煩的是，四個女娃兒都不是平庸之輩，手中的葛藤套索，使得呼呼作響，兜頭兜臉漫天罩下，左右前後，全是套索的影子，令人防不勝防。

偏生葛藤的韌性極強，可軟可硬，四人貫上真力，不亞於一般刀劍，而且藤套舞下來是一大片，比刀劍還要難防。

常三公子左閃右躲，右騰右挪，只是仗著靈巧的身法避開，因為若是冒然出掌舒拳，一個閃失被葛藤套索套個正著，整個人也就進入套索之中，立刻變成了四個女郎的階下囚，即使是不會丟掉老命，那四人的尖酸諷譏，不會好受。

他想著想著，暗暗打量脫身之計，一面退，一面找尋出路，那一邊的屏形斷崖，是難以攀登的，那片血的楓林，極可能是她們四人的居處，當然不能送入虎口，草坪這邊，是適才隱身之處看得清楚，視野開闊，不利脫身，只有先前自己攀上來之處，繞有擺脫四人糾纏的機會。

心意既定，常三公子已漸漸的退到湖畔離東時山岩不遠，口中朗叫一聲道：「在下失陪了！」

叫聲初發，人已倒射丈餘，虛空轉向，探手抓住了一根如同纓穗的青藤。

不料，手拉青藤略一用力，但聽咯的一聲輕響，頓然失去重心，青藤連根而起離了岩石縫隙，常三公子整個人也隨之下墜，當時嚇出一身冷汗，連忙吸氣上提……

只是，四個葛藤套索已經臨空罩下，眼看就要套上脖子，常三公子百忙之中連忙仰臉作勢，雙腳認定岩石輕輕借力疾點，整個人像一個平飛的水鳥，低貼水面飄出了四個葛藤套索籠罩之外。

然而，料不到湖面寬闊，離對岸足有十餘丈之遙，中途並無墊腳借力之處，常三公子只有雙腳互踏，借力二次上衝，意欲凝聚真力，掙扎著落於對岸，假若是此時沒有外力阻擾，輕易的落於對岸，應是可行之策。

只是，隨著常三公子身法變換之際，四個姑娘也同樣的借著腳點岩石的巧勁反彈而回，四個葛藤結成的套索，一齊向人在虛空無法改勢閃躲的常三公子罩去。

在這等千鈞一髮之時，常三公子哪有躲避的餘地，頓時四個套索套了個正著，把他綑成一堆，真像端節的粽子。

「噗通！」

湖心水花震得很高，五個人不先不後，一齊跌進寒冷的水波之中。

四個姑娘原穿的水緊衣褲，既可保暖，又不怕水，兼而她四人頗通水性，沉入水底之後，立刻浮了上來，互相瞄了一眼，各將手中葛藤拉得緊緊的，把不識水性的常三公子拖浮在水面，緩緩提上岸來，抛在草坪地上。

常三公子如同落湯雞，狼狽的情形是畢生未有，嗆了幾下，吐出了湖水，喘息著道：「四位！

在下從來沒有如此狼狽過，你們該滿意了吧！快將套索鬆開，在下絕不記仇，也不記恨，我們算兩下扯平！」

那身穿淺藍水師衣褲的姑娘聞言不由噗嗤一笑道：「你們聽見沒有？此人是吃燈草放屁，輕鬆得很，他要我們把他放了！好笑不好笑！」

常三公子滿腹委屈一肚皮怒火，再也忍耐不下，厲聲喝道：「忍耐已經夠了，在下一再相讓，姑娘們一再的得寸進尺，苦苦相逼，我一不是盜匪，二不是竊賊，這等繩索綑綁，到底為了什麼？」

他試著運力掙扎，想把套索掙斷，誰知，那葛藤天生韌性，日曬夜露，風吹雨打，又在湖水之中浸濕個透，比鋼鐵鍊成的還要堅實。

四個女郎已看出常三公子的窘態，不由一瞥笑出聲來。然後嘰嘰咕咕的議論了一番，不但沒把常三公子身上綑綁的葛藤套索解開，反而纏了又纏，綁了又綁，找來一大截樹枝，把他當成待宰的牲畜，抬起來，向楓葉紅紅的林中走去。真是虎落平陽龍離水，任何人到這一步也是一籌莫展。

常三公子有口難言，不住的叫道：「你們這算什麼？」

四個姑娘只是不理不睬，抬著常三公子只管趕路。

穿過楓林，眼前有一條石板鋪成的小路，也是群山環繞之中唯一的一條小路，石板稜角銳利，可以證明是新鋪上未久。

常三公子喊了幾聲，眼看四個姑娘不加理會，心知無用，不再喊叫，只是睜開眼睛四下瞧料，仔細觀察一路上山色的特別標記，一草一木的外在形勢，默默牢記在心頭，免得脫困之時不辨方向迷失路途。

一路上山色嫵媚，不時有一彎清溪潺潺流過，可是，漸漸的，兩側山勢湧來，好似無窮無盡，全是削壁千仞，涼意在兩山聳立的斷層中拂面生寒，也令人神清氣爽，頓覺靈念具消，再向前去，頭上只剩下一絲天光了，兩側的山勢更加險峻，崖石平整如鏡，滴水滋養的青苔，看上去其滑如油，莫說是人，即飛鳥也難停，猿猴也難攀，天險自成，嘆為觀止。

常三公子一路上看得呆呆，只是被綑綁得甚為不自在，尤其衣履盡濕，山風襲人，感到冷颼颼的而已。

這樣走了一程，山勢急彎抹角轉向。

就在一塊突出的大石之上，現出四個大字，題的是「秀嵐上苑」，鑿痕猶新，分明是為時不久所立。

經過秀嵐上苑刻石之後，地勢平坦多了，不過也只是一塊被群山擁抱的盆地而已。

盆地倚山處，一座嶄新的水磨莊院，碧瓦粉牆，氣派不大，但精緻玲瓏，從外廂看去，是一連三進的宅院，由於在紅樹掩映之下，蒼松翠柏遍植之中，看不出三進各層的全貌。

四個姑娘抬著常三公子不走正門，拐過院牆從一個小側門進去，又繞過一片花圃，到了中間一進的左側偏屋之中，這才將常三公子放在用山上片片石塊鋪得十分平整的地上，互相耳語一番，突然各自散去。

常三公子不由焦急起來，生恐四個女娃惡作劇，就這樣把自己放在地上不加理會，連忙喊道：

「喂！姑娘！這該把我放開了吧！」

四個姑娘真的沒有理會，嘻嘻哈哈的笑著出了房門。

片刻——

她們四人又一齊來了，個個換上一身同顏色的便裝，而且分別捧了食物，因此刻已近入夜，所以也帶了盞紗燈，分別放在桌上。然後四人一齊動手，替常三公子解開了四根葛藤。

身著淺藍衣衫的先開口道：「難為你了，手腳有些發麻是嗎？這兒有熱菜熱飯，先填飽五臟廟，就會好一點的！不過……」

她說到這裡，忽然用手掩口不語，臉上添了些紅暈，含羞不語。眼睛不敢直視常三公子，低頭看著自己的裙裾。

卻是那穿淡黃的一個朗聲道：「告訴你，不過我們這兒沒有男裝，你這身濕衣服嘛，只好把它穿乾了！」

常三公子真是饑寒交迫，點頭道：「好吧！我真不明白，四位這麼把我捉弄得不是有些兒過份嗎？」

一身淡黃裝束的姑娘道：「忍忍吧！這種日子你還要過七天呢！說不定呀！哼！哼！」

湖綠衣衫的姑娘道：「乾脆告訴你！說不定你這條小命也保不住，我們對你呀！算是天高地厚啦！」

常三公子不解的道：「七天！我為什麼要住七天？」

淺藍衫褲的接著道：「無故闖進秀嵐上苑，就由不得你，我們也沒有權決定怎麼處置你，有權的人每七天來一次，正巧，他今天早上才離開，所以嘛，你要忍耐些，等他回來，才能決定你的生死，這該明白吧！」

常三公子道：「我的生死誰也無權決定。」

那姑娘道：「不見得吧！我警告你，最好少打如意算盤，你要是想偷偷的溜，那是自尋死路，我們的話只能說到這裡，你吃完飯之後，裡進的就是臥室，安安份份的睡上一覺，不要踏出這花圃以外的半步，花圃以內由你行動！七天之內，沒人動你一根汗毛，吃的會送來，我們不打擾你了！」

她說完之後，向其餘三人招招手，四個人連袂而去。

常三公子真的莫名其妙，猜不透秀嵐上苑到底是什麼門道，在金陵附近，有這麼一個神秘莫測的所在，這麼怪異的人物，自己不但一無所知，連聽說也沒聽說過，實在是難以想像的事。

他心想：何不就等到七天，等那正主兒出面，可以看看他的真面目呢！說不定就是自己苦苦尋找的黃衣人或白衣人之一，那豈不是一項天大的奇遇。

想到這裡，心中的怒火也消了，焦急也沒有了，竟然覺得有塞翁失馬，焉知非福的感覺，抖抖身上的枯草落葉，索性靜了下來，在燈下一口氣把四碟臘味，一大缽子清燉山雞，外加兩大碗脆香米飯吃了個精光。

一連幾天的奔波，已經身心俱疲。

常三公子進入裡間臥室，但見窗明几淨，床上白紗圓帳，朱紅棉被，淺黃床單，真的一塵不染，十分整齊。

他脫下外衣，攤開在窗前，乘夜風暗乾，然後倒在枕上，不知不覺的睡去。而且睡得十分香甜。

夜風習習，月到中天。

忽然，一陣琤琮的琴聲，隨著夜風飄來。常三公子被琴韻驚醒，仔細端聽，琴音就來自不遠的後進正屋院落，而且有一縷淡淡的幽香，隨著琴聲透過窗櫺沁人心脾，越覺得琴韻的幽雅，絃聲的動人。

常三公子想起那四位姑娘的警告，因此不敢魯莽，當然，他也怕因一時好奇引起節外生枝，耽擱了自己意在進一步探訪秀嵐上苑的內情的計劃。

因此，他本來已離床而起，想順著琴音察看這操琴的是什麼樣的人。

然而，他按捺下來，又再度躺在床上。

琴音在夜深人靜之時，越來越清晰，越來越扣人心弦，常三公子越是想睡，越無法入夢，越是不想探聽琴聲來自何處，越想看個究竟。

終於，他再也忍耐不住，一躍離床，穿上已經完全晾乾的長衫，掀窗出了臥室。循著悠揚的琴聲方向，飄身躍上屋頂。

但見月色如紗之下，一個背坐披著暗紫披風的影子，看不清面貌，正在撥著七絃琴，低吟著李唐後主非常感傷的詞。

聲音不高，但字字清晰。

這，分明內力十分紮實。

常三公子聽得真切，那首詞是——

四十餘年家園，三千里地河山，

鳳閣龍樓連霄漢，瓊枝玉樹作煙蘿，

幾曾識干戈。

一旦歸為臣虜，沉腰潘鬢消磨，

最是倉惶辭廟日，教坊猶奏別離歌，

揮淚對宮娥！

歌聲哀怨低迴，似有無限感慨。

那一曲既罷，屋內忽然有人高喊了一聲：「好！」珠簾掀動一下，一個通身雪白的人，笑著拍掌而出。

常三公子不由大喜，這個全身雪白的白衣人不正是那明孝陵牌樓上，指點自己用石塊擊退強敵的人嗎？

他的意念一動，正待飛身而下。

不料，那白衣人拍手笑聲一收，竟然指著常三公子藏身之處，朗聲道：「下來吧！躲躲藏藏的幹嘛？又不是別人家裡。」

常三公子暗吃一驚。

自問輕身功夫不差，又在特別細心留神之下，乃是寸草不驚，隱伏之地又是暗處，居然被他識破！

此人功力特異，必須小心一二。

既被人發覺，再無不現身的道理。

因此，常三公子一長身，前射三丈，飄身落實地面，對白衣人大聲道：「閣下何人？一再藏頭露尾，道理何在？」

「嵐兒！」

這聲低喝，有如晴天霹靂，常三公子心頭大震，回首望著那身披暗紫披風彈琴之人，一時不知如何是好。

白衣人一見，吟吟而笑道：「老妹子，揭開面紗吧！別嚇著孩子了！」

彈琴之人緩緩揭去暗紫面紗。

「娘！」

常三公子高叫一聲，撲到母親懷裡，偌大的人像三歲孩童一般，伏在母親胸前，止不住淚下如雨。

常老夫人也老淚縱橫，用手不斷撫摸著常三公子的後腦亂髮道：「孩子，難為你了！真難為你了！」

「娘，您……」

「娘不是很好嗎？起來，見見姨媽！」

常三公子聞言，揉揉淚眼，抹去腮上淚水道：「姨媽？」

「是呀！傻孩子。」

「誰？誰是姨媽？」

「不就在眼前嗎？」

白衣人這時也掀去蒙在臉上的白紗，笑著道：「你這個姨媽，可沒有你媽美，看了不要嚇壞了！」

常三公子一看，掀去面紗的白衣人，一臉皺紋，又是一隻獨眼，雖不會到嚇人的地步，確實令人見而生畏！

常老夫人忙道：「傻孩子，還不快給姨媽叩頭。」

常三公子不敢怠慢，伏身跪下道：「外甥常玉嵐，給姨媽請安！」

白衣獨目人哈哈一笑道：「俗氣！俗氣！快起來。」

常三公子起身問道：「娘！是姨媽救你……」

「我可不敢搶功！」白衣獨目婦人搶著道：「是陶林救你娘，不是我，陶林你該認識吧？」

常三公子點頭道：「認識！」

白衣獨目婦人心直口快，又叫道：「你這位少俠，到了秀嵐上苑還沒想到嗎？」

「秀……嵐……」

常三公子吟哦了一下，不由大悟，秀，不正是藍秀嗎？嵐，不正是自己名字的最後一個字嗎？為何自己竟沒想到呢？

常老夫人此刻道：「陶林不但救了為娘的，還把我們家秘室的圖書冊頁都搬來了，平平安安的放在這上苑後院的武庫書齋中。

「最難得的是，在大火之中，把那塊文淵閣大學士寫的御賜金匾也搶了出來，高掛在前廳哩！」

常三公子真正出乎意外的驚喜，一時不知該怎麼說才好，只道：「此恩此情，粉身難報，粉身難報！」

白衣獨目婦人又插口道：「最難消受美人恩，陶林也不過是奉命行事而已，幕後正主的恩，才是難報哩！賢外甥，你打算怎麼報答藍姑娘？」

常三公子不由張口結舌，囁嚅地道：「這……這……」

常老夫人一見，愛子心切，笑著道：「大姐，你就別再賣關子了，把該指點的話告訴嵐兒吧！」

白衣獨目婦人笑得前仰後合，咧著嘴道：「心疼了吧！好吧！嵐兒，坐下來，聽著，也記著！」

「是！」

常三公子正經的坐在石鼓上。

白衣獨目婦人正色道：「司馬山莊明是武林盟主，暗中正要一步步消滅各門各派，司馬長風不除，武林永無寧日，最後血腥難免，洗劫必至！」

常三公子點點頭，道：「外甥心中也早有疑心，歷次的紅衣人生事，必定是司馬駿暗中主使！」

常老夫人道：「嵐兒，聽你姨媽說下去！」

白衣獨目婦人道：「你沒見過我，應該聽說有個獨目婆婆吧！」

常三公子略一思忖，不由心頭大震，他的確聽過，那個百花門中翠玉生前告訴他的，說是百花門有人犯了門規，都交給獨目婆婆處罰。

因此，愣然不知該怎麼下斷語，只點點頭說道：「聽說過！聽說過！不過，我不知道就是姨媽。」

常老夫人見兒子甚感不安的樣子，不由道：「大姐，說這些話幹嘛？長話短說，交代孩子就是了！」

獨目婆婆淡淡一笑道：「好吧！簡單的說，司馬長風成名多年，禍心尚未敗露，目前不能冒然行事。

「其次，要消滅司馬山莊，武林先要有一代替之人，否則天下大亂，我們選定了你做武林盟主！」

常三公子大驚道：「外甥哪敢？」

獨目婆婆道：「人在江湖，身不由己！何況，這是水到渠成的事，又不要你去拚命打鬥！」

常老夫人嘆息了聲道：「這也是命中注定，金陵世家要變了！嵐兒，要認命，也要順應時勢。」

獨目婆婆道：「目前我們不能隨意亂動，因為怕投鼠忌器，冒然發動，恐怕司馬長風惱羞成怒，傷害了你爹，那就後悔莫及了！」

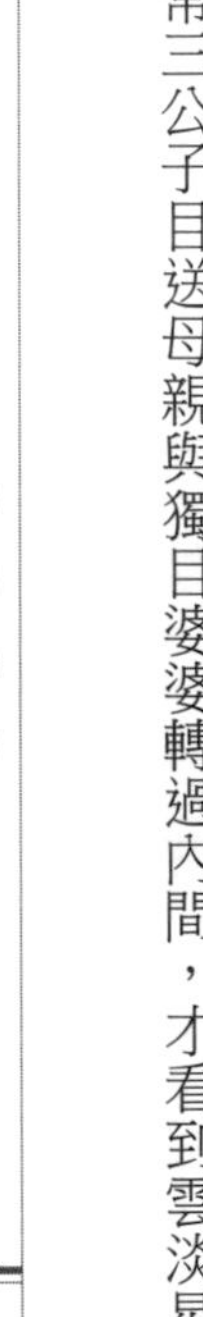

常三公子更加吃驚道：「你說我爹他在司馬長風手上？」

獨目婆婆道：「我猜想是的，但是尚未掌握到真憑實據，姨媽已經安排了有人，不出一個月，一定有個確實的訊息，到時先救出妹夫要緊！」

常老夫人淚光閃閃，叮嚀的道：「孩子，記住姨媽的話，千萬不要魯莽，萬一傷了你爹，為娘的焉能偷安獨生！」

獨目婆婆看看天色道：「嵐兒，天亮之前，你必須離開秀嵐上苑！」

常三公子忙道：「不！我要伺候母親，還有姨媽！」

獨目婆婆把臉一沉，一隻獨眼冷峻的盯視著常三公子道：「你娘在此吃喝起居有四個丫頭伺候就夠了！

「在大事未定之前，秀嵐上苑必須保密，再說，上苑以外要辦的事甚多，你留在這裡算什麼？」

常老夫人也含淚道：「孩子，最重要的是救你爹，他年紀一大把，可受不了太多的折磨！」

獨目婆婆已自站了起來，囑咐道：「你可以走了，再告訴你，上苑以外，我們就是見了面，也要裝成不相識的樣子，知道嗎？」

她說完，又拉著常老夫人的手道：「我們進去晚課吧！今天已經太晚了！」

常老夫人點點頭，用手拍拍常三公子的肩頭，雖然沒說什麼話，但那慈愛的手，卻傳達了千千萬萬說不盡的愛心與關懷。

常三公子目送母親與獨目婆婆轉過內間，才看到雲淡星稀，月已西沉。

黑黝黝的遠山，漸漸的露出一脈青蔥。天，已經快亮了！

雁行橫空，遠山消瘦。

楓葉流丹，蘆花翻白。

「西廂記」描寫得好：碧雲天、黃花地，西風緊、北雁南飛。

好一個秋高氣爽的清朗天氣。

馳名江湖的桃花林，已是枯枝蕭蕭、只有幾片尚未被冷颼颼西風吹落的焦黃枯葉，在枝間隨著風勢抖怯，偶爾在枯葉之間，可以看到一兩個鴿蛋大小的僵桃、灰褐色的茸毛，在清晨的陽光下。閃出一星微的生命餘輝，留下它春時欣欣向榮的痕跡，也引發人們一縷生命短暫的浩歎。

九月初一，是桃花林的一個大日子。

從初一起，到十五止，一連半個月，是賣酒期，三百？香醇蓋世譽滿天下的美酒桃花露，成為飲食業者的爭購珍品，遠從京城大邑來的酒商，早已計算了日程，千里迢迢的趕到桃花林來，等候這一天。

更有無數的江湖豪客、武林健者，也從四面八方趕來，他們不是來買酒，而是要窺探一下神秘桃花林的究竟，更重要的是伺機看看桃花林的人物——桃花仙子的真面目。

太陽才剛剛升起。

唯一可通車馬的大路上，一群群的買酒客，有的曳著篷車，有的趕著騾馬，爭先恐後的奔向桃花林前。桃花居的廣場，等候賣酒的桃花老人露面賣酒，彼此互相猜測今年桃花露的價格。

事實上，桃花露的價格並無爭論，每年都是桃花老人宣佈一下而已。

因為無論桃花露的價格多高。三百罈也會一搶而空。水漲船高，商人有了桃花露，就是已擁有一條通往大發財源的道路，善飲的富家王公，只要能喝到桃花露，誰會計較價錢的高低？

日上三竿了。

往年，這時桃花老人早已大開桃花居的木板門，搬出一罈罈雖然封泥的桃花露，也掩不住一陣陣隨風飄出的酒香，開始五罈十罈的賣出。

「為什麼還沒有動靜呢？」

「咦！到了該賣酒的時候啦！」

呀——

桃花居的木板門終於開了！

「我買十罈！」

「我要五罈！」

「……」

你吼，我叫，幾百個買酒客一擁上前，亂作一團。

有幾個更拉近乎的叫道：「桃花老人！我可是每年都來的老主顧！」

桃花居的兩扇木板門敞開了來。

「咦！」

哪有什麼桃花老人，卻施施然走出四個紫衣少女。

一眾買酒客全都大出意料，不由愕然給愣住。

「各位！」說話的是杭州八方酒樓的東家，是桃花露最大的買主。每年總要買三五十罈桃花露回去。

此時。他抹抹兩撇八字鬍，越眾而前。拱手含笑道：「四位姑娘！賣酒的桃花老人敢情已是去世了？」

四位紫衣少女聞言，不約而同的微微一笑，互望了一眼。

八方酒樓的東家緊接著又道：「反正我們是來買酒的，四位姑娘！照規矩，現在到了開始賣酒的時辰了！」

他說完，偏著頭看了看日已近午的天色，而後瞪眼望著四個紫衣少女，等她們答話。

「今年的桃花露不賣了，各位請回吧！」

四位紫衣少女聲如黃鶯出谷，四人不約而同說出的話，抑揚頓挫若含令節，像是出自一人之口。

「啊！」

數百買酒客遠道趕來，對於桃花露這種天下名酒，莫不抱著天大的希望，於今聽說不賣，焉能不大吃一驚？因此異口同聲發出一聲驚呼，彼此面面相覷。

四個紫衣少女之一，這時早又道：「各位！從今以後，桃花露不再對外出售，明年，各位也就不必枉駕了！」

另外左首那位紫衣少女，也緊接著道：「各位賓客！我勸大家立刻離開桃花林！」

緊靠在她身側的少女嫣然一笑道：「不然的話，日當中天的午刻時分，可能要遇上麻煩……」

少女中最小的一個面色凝重，提高嗓門道：「這麻煩也許不小，輕則各位的行囊不保，重則非死即傷！」

一眾買酒客哪能就此甘休，聞言七嘴八舌，鼓噪起來，亂成一團。

八方酒樓的東家，大聲叫道：「四位姑娘，不要拿話來嚇唬我們，我們是將本求利，現錢買現貨，這是多年來的老規矩！」

「對！」

「不錯！我們只要買酒！」

「……」

數百人口中吼叫著，一步步向四位紫衣少女湧近，眼見就湧到桃花居門口。

最小的紫衣少女一見，不由嬌叱了一聲：「站住！各位遠來是客，又是桃花林的買酒主顧，因此才據實以告，好言相勸，不然，哼哼……」

她年紀雖小，但哼哼兩聲冷哼，卻含有十分冷峻的嚇阻力量，令人心頭一震。

眾人的腳下雖然停了下來，但人為財死鳥為食亡，對於買酒可以發財的念頭，一時怎消得下。

因此，唧唧咕咕議論不休，並沒有離開桃花居的意思。

「午刻已到！」左側的紫衣少女瞧了一下日正當中的天色。

馬蹄聲動，人聲嘈雜。

另外一位紫衣少女朗聲道：「各位是規規矩矩的酒商，應該立刻退出。現在來的，可都是江湖

中人，有白道的英雄俠士，可也有黑道的惡霸強梁……」

一言未了，圍著桃花林的三面，蹄聲得得，人影晃動，有兵器叮噹碰擊的金鐵之聲，也有展功疾馳的衣袂帶起的勁風聲響。

蹄聲雜沓，衣帶飄揚的此起彼落聲中，看是毫無秩序，其實行家自能看出門道。

首先手持禪杖當著桃花居正門而立的，乃是少林掌門明心大師。

鐵冠道長緊隨在明心大師的左側，右側是崑崙掌門人西門恆德。

丐幫幫主「九變駝龍」常傑，一雙精碌碌的眼睛，不住的四下打量。

峨嵋、雪山、終南、棲霞……

三山五嶽的武林，五湖四海的豪傑，瞬間只怕聚集了五七百人之多，湧在桃花林的林外廣場之上，黑壓壓的一大片，說它是人山人海，並不為過。

然而，桃花林仍是一片寂靜，只有四個紫衣少女，一字排列在桃花居的木板門前，面帶盈盈微笑，神定氣閒的鎮靜如常，對當面武林百家齊至少長咸集，彷佛是沒有這一回事一般。

明心大師乃是修為頗有火候的高僧，身為少林掌門，豈能心浮氣躁。因此，他單手合十當胸，垂著長長的白眉，閉目暗誦佛號，不動聲色。

武當鐵冠道長，心中雖然也按捺不住，但名門正派的高人，也不便露出不安，勉強鎮定下來，不斷的偷窺明心大師的動靜。

只有丐幫幫主「九變駝龍」常傑，個性灑脫，耐不住的叫道：「大師！武林各門派一夜之間接到請柬，要我們今天午時三刻到桃花林，究竟是怎麼一回事？」

「阿彌陀佛！」明心大師微睜雙目，撚鬚微笑道：「幫主！貧僧非常慚愧！對於你所問的，也正是貧僧心中的疑問！」

「常幫主！」鐵冠道長乘機道：「貧道可以斷定，武林帖是桃花林發出來的，問桃花林的人，也許能弄個水落石出！」

鐵冠道長的話雖沒點明要常傑先發難去問當門而立的四位紫衣少女，但所謂桃花林的人除她四人之外還有誰呢？

明心大師與鐵冠道長之所以不與四位紫衣少女搭腔，因為是身分有別。

四個紫衣少女雖然容貌不俗，但一色的穿著打扮，分明是婢僕階層的下人，以一門一派的首腦之尊，當然不是「對手」。

但是，丐幫就少了這一層顧慮，因為丐幫一門上起幫主長者，下至初踏門檻的小叫花，人人都是走千家遇萬戶的老手，所接近的不是青皮光棍下九流的人物，就是丫環僕婦、傭工奴婢，心中這種身分觀念，年長月久，早已沒有了。

常傑聽了鐵冠道長之言，拖著青竹杆，跨上兩步，指著四個紫衣少女，朗聲道：「喂！小姑娘！桃花林遍灑武林帖，邀我們前來，就這麼站著，是什麼意思？」

紫衣少女之一蛾眉緊皺，鼓起小嘴道：「閣下接到了帖子，看清楚沒有？帖子上寫的是什麼時候？」

常傑從懷內扯出來一張已皺得不成樣子的桃花帖子，隨手抖動著道：「九月初一午時三刻！」

紫衣少女談談一笑道：「現在呢？」

常傑叫道：「午時已到！」

「還沒到三刻！」紫衣少女說完，櫻唇一掀，面帶不屑意味，側臉偏向一方，正眼不看常傑一下。

常傑不由臉上一陣發熱，訕訕的，半晌無法開口。

一代掌門受窘，門下弟子含羞，丐幫徒眾足有二十餘人，焉能不惱羞成怒，各自揮舞著打狗棒，蜂湧向前，紛紛喝叱道：「黃毛丫頭，太也無理！」

丐幫弟子一向團結一致，一人發難，眾人附合。二十餘個漢子，撲向四個紫衣少女。

料不到四個弱不禁風的紫衣少女。依舊紋風不動，為首的一個沉聲道：「站住！桃花林不容任何人在此撒野，都給我安分些兒！」

丐幫弟子群憤既發，哪能就此作罷、為首的數人已挺著打狗棒搗抖下已，眼看已到四個紫衣少女身前，相距不足一丈。

先前發話的紫衣少女，冷冷一哼道：「狂徒！不見棺材不掉淚，憑你們連桃花林的飛蜂也鬥不了！還用得到姑娘們出手嗎？」

她口中說著，手中由佩帶上拔出一技細小的蘆荻口哨，抖動手臂，虛空摔動著圓圈。

嘶……噓……

佩帶一端緊著的蘆荻小管，發出一陣尖銳低沉的怪響、陣陣刺耳。

就在哨音響起之際，桃花林中也響起一陣同樣的響聲。像一朵褐色的雲，從林內飛飄而出。

常傑一見大吃一驚，急忙大聲吼道：「桃花絕毒蜂，快退！」

武林之中下少豪客壯士，其之不敢貿然進入桃花林，就是怕林中的桃花絕毒蜂。

相傳有人進入桃花林，並未見到桃花林的人，就被這毒蜂活活圍刺而死，且毒發時不但皮肉化為膿血，連骨骼也溶成爛泥。

這種傳言已非一日，常傑焉能不知，所以大聲喝止門下急退。

同時，其餘武林健者，個個退後數步，各人都亮出兵器護衛當面，如臨大敵。

「各位稍安勿躁！」那揮動佩帶、曳起蘆荻聲響的紫衣少女，說著，手臂頓停，佩帶垂地，蘆荻無聲。

說也奇怪，慢說飛來的一群褐蜂，像是訓練有素的兵士，蘆荻聲戛然而止，牠們也唰——的一聲，不先不後的收翅落了下來，停在桃花樹的枯枝之上，下經意真看不出有一群毒蜂伏在焦黃渚色的枝椏之間。

一眾武林健者看得目瞪口呆。

就在此時，桃花林深處，傳出一陣絲竹之聲，樂聲優雅動人。

四個紫衣少女，面色端肅，其中一個朗聲道，「午時三刻已到，主人出林迎客！」

話音甫落，四個美如天仙的少女，身著一式湖綠勁裝，每人手中一柄拂塵，緩步而出。

接著是四個秀麗少女，身著一色淡黃宮裝，每人手中一柄圓扇，蓮步輕移。

然後，四位淺黃勁裝姑娘，每人一支短劍，捧在右臂彎內，婀娜中顯著英挺。

最後，四位粉紅宮裝少女，每人雙手拜著一技玉如意，如同畫中仕女。

八個黑衣健婦，四人一組，拖出兩輛碧油香車，左邊一輛垂著鵝黃幕帷，右邊一輛乃是絳紅帷幔，車輪滾過林中枯葉，發出嗤！嗤！聲音。

這等陣仗，莫說是深山野地的桃花林，即使是皇親國戚巨門富賈，也是難得一見的排場。

四個紫衣少女，一齊迎上前去，躬身嬌叫了聲：「婢子參見主人！」

行禮後雁翅分開。

四撥淡色裝束的十六個少女，早已分兩邊肅立在桃花居桃林邊沿。

兩輛香車並排居中停下。

右首車上絳紅帷幕徐徐啟開。

「哦……」

一眾本來目瞪口呆的武林健者，不由齊聲驚嘆了一聲，聚蚊成雷，訝異神色可以想見。

看車上的螓首乍現，艷光懾人，太美了！光是一對眸子，微微那麼一飄，在場之人，莫不在她似水雙瞳之下心動神搖。

明心大師不由垂下頭來，低誦了聲：「阿彌陀佛！」

車中通身雪白裝束的少女，朱唇微動，似笑非笑，梨渦似有若無，略一掃視武林群雄，然後徐徐的道：「桃花林驚動各大門派來此一聚，小女子在此代本門令主深感謝意！」

明心大師聞言，心中一動，口宣佛號，合十當胸，朗聲道：「姑娘口中的本門令主乃是何人？不知現在何處？可否請來與老衲等一見？」

白衣少女眉頭微動，略一沉吟道：「大師，本門令主現在左首車內！」

明心大師忙道：「可否與武林同道一見？」

白衣少女微微搖頭道：「乃是大師熟悉之人，但是，你佛家講的是香火緣，此刻尚屬緣分未到！」

悶在一旁的鐵冠道長，抖了一下手中拂塵，踏步而前道：「貧道武當鐵冠，請教姑娘如何稱呼？」

白衣少女不由帶笑道：「藍秀！」

「藍秀？」眾人又如響斯應的重複有聲。

因為武林之中，從來沒有聽說過藍秀這個人，當然，更加弄不清她的來龍去脈了。

明心大師掀動壽眉，朗聲問道：「姑娘相邀，究竟為了何事？當著武林同道，似乎應該說個明白！」

「當然！」

白衣少女此刻已由車內施施而起，修長的身材，亭亭玉立在車轅之上，略微提高了嗓門道：「奉邀各位，第一是本門的桃花露從今年起，不再當做商品出賣，只供招待貴賓……稍等，三百罈人人想得以解饞的桃花露，分別贈送今天在場的各位！」

此言一出，在場之人除了各門掌門之外，莫不展露歡顏，有些嗜酒如命的，更加喜之不勝。

白衣少女卻又接著道：「第二點要向各位說明的是，本門有一個代表性的令符，今後免不了在江湖上出現，凡是各位見到此一令符，務請看在今日這段情份，多多給一些薄面，不要傷了彼此的和氣。」

明心大師不由一愣。

因為這等事，關係武林至大至鉅，一門令符乃是一門的標誌，但是善善惡惡、真真假假，在武林來說，良莠不齊，很難有個定論，尤其涉及恩怨，有時是很難分出是非黑白的。

久久未發一言的丐幫幫主常傑，不由哈哈大笑道：「姑娘的話常某有些不懂！」

藍秀有些不悅道：「常前輩！你不懂？」

「不懂！」常傑大聲道：「一門一派的令符，只是門派內部的事情、難道你們的令符要通行整個武林，正邪兩派都要一體遵守，像皇帝大佬官的聖旨嗎？」

不料，藍秀聞言不怒反笑道：「常幫主！你懂了！你懂了！本門的令符，在武林之中，正像皇帝的聖旨，人人都得遵守，你完全懂了。哈！哈哈！」

她的笑聲如同銀鈴在林際振動搖曳，清、脆、味、亮，像雅樂在淺奏，像鳳凰在輕吟，說不出的美，說不出的動人。

然而，她的神情，她的語氣，她話中的含意，卻使在場的武林群雄感受不是味道。因為，很明顯的，她是要天下武林臣服在她的令符之下，唯命是從。

這是武林之中難以忍耐、難以接受的事。

但是，沒有人敢出頭發言。

一部分人眼看藍秀這等陣勢是來者不善，加上桃花絕毒蜂非人力可以抗拒。

一部分人存著天塌下來有高個子頂著，犯不著自我煩惱強出頭，縱從心中一百個不服，也都見風使舵。

明心大師就不能裝聾作啞了。

因為少林一派乃八大門派之首，今天在場之中，又以他為輩份最高，況且，一行數百人的眼光，不約而同的落在他身上，這景況是推辭不掉的。

略微衡量一下情勢，明心大師強打笑容道：「藍姑娘！說了半天，貧僧還不知你的令符是個什麼樣子？似乎是有些笑談吧！哈哈哈！」

老和尚強自打著哈哈，沖淡他的窘態，也想把話題扯開，用輕鬆來化解僵局。

藍秀聞言正色道：「大師說得極是，我這裡已有準備。」

她忽然雙手輕拍一聲，道：「大師！請看仔細，武林各位也要辨識一下。」

桃林深處，一輛雙輪板車，上面豎著一塊碩大的厚木板，木板用雪白的粉底油刷得發亮，上面畫著一朵五瓣桃花，鮮艷奪目，每瓣花蕊，都有一個漢子大小。

陶林一身灰色舊衫，寬帶緊腰，隨在板車一側，一步一趨，到了香車之前，垂首恭謹的道：「本門令符式樣在此。」

藍秀輕聲道：「陶林，你與各位貴賓解說一下。」

「是！」陶林應了一聲，折身面對武林群雄道，「各位！這就是本門桃花令的樣品，真令大約一寸五分，活像一朵盛開的桃花，見令如同見了本門令主，如有不恭者，挖眼、割鼻，任選一種，如有不遵令行事者，立死不赦！」

陶林的話沒落音，數百武林群雄不由鼓噪起來。

一則是陶林的語意霸道無比，儼然桃花令要君臨天下；二則藍秀此刻已回到香車帷幕之中，她那懾人心魄的艷光美色威力解除。

「九變駝龍」常傑面色發赤，厲聲喝道：「老花子首先不能接受！武林黑白兩道，是要憑真才實學的。」

陶林撚了一下山羊鬍，不住的點頭道：「當然！常幫主！你的意思是……」

常傑不等他說完，怒道：「領教你們門主手底下的能耐！」

不料，陶林面露微笑，語氣凌人的道：「常傑，領教本門門主？你太過自大了吧！再說，憑你也不配！」

丐幫乃是名門正派之一，「九變駝龍」常傑，可是響噹噹的人物，何曾受過別人這等奚落？因此勃然大怒，沉聲道：「匹夫！欺人太甚！」

他口中說著，手裡的打狗棒略一點地，人已躥出三丈，揚棒戟指著陶林道：「來！本幫主先廢了你，再找你的主子！」

江湖之上，丐幫是最團結的門派，一眾丐幫子弟，眼見幫主在話鋒上受辱，早已氣憤填胸，而今幫主已經怒極出手，豈能再袖手旁觀？

於是，二十餘人，二十餘支打狗棒全都出手，潮水一般，發聲喊著齊向陶林攻到。

「要群鬥？」陶林意定氣閒，淡淡一笑，慢條斯理的上前幾步，不閃不躲，反而迎著丐幫的人群，依舊低沉的道：「正好拿幾個發個利市！」

分明陶林是毫不經意的神情，忽然在二十餘支打狗棒影之中，快如驚鴻的一個旋轉，但聽刺耳驚魂的慘叫之聲連番暴起。

二十餘支打狗棒全部落空，連「九變駝龍」常傑也愣在當場。

因為，眼前不但失去了陶林的灰色影子，而且地上多了五個直挺挺的屍體。

五個丐幫弟子仰面躺在地上，竟然排成一個五瓣桃花的圖形、每人臉上留下五個血指印，而五個指印也是同一式的桃花圖形。

太可怕了！

在場的數百人可都是武林的行家，明心大師、鐵冠道長、常傑等不但是武功修為絕高，而且是一門宗師，但全沒看出陶林用的是什麼身法，其餘的數百人，當然更加莫名其妙了。

而陶林在眨眼之間立斃丐幫五個弟子之後，彷彿沒有發生任何事情一樣，已回到板車之前，原來所站的地方，悠然的道：「常幫主，多謝貴幫弟子排出本門令符，這樣，在場各位的印象會深刻一些，容易記得！」

這比當面打兩個耳光還要難堪。常傑乃是一幫之主成名的人物，焉能吞下這口怨氣，受這個侮辱。因此，他將肩上的九袋褡褳順手抛了下來，用力丟在地上，雙目暴睜，沉聲喝道：「老夫今天若不斃了你，也沒臉見江湖朋友，誓不再在丐幫混下去！」

九袋褡褳可是丐幫的幫主表徵，是丐幫的精神所在。而今，「九變駝龍」常傑以一幫之主的去留，當天下武林面前要與陶林拚了。

其餘丐幫弟子一見幫主卸下九袋褡褳，全部大驚失色，不約而同的通跪在當地，環繞著常傑匐匍飲泣。

明心大師見此情景，口誦佛號，生恐常傑情急拚命，事態愈發不可收拾，緊走幾步，攔在常傑的面前，低聲道：「常幫主！這不是丐幫一幫之事，今天之事關係整個武林，必須從長計議。」

常傑用眼掃視一下環跪在身前的本門弟子，老眼之中也不禁滴下幾滴清淚，搖動一頭亂髮，講不出話來。

明心大師又道：「今日若如此僵下去，血腥之事必然更加不可收拾，忍一時之氣，免百日之憂！」

常傑嘶啞著咽喉道：「大師！想不到丐幫的基業，一旦毀在我常傑手上……」

明心大師搖手道：「常幫主不必如此，老衲自有處理。」

他說完，折身面對桃花居，不由驚呼了一聲：「咦！」

原來，桃花居的門前，已空洞洞的不見一人，先前的二十個少女、兩輛香車以及陶林連同板車，不知何時已無影無蹤。

桃花居的廣場上，一排排成罈的酒甕，堆得整整齊齊。

五瓣桃花令圖形的兩邊，多了兩行海碗大小的楷書，左邊一行寫的是：「三百罈桃花美酒」；右邊一行寫的是：「奉贈給武林朋友」。

明心大師愕然若失。

一眾武林群雄個個愣在當場。

「九變駝龍」常傑氣得臉色發紫，咬牙格格的作響，挺起手中打狗棒一躍丈餘，對準堆積如山的酒甕奮力掃去。

但聽乒乒乓乓一陣響，三百罈桃花露甕破酒流，四溢酒香隨風飄蕩。

嗡——一陣刺耳驚魂的怪聲。

黑壓壓的一片桃花絕毒蜂掠過枯枝滿天飛來。

一眾武林莫不大驚失色，個個掉轉身向桃花林外來時的路上爭先恐後的狂奔。

洛陽，古都的風貌的確不凡，六街三市，車水馬龍，是藏龍臥虎之地，山川靈氣薈萃之所。

半月以來，洛陽忽然有一個特殊的現象，在不知不覺之際，大街小巷突然增加了數不清的乞丐，大大小小老老少少，有殘疾的、有健壯的。

然而，常住洛陽的人並不以為奇，因為這是一年一度的丐幫大會。

丐幫總舵設在洛水的洛陽橋南岸，每年的集會日期是臘月初八，地點就在總舵所在地龍王廟。

龍王廟相傳是當年蔡狀元修築洛陽橋時同時興建的，但是三年之前一場大水，把龍王廟沖成了平地，正應了一句俗話：大水沖倒龍王廟，自己人不認識自己人。

丐幫不同於八大門派，八大門派各有各的基業、田地、山莊，財路廣闊，因此，不怕沒有錢用。而丐幫的徒眾雖多，十個有十一個是雙肩一張嘴，沒有人有隔宿之糧，哪裡談得上積蓄，更不用說是財富了。

而同時，有錢有勢的人，縱然想進入丐幫，丐幫的幫主也不容許。

丐幫就是這麼一個沒有基業的窮幫口，因此，有人也把丐幫稱做窮家幫。

按理、丐幫要想重建一座總舵，說起來並不是一件難事，只要幫眾們一心一德，募化十方，仗著人多，每人多向施主伸一伸手，積沙成塔，積腋成裘，也容易成事。

難在大水沖毀了龍王廟是在中秋前後，離一年一度的丐幫大會僅僅不到四個月，時間迫切，要等到四面八方一十三省的丐幫弟子籌齊重建總舵的費用，事實上是萬萬來不及的。已經成了規矩的大會，既不能改期，也不便借地舉行，那樣，會壞了丐幫歷代祖師傳下來的規矩。

當時，丐幫中一位年輕高手，也可以說是丐幫中最有希望接掌幫主之位的準幫主，挺身而出、自告奮勇當眾宣稱要在五天之內，籌齊重建龍王廟所需的三十萬兩銀子。

這個丐幫的第二代高手，就是自賣自身投靠司馬山莊充當總管的費天行。

費天行毛遂自薦，願意以十年的時間，賣身在司馬山莊為僕，代價是白銀三十萬兩。

司馬山莊的老莊主「一劍擎天」司馬長風不但一口答應，而且立刻從銀號中撥了三十萬兩現銀到洛陽。

有了銀子，事情當然好辦。丐幫中五方長老立刻鳩匠，日夜趕工，當年的丐幫大會不但如期舉行，而且新建的龍王廟氣派更加巍峨壯觀。

一轉眼，已經是三年過去了。

現在，又到了丐幫大會之期。

龍王廟早已張燈結彩，廟一側支起二三十個臨時鍋灶，酒肉菜餚堆積如山，流水席不分日夜的開筵，洛水堤前搭起一座一丈二尺高的戲臺，日夜三班輪番的上演戲文，鑼鼓喧天，甚是熱鬧。

丐幫大會，是每年武林中一件大事，事先飛帖天下武林，不分黑白兩道、正邪兩途，凡是叫得出字號的，都在被邀請之列，一連三天，丐幫都以上賓之禮相待，參加各項慶典，盡情歡樂。

只有大會正辰，也就是臘月初八前一夜的告天大典，是不允許丐幫以外之人參加的。所有的來賓，都要安排在龍王廟最後一進的游龍飛鳳堂，水陸雜陳，山珍海味的開懷暢飲。丐幫本門之人，

齊集在堤岸戲臺前，舉行告天大祭。

因為祭天之時，順便要懲罰這一年來叛幫離教的不屑徒人，也就是所謂的動家法、立門規，所以不能有外人參加。

月淡，星稀！

夜深，露重。

洛水嗚咽東去，西北朔風夾著寒意，不停的在深夜掠過。

戲臺上的燭火已點燃不住，只有一排掛著二十四盞氣死風的深紅紗燈。檀香像燒柴一般，堆滿了古鼎，一陣陣泛著灰黃的煙，裊裊隨風飄舞。

沿著洛水河堤，插著一排火把，燒得劈啪響，四處濺著火星。

臺下黑壓壓的萬頭鑽動，人數雖然不少，但都鴉雀無聲，等候午夜子正時刻，幫主登臺領導告天大祭。

嗆！嗆！嗆！

三聲金聲玉振，子時已經到了。

首先登臺的是丐幫東、西、南、北、中五方長老，五人齊聲高喊：「幫主駕到！」

一眾門人個個肅立，凝目望著臺後雁翅魚貫二龍出水的八對宮燈，「九變駝龍」常傑神情凝重的緩步而出，在宮燈引導之下，站立在臺的正中香案之前。

五方長老這時依禮趨上前去，堆金山倒玉柱，列成一排跪行大禮，同時口中朗聲道：「屬下等叩問幫主金安！恭請幫主告天！」

依照祭天大典的理數，幫主應當回話說：「本門弟子同沾九天恩典！」

不料，「九變駝龍」常傑一反規矩，突然哇的一聲抱頭痛哭，竟然也撲地跪了下去，衝著香案一連咚！哆！咚！叩了三個響頭，然後魚躍而起，手中多了一柄耀目生寒的雪亮匕首，淚眼婆娑的對臺下丐幫徒眾嘶啞的大聲道：「常某無能無德，使本幫弟子受辱，唯有一死以謝丐幫祖師爺栽培恩典，皇天后土養育之德！」

他說到此處，已泣不成聲，突然一抬右臂，揚起手上匕首，對正自己心窩刺下。

他這出乎意外的動作，來得既突然，又快捷無比。

臺下千百個丐幫弟子，莫不大吃一驚，失聲喊叫。

五方長老乃是最前一排，距離臺口最近，不約而同飛上臺，齊聲高嚷：「幫主……」

然而，先是五方長老要攔住九變駝龍常傑的自刎，當然還是遲了一步。

眼看常傑的匕首就要刺進胸膛。

驀然，一條青灰身影，從凌空之中，疾如飛天，快若閃電，人在空中朗如鶴唳的叫道：「常幫主！萬萬使不得！」

人隨聲至，飛虹般撲向常傑，探臂抓向常傑右手腕脈。

但見，紅光一縷，血腥撲鼻。

「九變駝龍」常傑右手中的匕首，齊柄插入胸膛，他的人也搖晃了幾下，仰面朝天，跌在臺的正中央香案之前。

青灰色人影撤後三尺，愣在臺上，一臉的怏怏之色，彷彿因救人不及而感到沮喪。

原來他乃是當今武林之中泰山北斗，開封司馬山莊的少莊主，江湖上名噪一時四大公子之一的司馬駿。

常傑血染當場。丐幫這份紊亂可想而知。

臺下泣聲不斷，議論紛紛，吱吱喳喳，亂成一片。

司馬駿面帶戚容，口中唉唉連聲，衝著丐幫的五方長老拱手道：「五位！在下稍遲了半步，沒有能及時奪下常幫主的凶器，實在非常抱歉！」

中堂長老含淚拱手，無限悲痛，也十二萬分感激的拱手道：「少莊主！你仗義相救，丐幫感激不盡，本幫幫主出手既急又準，我等近在咫尺，尚且來不及阻攔，何況少莊主你本來在後殿！」

東堂長老也抹一把淚痕恭聲道：「無論如何，對少莊主的這份古道熱腸，我們全幫五堂弟子，會永銘肺腑，不敢忘懷！」

司馬駿連聲道：「不敢！不敢！這是我武林同脈應盡的心意！」

中堂長老這時已命人找來紅絨絲布，覆在肚破腸流的老幫主常傑屍體之上。他轉面又向司馬駿道：「少莊主！丐幫今天的事，少不得還要麻煩你一番！」

中堂長老所指的麻煩，乃是另有所指，而所指的乃是丐幫幫主繼承人。

丐幫的繼承人，本來萬眾一心，著意於費天行，但是費天行已為全幫總舵重建之事，賣身在司馬山莊擔任形同奴僕的總管。

如今，常傑橫死，丐幫真的找不出第二個能服眾的幫主來。

至於五方長老，一則知名度不足以鎮嘯江湖，二則常傑之死，事出突然，死前所培養的又是費

天行，三則是五方長老的武功修為，根本不足以保障丐幫的安全。

故而，常傑一死，五方長老很自然的想起了現在司馬山莊的費天行。

司馬駿當然明白中堂長老話中的意思，然而，他故做癡呆的撇開話題，一本正經的道：「老幫主突然尋短，令人悲痛，貴幫遭此巨變，在下願盡一切可能，為貴幫效力！」

中堂長老忙道：「少莊主……」

司馬駿立刻揮手攔住中堂長老的話，緊接著道：「眼前舉辦常幫主的喪事要緊，在下也要立刻回莊。將此事向家父稟報，後會有期！」

他的話音才落，不等五方長老開口，人已彈身而起，一躍離開了高台，落向河堤遠處。

流水潺潺，占渡斜陽。

一葉扁舟，在渡口不繫纜，不插篙，橫浮在水面之上。

船頭仰天上著一個灰衣魁梧少年，對著東流的河水，吹著支紫玉橫笛，一闋漁家樂，笛聲如流水行雲，其悠閒之調，像灰衣少年的神情一式無二。

笛聲忽然而止。

灰衣少年忽然雙膝下壓，借勢用力，平地彈身而起。一個魚躍龍門，人已離了船頭，站立在堤岸之上。迎著疾馳而來的司馬駿，拱手帶笑道：「少莊主，沙無赦在此候駕多時了。」

事出猝然，司馬駿不由倏地一驚。

然而，他立即收起驚詫的神情，淡淡一笑道：「沙兄！不在沙王府享福，竟到荒野古渡，雅興

不淺。」

沙無赦道：「少莊主，我原是來看熱鬧的。」

「看熱鬧？」司馬駿瞪著眼，偏了頭，不解的問。

「是呀！」沙無赦皮笑肉不笑的道，「少莊主適才那一手順水推舟，實在是妙極了，不但巧用借力，而且未留半點破綻，真可說是天衣無縫。」

司馬駿心中暗喊了聲糟！但是表面上若無其事的道：「沙兄！你指的是什麼？在下甚為不解！」

沙無赦仰天打了個哈哈，狂笑道：「司馬兄！你是反穿皮襖？？裝佯。還是想一手掩蓋天下人耳目？」

司馬駿聞言，臉上有些變色道：「沙兄！你……」

沙無赦不等司馬駿說下去，又接著道：「不會看的看熱鬧，會看的看門道。少莊主，這一點你該懂吧！」

司馬駿心中雖十分氣惱，表面上依然不動聲色的道：「沙兄！你說了老半天，我還是不明白。」

不料，沙無赦神色一正道：「少莊主，你未免太見外了！難道要在下直言直道嗎？」

司馬駿道：「那當然最好，何必一直打啞謎呢？」

「好！」沙無赦探身向前，神秘的道，「你借刀殺人，做了老花子常傑的催命鬼，腕子上的功夫，令在下十二萬分的佩服！」

此言一出，司馬駿臉色一沉道：「沙兄，你這話是從何說起，事關一幫幫主之死，不要信口胡言！」

「信口胡言？」沙無赦側身跨了半步，眼睛不看司馬駿，幽幽的道，「明的是奪刀救人，暗地裡卻是振腕推壓，殺了人在神不知鬼不覺之間，偏偏丐幫那些大傻瓜看不出來，還感激大恩大德。司馬山莊的少莊主，果然不同凡響！」

「沙無赦！」司馬駿不能再忍，沉聲大喝道，「你滿口胡言亂語，在下沒有時間與你扯談！」說著，他跨步越過沙無赦，向堤下走去。

誰知，沙無赦彈身一躍，攔住了去路，微笑道：「少莊主，在下只想知道，你送了常老花子一條老命，其意何在？」

司馬駿沉下臉來道：「沙無赦！你不要得寸進尺，攔住去路，意欲何為？」

沙無赦依然笑道：「追問司馬山莊殺常傑的目的何在？」

司馬駿雙肩微聳，分明已運功兩臂，口中吼道：「一定要說明嗎？」

他這句話是在充滿怒氣之下沖口而出，不知已間接承認了沙無赦所指殺死常傑的事實。

因此，沙無赦得意的一笑道：「哈哈！司馬兄，在下乃塞外之人，與中原武林毫無糾葛，只是好奇而已，聊聊何妨？」

司馬駿惱羞成怒，挫動雙掌，立樁作勢道：「沙無赦！本少莊主忍耐已到了極限！」

沙無赦連忙搖手道：「我們沒有動手的理由，少莊主，何必這等架勢，不顯得心浮氣躁些了嗎？」

司馬駿豈能再忍，喝了聲：「太狂！」人已弓腰跨步，雙掌一陰一陽，一前一後，向沙無赦欺進。

沙無赦彷佛是無事人似的一般，不疾不徐的道：「兵刃相見可不是在下的本意！少莊主！你是怕沙某將你巧取常傑性命的事傳了出去嗎？」

司馬駿喝道：「少莊主我向來討厭鬥口！」

沙無赦冷冷一笑道：「你要殺人滅口？」

司馬駿道：「就算是吧！」

沙無赦淡然的道：「恐怕你難以如願，因為我這個人不容易被殺，這個口滅不掉！」

「哼哼！」司馬駿冷哼一聲，不再發話，晃身虛按一掌，扭腰跨步，前掌藉虛按之際倏的一收，右掌已半削半切，直推向含笑而立的沙無赦。

這乃是起式虛招，意在誘敵。

沙無赦焉能不知，故而，冷笑如故，紋風不動，口中低沉的道：「殺了人不敢認賬，不怕壞了司馬山莊多年的聲譽！」

司馬駿那裡能受人奚落，悶聲不響，將虛勢化為實招，突的上跨一步，「推波助瀾」硬向前送一掌。

沙無赦不敢再玩世不恭，急忙側移步法，移星換斗的飄身而起。

就在他飄身而起的同時，紫玉橫笛在手，迎風旋動之中，也起勢發招，口中朗聲道：「恕在下有此積習，動手必然要用玉笛，司馬駿！抽劍吧！」

司馬駿沉聲道：「本少莊主憑這雙肉掌要秤秤你的份量，還不必動劍！」

話落，掌勢已成，不似先前半虛半實，嘎嘎掌風之下，已連跨幾步，如影隨形。右掌連拍三招。分為上、中、下盤的部位，突然左掌猛力推出，直拍沙無赦的迎面大穴。怒極出手，甚是驚人，分明動了真火。

沙無赦不敢怠慢，玉笛揚處，也是不閃不躲，一面護作主穴，一面橫掃而出，化招攻敵，一氣呵成，不愧是四大公子之一，聲勢也自不凡。

先前，司馬駿是盛怒之下，一時誇下海口，不敢亮劍出鞘，此刻，眼見沙無赦的一支紫玉橫笛來勢凶狠，不是一雙肉掌可以接下的，心中頗為後悔。然而，大話已說在前面，此時若再動劍，必然被對方取笑。

因此，心思轉動之下，避開正面，擰腰斜跨，從側面攻出，想找一個可乘之機，尋隙制敵機先。

論兩人的功力，只是伯仲之間，司馬駿還要略勝半籌。但是，一個是赤手空拳，一個玉笛在手，便更加拉平下來。

高手過招，快如閃電，就在轉瞬之際，兩人已互換了十來招，可說不分軒輊，鬥了個平手。

但是一灰一青的兩團光影，在窄窄的河堤上追逐環繞，看不清招式，自然無法分出勝負來。

突然，河堤蘆花深處，一條雪白的人影，分開蘆叢而出，淡淡的道：「兩位，可以歇手了。」

沙無赦抽身飄出丈餘。

司馬駿收掌不由一愣。

兩條人影疾分之中，正好讓出一個丈五的空間。

白衫少年恰巧填補了這個空隙，含笑負手玉立在兩人中間，掃視兩人一眼，才微微拱手道：「兩位都不露出真功夫，又互不相讓，這等打鬥，別有一番風味，不知道的看不出端倪，要是有行家看出來，還可能認為兩位是在作耍哩！」

司馬駿看清了來人，不由一陣不安，但也不得不強打笑容，拱手道：「常兄！別來無恙？」

沙無赦也曳著紫玉笛頷首道：「金陵世家的常公子！你就是一個大行家呀！哈哈哈！」

白衣「斷腸劍」常玉嵐緩緩的道：「沙探花，你太謙讓了！二位各成一家，常某所知有限，哪能領會二位的妙處。」

司馬駿此時心中七上八下，既怕自己所做所為被沙無赦在常玉嵐面前揭穿，又生恐常玉嵐已知道火燒金陵寺往事。

因為，以當前的情勢非常明顯。

常玉嵐若是站在自己一邊，一切問題都可迎刃而解，即使是要沙無赦的性命。也是輕而易舉之事。相反的，若是常玉嵐是沙無赦邀來的，今天這一關恐怕很難過。

故而，他連忙上前含笑道：「常兄，何故來此。怎麼到這荒郊古渡來？」

他這是套交情，拉近乎。

常玉嵐也報以笑道：「本來要赴一年一度的丐幫盛會，不料遲到了一步，聞得丐幫幫主出了岔子，只好中途折回！」

沙無赦聞言，也湊上前來，插口朗聲道：「常兄！丐幫可是吃了啞巴虧了！」

司馬駿生恐沙無赦口無遮攔，說出了真相，連忙道：「常兄！過了河灣，有家野味店，小弟邀你小飲幾杯，也好敘敘別後的思念，請！」

他說著，人已攔在常三公子與沙無赦中間，單手揚揚指向河堤盡處，柳林中挑出的酒簾。

沙無赦焉能不明白司馬駿的心意。冷冷一笑，仰望著天上浮雲，輕聲道：「少莊主是否要談談「九變駝龍」常傑自殺之事，在下可是一清二楚，我也參加一份如何？」

司馬駿真的是恨得牙癢癢的，但是，他不便發作，一心只想早點離開當場，也就是快些擺脫沙無赦。於是，就順口道：「常兄，丐幫之事，等一下我們商量一下，此事可能影響我們中原武林！」

他特別把「中原武林」四個字加重語氣，當然是點明沙無赦不是中原武林一脈。

誰知，白衣斷腸劍常玉嵐淡然的道：「兩位！不瞞你們說，在下已來了多時，適才二位的話，從頭至尾，我都已經聽到了！」

此言一出，司馬駿的神色突變，愣然說不出活來。

沙無赦不由仰天大笑道：「哈哈！太好了！既然是你們中原武林之事，在下遼野夷狄之人，也就管不了許多了！兩位！青山不改，綠水常流，後會有期！哈哈哈……」

他的話音未落，人已遠去十餘丈之外，哈哈之聲，曳起老遠，久久不絕。

沙無赦一走，司馬駿眉頭一皺，心念轉處暗忖：「我何不藉著追趕的藉口一走了之，免得常玉嵐東問西問，自己不好回答。」

心念既起，腳下略一著力，一面彈身作勢，口中大叫道：「話說完了再走！」

他話未發，人先起，喝叫聲中，已躍起丈餘，尾追沙無赦去處射去。

司馬駿快，常玉嵐也不慢，他忽的一揮雙袖，飄身向前，攔在司馬駿的前面，含笑道：「司馬兄！你不是要與小弟共飲一杯，敘敘舊嗎？」

司馬駿勉強收住去勢，訕訕的道：「這……這沙無赦滿口胡言，一定惹出無可收拾的後果，恕我改日奉陪，今天……」

白衣「斷腸劍」常玉嵐淡淡一笑道：「今天司馬兄有事？」

「我……」司馬駿是做賊心虛，吱唔一聲，道：「我……我要追上沙無赦，把話說清楚！」

常玉嵐依然帶笑道：「不必了！司馬兄！小弟才不願為今天沙無赦的話做個見證！」

司馬駿此刻無法再逃避現實，又聽常玉嵐的話中之意似乎有利於自己，故而強打笑容道：「既然如此！小弟遵命，敬常兄幾杯！」

兩人並肩穿出林子，向河堤盡頭的野店走去。

蘆花搖風，遠山一抹。

野店寂靜，四野蕭蕭。

司馬駿舉杯帶笑道：「常兄，金陵貴府火災，以後就沒能相見，使小弟好生想念！」

常玉嵐心中雖然頗為不悅，但是，表面上卻微笑道：「家門不幸，多謝關懷！」

司馬駿所以舊事重提，原想把話題扯開，引起常玉嵐的舊創，忘卻丐幫之事，聞言又道：「不知令堂常伯母的玉體安泰否？」

常玉嵐淡愁滿面，一時卻被司馬駿所動，然而，他對當面的司馬山莊少莊主，早已心存防範，

故而隨口道：「家慈安好，多謝關懷！」

「哦！」司馬駿哦了一聲正待發話。

不料常玉嵐單刀直入的搶著反問道，「少莊主，不知貴莊對丐幫之事有何預先的安排？」

此言一出，司馬駿心頭不由一震，忙道：「常老幫主自刎，事出猝然，恐怕家父現在還不知道此次的巨變，何能談到安排兩字，常兄之言，是否聽到了適才沙無赦的胡亂揣測？」

「司馬兄，」常玉嵐面色一正，十分認真的道：「不瞞你說，你騰身躍上丐幫祭臺之時，我正在河堤左近，你的舉手投足，因我隱身在側面，可看得特別清楚哦！」

司馬駿心頭一震，幾乎霍地站立起來，因此，把面前剛斟滿的一杯酒，都給震翻了。

他勉強鎮定下來，道：「常兄的意思是……」

常玉嵐道：「我的意思是司馬少莊主的那一招順水推舟既用得十二萬分巧妙，又因背對臺下，掩住了臺下丐幫千百人的耳目！」

他的話音雖然慢條斯理，然而，骨子裡咄咄逼人，揭開了司馬駿自認為是天衣無縫的密謀，卻字字著地有聲，聲聲如同重擊，打在司馬駿的心頭。

司馬駿雖然十分老到，至此，也一時答不上話來。

囁嚅良久，才道：「常兄！你是誤會了！」

常玉嵐面有慍色，又道：「司馬兄！凡事欺人可以，但不能自欺！」

司馬駿也因受逼，同現不悅之色，道：「常兄！金陵世家與本莊可是……」

「好！」常玉嵐伸出右手作勢，阻止了司馬駿的話，似笑非笑的道，「我知道，少莊主，這事

在你來說，也許是身不由己！」

司馬駿面有愧色的，捫著雙唇，一時不知如何回答他的話。

常玉嵐又道：「丐幫一幫的動亂事小，武林風雨事大，望少莊主能與令尊大人認真衡量，因你有兩次援救之情，常某不為己甚！」

司馬駿如坐針氈。

他料定眼前若是立刻與常玉嵐翻臉，除了勝負難分之外，極可能把事情傳揚開去。而且聽常玉嵐之言，他尚不至於立即對江湖宣揚此事。

因此，司馬駿不安的道：「無論如何，是非自有公論，茲事體大，我立刻回轉司馬山莊，與家父稟明之後，再與常兄解說。」

「好！」常玉嵐斬釘截鐵的說了個好字，人也站了起來，拱手道，「對於貴莊總管費天行，請司馬兄能放他回到丐幫！」

「這……」司馬駿略一遲疑的道：「費天行投入本莊，是數十萬兩銀子的自動行為！」

常玉嵐淡淡一笑道：「無論是多少，常某願意一切承擔，還清這筆債務。」

司馬駿苦笑道：「三十萬兩啊！」

常玉嵐朗聲道：「三百萬兩、三千萬兩又如何？」

他的豪氣干雲，爽朗任俠那種風範，使司馬駿內心中暗喊了聲：「慚愧！」

對比之下，司馬駿顯得是太渺小了，太不光明磊落了，甚至他自認司馬山莊枉為武林盟主。

因此，他暗地裡嘆了口無聲之氣，拱手對常玉嵐道：「常兄，這就告辭了！」

常玉嵐只是正色道：「司馬兄，我等你的好消息，但願你與老莊主能做一個合乎情理的決定！」

司馬駿略一頷首起身離座就待離去。

忽然——

一聲輕盈悅耳的嬌喝，從野店左近茅草叢中傳出。聲音不大，但卻隱隱中有一股嚴厲的懾人威力，道：「慢些兒，有幾句話，要傳給司馬長風！」

突如其來，不但司馬駿悚然一驚，連常玉嵐也愕然愣了一下。

茅草堆的盡頭，兩個黛綠年華的少女，施然而出，各執紈扇，蓮步穎動，正是向野店而來。

司馬駿回首向常玉嵐瞧了一瞧，但見常玉嵐一臉的疑問神色，心知常玉嵐並不認識兩個執扇的少女，因此，跨上半步，問道：「二位姑娘是……」

一言未了——

轉角處又出來兩位同樣打扮的妙齡女郎，各執拂塵，面帶微笑，緩緩而出。

四位少女井然有序的分左右而立，一輛軒車毫無聲息的輾過黃泥路停了下來。

常玉嵐心中不由一凜。

只從那垂地的紅絨布幕，已可看出來的是百花門的百花夫人。

司馬駿不知就裡，跨步出了野店的遮陽竹棚。迎著軒車朗聲道：「荒村野店，擺出如此架勢，是否有些故弄玄虛？」

車中傳出一陣嬌叱道：「司馬駿！出言無狀，司馬山莊的一股驕氣，完全暴露出來！」

司馬駿聞言，勃然變色，沉聲道：「司馬山莊就是有這份驕氣！」

他口中叫著，人已穿身而起，撲向軒車。

常玉嵐一見，忙不迭叫道：「少莊主！不可魯莽！」

雖然常玉嵐人隨聲起，搶著攔阻，怎奈隔著一張桌子，兩下又相距二丈之遠，不覺遲了半步。

但見司馬駿人在空際探臂前伸，向軒車抓去。

司馬駿之所以探臂疾抓，只不過要掀開軒車的絨布幕，看看車中究竟是誰，並無傷人之意。

不料，車中人未動。而侍立左右的四個少女，扇、拂塵齊出，四個嬌小玲瓏，看似弱不禁風的姿態，突然之間，像是四隻靈鳥，半側身子活像一道屏障，並列在軒車之前，扇、拂塵發出的勁風連成一氣，密不透風，滴水不進。

司馬駿騰空之勢，如同飛矢。然而，忽覺迎面有一堵看不見的牆，雖然軟如棉絮，但伸出的手再也休想穿過這堵牆。更令司馬駿吃驚的是，一股反彈的力道，從兩掌之中沛然不可抗拒，整個人身不由己的，倒退而回。

司馬駿一驚非同小可。人在虛空之中，急忙氣逼丹田千斤墜功夫，急沉猛落，勉強的停下身子，立樁沉勢，方才支撐站定。

這是一種太過意外的形勢。

司馬駿心中暗忖，這分明是一種隱然的至高內力，憑這幾個黃毛丫頭辦得到嗎？

他的一念未已，軒車絨幔裡已傳出聲道：「司馬駿！你意欲何為？」

司馬駿一向自視甚高，尤其是當著常玉嵐之前，一撲受挫，怒、急、氣、羞，完全失去了外表上顯示的一介少莊主衿持，勃然變色，大吼道：「少弄玄虛，藏頭露尾見不得人嗎？」

軒車內哼了一聲道：「大膽！」

有了先前的經驗，司馬駿不得不先行運功戒備，挫動雙掌，揉身側進，一改猛撲突擊的身法，像一條靈蛇一般，蜂腰扭動，幾個閃爍，人已到了軒車探掌可及之處。

常玉嵐一見，忙喝止道，「司馬兄！不可造次！」

喝聲未落，一聲厲嚎，司馬駿的人像一道彈簧，本已欺近軒車的身子，平地飛出五丈，幸而他受傷不重，勉強穩住勢子，搖搖晃晃的站住腳步、臉色一陣紅，一陣白，半晌講不出話來。

常玉嵐一見，急忙趨步上前，因不便用手攙扶，生恐使司馬駿過分難堪，只是低聲道：「司馬兄，你覺得怎樣了？」

司馬駿出道以來，何曾受過此等挫折，心中又急又氣，而且一千個不服，試著胸中血氣上揚，如潮汐般的洶湧翻騰，顯然是為對方內力所震。

因此，他咬牙道：「常兄，你可知這車內的人是什麼路道？」

沒等常玉嵐答話，車內簾幔掀處，施施然走出一位通身雪白雲裳的婦人。

常玉嵐心頭不由一震，折身道：「門主，你難得親自離開百花總壇。」

百花夫人似笑還嗔，櫻唇啟動，帶著七分幽怨，三分不悅的道：「還不是為了你！」

說到這裡，忽然臉色一沉，鳳目中充滿怒火，柳眉倒豎，轉面對司馬駿，嬌聲喝道：「司馬駿！你年輕輕的不知天高地厚，仗著司馬山莊的虛名，橫行霸道卻也罷了，居然學司馬長風的作風，使乖乘巧，做為人所不齒的陰謀詭計，實在不能原諒！」

廿二　少林浩劫

司馬駿聞言勃然變色道：「司馬山莊領袖武林，江湖威尊，你報上門派……」

不等他的話落音，百花夫人盈盈冷笑一聲，道：「唏唏！領袖武林？小娃兒，你好狂！」

司馬駿也搶著說道：「你自問不狂嗎？」

「大膽！」百花夫人沉聲斷喝道，「念在你年少無知，回去對司馬長風說，七天之內，我會到司馬山莊，叫他對我有個交代！」

司馬山莊的威望，三十年不減，不但司馬長風四個字是響噹噹的金字招牌，身為少莊主的司馬駿，從來也沒在黑白兩道碰過釘子，所到之處，都是被人待如上賓，阿諛逢迎，而今，一招出手，受到了不明所以的挫折，接下來又被百花夫人教訓一頓，這簡直是比打幾個耳光還要難堪，因此，咬牙有聲，慘白著臉色，氣得上氣不接下氣，一個字一個字的道：「你！你！你這……你這潑婦！」

「潑婦」二字出口，人也虎撲而前。

武家功力的深淺，首在一個氣字，氣定神閒，自然是進退有序，心浮氣躁，不免章法大亂，一定是破綻百出。

司馬駿的奮力一撲，全是拚命的架勢，恨不得雙掌一齊拍在百花夫人的通身要害，甚至在掌下立刻要百花夫人肉血橫飛，碎屍萬段。

他這種惱羞成怒，情急拚命的架勢，自己是突發難以控制，第三者的眼中，卻看得真切。因此，常玉嵐忙不迭橫身急飄，探臂攔在司馬駿的前面，搶著喝道：「司馬兄，使不得！」

但聽一聲暴吼，司馬駿前撲的勢子，硬生生被常玉嵐攔住，雙手抱在胸前，雙目發直，蹬！蹬！蹬！一連退後三步，愣愣的望著常玉嵐。

常玉嵐伸出的右臂，感到奇疼刺骨，半晌收不回來，只感到痠軟麻痺，才軟綿綿的垂下來。

原來，司馬駿急撲的身子只想到襲敵洩憤，忘卻了護體保身，子午大開，胸前撲在常玉嵐伸出的右臂之上。

常玉嵐的右臂被撞，武家自然反應，當然會聚力一挺，司馬駿焉有不受傷之理。

同樣的道理，司馬駿前撲之勢被阻，胸前撞上常玉嵐的手臂，也必然會聚氣用力，強勁可知，常玉嵐的手臂焉能不受這全力一撲的絕猛剛勁所傷。

兩人在這種情況之下，不約而同發聲驚呼，彼此凝視愣在當場。

百花夫人反而輪空下來。

這是說時遲、那時快的一轉瞬之際的事。

百花夫人粉面生寒，略移半步，伸出蔥白也似的尖尖玉手，抓著常玉嵐垂下的右臂，低聲道：「不妨事吧?伸直來！」

她半扶半拉，五手已滑落到常玉嵐腕脈之處，若無其事的又道：「試著運運氣！」

常玉嵐只覺著腕脈上有一絲溫和的暖流，從百花夫人的指尖上緩緩發出，透過筋絡像一股細流，霎時順著穴道，遊走全身，不但右臂的痠疼盡失，而且通體舒暢，精神爽朗。

敢情是百花夫人在不著痕跡之下，替自己輸功療傷。

常玉嵐內心有說不出的意味，不知道是感激，還是仰慕，甚至是一種難以言宣的真愛，他的嘴裡雖沒說出什麼，但一雙朗星般的眼睛，流露出言語所不能表達的心意，凝視著百花夫人。

百花夫人櫻唇略動，欲言又止，只是把按在常玉嵐腕脈之上的五指，略略虛動一動，然後輕輕放開，這才轉面對發愣在一旁，暗自運功調息的司馬駿道：「你膽敢罵我為潑婦，應該是罪無可赦，這筆賬，我會記在司馬長風的名下，你可以去了！」

司馬駿眼見百花夫人不但功力高不可測，而且氣質高雅，必然有些來頭，更感到她與常玉嵐不但親切熱絡，而且似乎有一種說不出的特殊關係。放著眼前的情勢，對自己百分之百的不利，真所謂戰不能戰，退不能退的尷尬狀況之下，正好百花夫人有這幾句話，乘機可以下臺。

他雖然在這種不利的場面之下，依舊挺胸含怒道：「好！青山不改，綠水長流。常言道，光棍打光棍，一頓還一頓，司馬駿在本莊等你七天！」

說完，又對常玉嵐迎風拱手道：「常兄，到時候希望你也能枉駕敝莊，做一個見證！」

語落，也不等常玉嵐答話，腳下略一用力，彈身側退三丈，隱入叢樹蘆花之中。

百花夫人目送司馬駿去遠，忽然悠悠一嘆，無限感慨的道：「一個好孩子，被司馬長風給調教壞了！」她的話有傷感，也有關懷，讓人聽不出她說這話的真意何在。

常玉嵐不由道：「門主的意思是……」

百花夫人並不回答常玉嵐的話，一面回身走向軒車，一面若無其事的道：「隨我上車！」

她不經意得好像是自言自語。又像是「命令」，使人不可抗拒。

常玉嵐不自覺的隨著她身後，一步一趨，跨上了軒車。

車輪，輾過碎石，發出吱吱呀呀的輕響。

春末夏初，乍暖還寒天氣。

然而，武林的風暴，卻像日漸火炙的嬌陽，散發出逼人的熱。

丐幫幫主的自裁，震驚南七北六一十三省。八大門派向來以少林為首，明心大師回轉嵩山，立刻傳下法諭，嚴格限制少林僧、俗兩界弟子，在六個月之內，不准在江湖上行走。一代佛門聖地，多年武林的寶刹，重門深鎖，除了梵唱磬音之外，一片沉寂。

日正當中。嵩山的石級路上，像一陣風似的，半掠半奔，快如追風閃電般，五條紅色的人影，悶聲不響的到了少林寺的廣場之前。

此刻，正是午課，木魚聲清脆的隨風飄出。

那五條人影一色血紅勁裝，頭套也是猩紅，從頭套到頸子，只露出一雙精光閃閃的眼睛，都射出怕人的冷芒，叫人不寒而慄！

為首的一個略一打量少林寺的金漆匾額，冷冷的自言自語道：「從今天起，少林一派，要在武林之中煙消雲散，還唸的什麼佛，誦的什麼經！」

說完，對身後四個同樣打扮的漢子，壓低嗓門道：「分左右，先放火，不要戀戰，殺幾個算幾個，半個時辰之內，在山腳原地會合！」他說完，雙手分開一揮，騰身率先躍上少林禪門的頂端。

其餘四個漢子並不答話，嗖一聲，各從腰際抽出一柄寒光刺目的軟刀，分為左右齊向高約丈餘的廟牆射去。

為首之人上了寺門頂端，突然發出一聲長嘯，順手在懷內摸出一枚鵝卵大小的黃色火藥球，揚臂向大雄寶殿扔去。

但聽「轟」的一聲，火藥球爆炸開來，濃煙隨之而起，火焰跟著燃燒，大雄寶殿的供案佛幔，都是易燃之物，立刻火苗亂竄，熊熊烈焰一發不可收拾。

殿上的少林弟子，怕不有二百餘人，此時本正匍伏聽戒，措手不及，被這突如其來的一把烈火，驚得各自搶著向大殿外奔去。

掌堂法師，乃是少林第二代首席長老靜禪，他一見火球從天而降，尚未來得及開口，烈火濃煙已起，百忙之中，大聲叫道：「少林弟子不要慌張，乃是歹徒放火，各守大殿外圍……」然而，水火無情，一眾寺僧雖也聽見堂師的話，但個個逃命奔出大殿。

幾乎就在同時，寺左的眾僧雲房，也已烈焰升空，右側的練武堂，也被燒得不可收拾，而且兩地的火勢比大雄寶殿還要熾烈，雲房僧舍一連三進九座，都籠罩一片火海之中。

警鐘大鳴，僧眾叱喝之聲，夾著牆倒屋塌的巨響中亂成一團。

五條血紅人影，每人一柄飛薄雪亮的軟鋼緬刀，在煙火瀰漫之中，穿梭往來，藉著煙火的聲勢，趁著僧人們紛紛救火搶物不及預防之際，揮刀亂砍。

慘呼之聲時起——

血光四下噴射——

武林馳名的少林寺，真是一場浩劫，空前的淒慘。

忽然，僧眾中有人大聲吼道：「本寺僧人放棄救火，奉主持明心大師法旨，齊集到寺門外廣場，聽候分派！」

接著，咚！咚！咚！三聲聚眾鼓響。

果然，下餘少林僧、俗兩道弟子，不再救火，不再搶救物品，全向寺外奔去，整個少林寺成了真空地帶，只剩下五個血紅人影，在為首人的呼哨聲中，齊集在藏經樓前。

為首之人壓低嗓門道：「少林賊禿們齊集在寺門之外，一是減少死傷，二是打算堵在下山唯一的路上，弄清我們的來歷。」

另外一人拱手道：「伍老，咱們殺他一個痛快，不是更好嗎？」

被稱做伍老的為首之人，聞言沉聲喝道：「住口！你懂得什麼？血鷹做事。第一就是不露行藏！」

敢情這是十八血鷹其中的五人。

另一血鷹聞言，朗聲道：「伍老，門下有一既不露出本來面目，又可順利下山的妙計。」

為首血鷹道：「說出來看看行得通嗎？」

那人指著藏經樓得意的道：「藏經樓是佛家的寶庫，少林的命根子。我們點它一把無情火，那班禿頭必然全來救火，咱們趁亂從大門一走，豈不是上上之策！」

「哼！」為首之人冷哼了一聲道：「蠢東西！藏經樓假若能燒，還用得到你來出餿主意！藏經樓上有原本梵文大藏經，更有絕版稀世經典、佛家珍寶法器，將來都是本莊的財產，燒！你賠得起嗎？」

「這……」四個血鷹，彼此相互掃視一下，默默無言。

為首之人略一沉吟，招手將四個血鷹叫近了他，然後低聲吩咐道：「快到未燒的雲房，各找適體合身的僧衣僧帽穿戴起來，再把血鷹服包紮好了，趁亂混出寺門，在山下過山村酒店集合！」

「是！」四個血鷹應了一聲，返身奔去。

為首之人淡淡一笑，探手懷內，取出一塊掌心大小的桃花令符，揚腕擲向藏經樓的門上射去。

「篤！」一聲輕響，那枚桃花令符端端正正的釘在梨木樓門的佛字正中，兀身顫巍巍的抖動不已。

他冷笑一聲，也向未燒的雲房穿身而去。

過山村，是一個荒野的村落，假若不是有一座佛教聖地武林咸知的少林寺，恐怕過山村一年三百六十五天也不會有一個過路的客人。

所謂過山村酒店，也不過是一家野渡荒店的小酒棚，一片蘆草架成的涼棚，放上三五個竹桌。幾隻木條長凳，因為雨淋日曬，都已陳舊不堪。

然而，此刻卻坐滿了看來十分高興的客人。

最不相稱的是，這一棚子的客人，清一色的是美艷少女，個個宮裝雲髻，人人衣飾鮮明，像是大內嬪妃，王侯的內眷。

一個土頭土腦的店小二，忙不迭的送茶遞菜，幾乎殺光了雞棚裡的雞，用完了廚子裡的蛋，才整頓出三桌簡單的飯菜。

一眾女客人看著那桌上瓦缽竹筷，不由笑成一團，反而像欣賞古董似的，端詳個仔細。

小二趁著送飯之際，對一個柳眉桃腮的姑娘，傻笑問道：「小姐們！你們是要到少林寺燒香拜佛？」

那姑娘聞言，不由笑得花枝招展，半晌才道：「我們不是來燒香拜拜，卻是來捉妖降魔的！」

「捉妖降魔？」店家真是越發糊塗了，他抓抓頭上蓬鬆的亂髮，自言自語滿面疑雲的道，「少林的嵩山，哪來的妖魔？」

那姑娘用手一指遠遠的山路上道：「囉！瞧！妖魔不是來了嗎？」

說完，對另外七八個少女道：「我們要找的正主兒來了，攔住他們！」

像一群花蝴蝶，八隻俏麗的身影，一陣風般穿出酒棚，一字排開，攔住了下山的道路。

下山的路上，此刻正有五個灰布僧衫，褐色僧帽的和尚，快步如飛，瞬間，已到了酒棚之前。

五人被這個娘子軍的形勢，給愣住了。其中一個越眾而出，跨步向酒棚之內走去，對其餘四人揮手道：「我們進去打個尖再趕路。」

「慢著！」姑娘中的一個飄身攔住去路，含笑嬌聲一叱，人也擋在酒棚之前，又道：「五位，交代明白一樁公案，再進去打尖不遲。」

五人中之一的聞言吼道：「莫名其妙……」

為首之人急忙攔住同伴，帶笑拱手道：「姑娘，查問我們的意思何在？你所說的公案，又是什麼？」

那姑娘寒著臉道：「沒有什麼意思，只是要請你們把頭上僧帽取下來，姑娘們要瞧一瞧，你們是真和尚還是假和尚？」

他不容一眾少女回話，立刻臉色一沉，十分不悅的又道：「我們是真是假，與你們有何關連？」

「哈哈！」為首之人朗聲一笑道，「天下之大無奇不有，姑娘們管起和尚的事來了！」

那姑娘也不由臉上飛霞，紅著臉道：「姑娘們要問，你就得回答！」

「哦！」為首之人有些不屑的道：「也好！你們受何人差遣？先亮出字號來！」

「這……你管不著！」

「我管不到你們？你們就知道一定能管得到我嗎？」

「當然！」

「憑什麼？」

「憑我們八姐妹的四季八花掌！」

那少女話落，雙分玉臂，揉身躍出丈餘。就在同時，另外七位少女，也個個擰腰挫步，分踞八方，站成一個八卦陣勢，把五個僧衣漢子圍在核心。

五個漢子也不是弱者，在為首之人的眼神一飄示意之下，咻——每人抽出腰間的軟刀，寒森森的各挽一個斗大的刀花，分為五方，作勢拒敵。

八個少女一見，嬌叱聲起，互相打個招呼，圍著五個漢子立刻發動攻勢。

這八個少女可是赤手空拳，因而，圍成一個五丈大小的圓圈，腳下蓮步快速的斜移，像是一道

花圜，忽左忽右的愈來愈快，終於快到不分人影，像是一道彩虹，又像一個花紅的輪子，完全看不見人影，結為一體，分不出是多少人。

五個僧衣漢子在稱為伍老的指揮之下，並沒敢貿然發動，只是岳立成五角方位，以靜制動的橫刀在胸，凝神待敵。

伍老低聲叮嚀道：「八個丫頭有些門道，不可輕易出手。」

他的話音沒落，但聽一聲嬌呼：「殺！」

八個少女結成的彩虹，突然向核心收縮，十六隻粉掌，化為一片掌山掌海，彷彿海嘯潮湧，覆天蓋地的夾著勁風，向核心五個漢子壓到。

為首的伍老厲聲喝道：「不要出招，金刀護體！」

五柄軟刀化為一個丈餘大小的銀包刀光，像一個偌大的銀球，原地護住五個漢子的身體，真乃滴水不進，密不通風。

八個少女的百花怒放一招不能得手，忽的閃後五尺，發動第二波攻勢。每人手中多了一幅七彩羅帕，舞得如燦爛晚霞，又像蝴蝶迎風翻飛，齊向核心掃到。

五個漢子依舊紋風不動，五把刀揮發之處，嗖嗖風聲，如飛瀑瀉天，狂飆捲地，硬把八個少女的攻勢，攔阻在五尺之外。

伍老冷笑吼道：「丫頭們！四季八花掌還有最後一招，索性亮出來吧！」

一言甫落，野店小徑之上，車輪聲動，緩緩駛出一輛軒車，傳來低聲喝道：「你們收陣退下！」

八個少女聞言，是！低應了一聲，各收勢子立刻分兩側退下，垂手在軒車兩側，恭身肅立。

軒車乍停，車內又已傳出嬌叱道：「少賣狂！伍岳，你乃成名散蕩不拘的遊俠，想不到甘願為虎作倀，做司馬長風的奴才！」

名叫伍岳的漢子聞言，先是一愣，接著揚刀怒喝道：「你是什麼人？裝神弄鬼，露出你的醜相來！」

軒車中傳出一聲冷喝道：「大膽！」

伍岳更是揮刀跨上一步道：「下車來！讓我見識見識你是何許人，也讓你見識見識伍爺……」

「你的千佛手是嗎？」

軒車內的人一語道破「千佛手」伍岳的來龍去脈，成名武功，諒必對伍岳知之甚詳。

因此，伍岳的眉頭一皺，眼光之中露出一股凶狠狠的殺氣。

「千佛手」伍岳，成名甚早，對於連環暗器，在江湖上有甚高的名氣，算是揚名立萬的前輩人物。他投入司馬山莊，不但瞞住了天下同道，甚至司馬長風也對他心存懷疑，因此，只安排在迎賓館做一個執事，一則算是替司馬山莊守第一關，二則讓想進入司馬山莊之人受一個下馬威，在迎賓館先碰一個硬釘子。

當然，「千佛手」伍岳也不是簡單的人物，他之所以寧願充當一名小小執事。其中自有他的如意算盤，也是不能為外人道的個人秘密。如今，被車內之人一語道出他的武功，下意識的生恐自己的如意算盤為人識破，秘密被人揭開。

因此，沉聲喝道，「少弄玄虛，也不要耍嘴上功夫，再不下車來，伍某要上車了！」

「你上得了車嗎？」

「千佛手」伍岳殺機既起，哪能再度忍耐，聞言忽地將手中的軟刀振腕著力一抖。「咻！」一柄軟刀被他暗使內力抖成筆桿般直，不像軟刀，卻似一柄藍森森的峨眉刺。

但見他揚臂著力，將那柄筆直的軟刀，認準軒車擲出，口中接著吼道：「嘗嘗千佛手的這一刀！」

伍岳是存心置軒車中人於死地，因此，他藉軟刀為暗器。免得探手去取暗器為對方察覺，更甚者是先出手後發話，使對方不防之下容易得手。

不料，軒車之中冷冷一哼道：「伍岳，你竟敢如此放肆，心存置人於死命，枉費了你半生英名，實在叫我替你寒心。」

隨著話音，軒車簾幔微微飄起。

就在絨幕飄起之際，「千佛手」伍岳擲出的軟刀，也正到軒車之前。

「噗！」掀起的絨幕一角，正巧掃在急如飛矢的軟刀之上，若不經意，軟刀被絨幕一角掃個正著，斜飛丈餘，釘在一棵野樹上，噗！的一聲，齊柄沒入樹幹中，像是大刀釘上一般。

這是巧合嗎？外行人看不出門道，而「千佛手」伍岳心裡明白。這絕對不是巧合，因為「千佛手」伍岳積數十年的手上功夫，盛怒之下出手，雖不是力逾千鈞，也有三五百斤的力道，普通絨幔慢說掃不開，即使是也用大力手法掃中，以絨對鋼，少不得刺穿絨布、甚至削下一截。

而今，軟刀被掃，力道控得準而不露痕跡，豈是一般人所能辦得到的。

因此，伍岳一愣之下，心中立刻蓄勢戒備，不理會擲出的軟刀，目不轉睛的盯著掀起的絨幕。

百花夫人跨出了軒車，低聲道：「伍岳，你的功夫並沒有進境嘛！」

伍岳的臉上泛紅，雙目失神，愣在當場、訥訥的半晌講不出話來。

百花夫人吟吟一笑道：「怎麼！不認識嗎？」

伍岳如夢初醒，一改凶焰萬丈的面色，低頭垂手道：「夫人，怎麼會是你？」

百花夫人道：「怎麼會不是我？」

伍岳回首對身後四個愴人打扮的漢子道：「你們且在山下等我！」

四個漢子互相望了一眼，然後才應了聲：「是！」搶著向下山小徑奔去。

伍岳這才趨前半步道：「夫人，你……」

「我還是我。」百花夫人冷然的道，「沒死！你奇怪吧？」

伍岳道：「屬下真的不明白！」

百花夫人幽然嘆息了一聲道：「伍岳，你這身打扮若是傳入江湖，你還有臉活著嗎？」

伍岳的老臉飛紅，下意識的順手摘下僧帽，口中囁囁的道：「這……這……是權宜之計，只為了司馬山莊的莊規，乃是萬不得已，夫人莫怪！」

「無聊！」百花夫人蛾眉微顰，不屑的道，「我又何怪之有！伍岳！借你之口，傳話給司馬長風，要他收斂一些，壞事做多了，自有惡果，種瓜得瓜，種豆得豆，因果循環，報應不爽！」

伍岳聞言，並沒答話，只是把一雙眼睜得大大的，凝望著百花夫人，滿臉疑雲，似乎莫名其妙。

百花夫人又已娓娓的道：「司馬山莊僥倖領袖武林，已經該心滿意足了，還想統一江湖，真是人心不足蛇吞象！」

伍岳這才緩緩的插口道：「夫人何不回駕山莊，當面說清楚？」

百花夫人搖搖頭道：「時辰未到，我會找司馬長風做個徹頭徹尾的了斷！去吧！」

她說完之後，並不回首，膝頭微一用力，人已側射而起，回到軒車之中。

絨幕闔起，車輪滾動，四個健婦椎牽之際，軒車在八位少女擁簇之下，逐漸遠去。

「千佛手」伍岳搔搔一頭被僧帽壓亂了的頭髮，搖搖頭略一沉吟，這才向山下奔去。

荷葉才手掌大小，像一個個青色的磁盤，疊疊擠擠的鋪滿在池面。

假山上苔蘚尚未長齊，疏疏落落的，像畫家筆下滴落的碧綠。

水榭中，石桌上一壺清茶，幾碟蔬菜。

「一劍擎天」司馬長風躺在軟椅上，凝望著天際，不知他在想些什麼？只是雙眉深鎖，分明有重大心事。司馬駿侍立在一旁，面色有些凝重。

靜！一片寂靜！許久——

「駿兒！」司馬長風打破沉寂，十分鄭重的道：「看來本莊的計劃，可能遭遇到重大的困難了！」

「計劃？」司馬駿低聲道：「孩兒很早就想問爹，本莊的一切行動，目的究竟何在？」

司馬長風淡淡一笑，並沒回答兒子的問話，只淡淡的道：「你去叫費天行來！」

「是！」司馬駿一向是以父親的意思為意思，父親叫他如何，他便如何，從來不敢多問，而今

天，他見父親不回答，習慣的也不敢追問，口中應了聲是，就要跨步向水榭外去叫費天行。

「少莊主。」幾乎撞個正著，「千佛手」伍岳急步搶進門來。

伍岳叫了聲少莊主，慌慌張張的急走幾步，衝著躺在軟椅上的司馬長風，躬身施禮，低聲道：「伍岳回莊交令！」

司馬長風依舊躺在軟椅之上，不經意的道：「事辦得如何？」

伍岳側立垂手道：「回莊主的話，門下與四個血鷹任務完畢，均已回莊，特來稟知莊主！」

「很好！」司馬長風依舊躺著，只是把頭偏過來，瞧了瞧伍岳，又問：「明心老禿頭沒發現你們？」

「千佛手」伍岳低聲道：「幸不辱命，不過我們五個人扮成少林僧人，才混下嵩山，諒來少林寺必然發現桃花血令，這筆賬，可能記在桃花林的頭上！」

「很好！」

「全是莊主的神機妙算！」

「你辛苦了！下去歇息著吧！」

司馬長風雖然揮揮手，但是「千佛手」伍岳並沒有隨之退出水榭，口中卻壓低嗓門道：「莊主，門下還有一事向莊主稟報！」

「哦！」司馬長風有些意外，淡淡的道：「說吧！」

伍岳湊近半步道：「門下離開少林寺，在下山的路上，過山村酒店，碰到了夫人……」

「啊！」原來大剌剌躺在軟椅上的司馬長風，不由彈身坐起，暴睜雙目，盯在伍岳的臉上，驚

呼了一聲道：「你說什麼？遇見了夫人？」

伍岳不由一凜，應道：「是！」

「這……」

司馬長風忽然又躺了下來，恢復了先前的平靜，朗聲道，「駿兒，我不是要你去叫費天行嗎？你怎麼還沒有走哩！」

原來，司馬駿尚站在水榭門外，傾聽伍岳的稟報。此刻聞言忙道：「孩兒這就去！」說著，跨步向荷花池左側快速走去。

等到司馬駿的腳步聲已聽不見，司馬長風再一次的彈身坐起，迫不及待的道：「你是說遇見了夫人？」

伍岳忙道：「不錯！」

司馬長風臉上慘白，追問道：「她說些什麼？你快點兒說！」

伍岳見莊主神色有異，忙道：「夫人所說的甚多，但重要的只有八個字。」

司馬長風緊追問道：「哪八個字？」

伍岳道：「種瓜得瓜，種豆得豆。」

司馬長風聞言，凝神不語，片刻才道：「很好！很好！」

一連說了兩聲很好，忽然眉開眼笑的向伍岳招招手，十分親切的道：「伍岳！你過來，我還有很重要的話要問你！」

伍岳忙跨上一步，湊近了司馬長風，認真的道：「莊主，你儘管吩咐！」

司馬長風和顏悅色，右手抓著伍岳的左手臂，湊著伍岳的耳邊，十分親近，也十分神秘的道：「適才所說的是真的嗎？」

伍岳料著莊主必有重要大事，或者是十分秘密的話要自己去辦，或者交代自己，因此，也壓低嗓門，溫和的道：「門下怎麼敢無中生有呢？」

「哦！」司馬長風輕言細語的問，「你該知道，這件事不能讓駿兒知道！」

「這……」伍岳連連點頭道：「門下因情急衝口而出，又以為少莊主已經出了水榭！」

司馬長風的笑容依舊，只是道：「那……不應該怪你的囉！」

伍岳道：「也算是門下粗心大意！」

「粗心大意！」司馬長風笑得很自然，口中重複伍岳的話，眼睛笑得瞇成一條縫，語氣仍然十分溫和的道：「司馬山莊就是容不得粗心大意之人！」

司馬長風的口氣十分溫和，抓著伍岳的左手臂，快如游魚的一滑，突地緊緊捏住伍岳的腕脈，左手同時按上伍岳的右臂血海大穴之上，淡淡一笑道：「伍岳，你還有最後的要求嗎？」

這突如其來的變化，就在司馬長風的盈盈笑聲中不著痕跡的一百八十度大轉變。

伍岳立刻通身汗如雨下，連忙哀聲道：「莊主，門下該死！」

司馬長風的笑容沒變，只道：「既然自知該死，當然不會怨本莊主了。」

伍岳急得眼淚都流出來了，乞求的道：「門下下次一定不敢！」

「沒有下次了！」司馬長風這時才收起笑容，沉聲道：「伍岳，你以為老夫不知道你委身本莊的真正企圖嗎？你意在血魔秘笈，是也不是？」

伍岳聲如哀啼的道：「莊主，門下……」

「去！」

司馬長風一聲低沉的去字，雙手推甩兼施。

但見伍岳偌大的身子，如同被狂風捲起的落葉，平地飛起丈餘，從水榭裡幾個翻滾，咚的一聲，跌在假山之上，噗又反彈回來，直挺挺的躺在花圃之前，左手齊腕而折，右脅血海大穴成了一個血洞，鮮血由破洞中翻著一股血沫，死狀之慘，令人不忍觀睹。

荷花池的對岸，隱隱有腳步雜沓之聲。

司馬長風彈身而起，跨步搶到水榭門外，怒沖沖的厲聲喝道：「你敢造反！老夫真是瞎了眼了！」

喝聲之中，司馬駿、費天行慌慌忙忙的飄身而至，兩人不約而同的道：「發生了什麼事嗎？」

司馬長風掙紅了臉，怒猶未息的道：「我再也料不到他會對我暴施毒手！」

司馬駿忙道：「爹，誰？是誰？」

司馬長風指著花圃前，地上躺著的伍岳，道：「不是他還有誰如此大膽！」

費天行撩起黃色衣袂，蹔步向前，描了一眼道：「是伍岳！他……他怎麼會……會如此大膽！」

司馬長風歎了口氣道：「知人知面不知心，老夫把最重要的迎賓館托付給他，料不到他狼子野心，趁著我躺在軟椅之上全然不防之下，向我暴施毒手，口口聲聲要我用他為本莊總管，真乃膽大妄為！」

費天行探手試試伍岳的胸膛，早已斷氣，不禁嘆道：「伍老，你這是何苦，要做本莊總管，只須向我示意，費天行情願讓賢！」

說完，躬身一禮，對司馬長風道：「伍岳已死，莊主息怒！」

司馬長風像是十分吃驚，頗有些意外的道：「他已經死了？我……」

他揚起一雙手，十分意外的接著道：「我會下手那麼重嗎？唉！莫非天意！」

費天行道：「莊主的功力已到化境，伍岳怎承受得起。」

司馬駿也湊上前去道：「爹！外面風大，進去歇吧！別氣壞了身子！」

費天行含笑道：「莊主找屬下，是有事吩咐嗎？」

「你們進來！」

司馬長風緩步進了水榭，在軟椅上半倚半坐的指指身側兩個籐椅道：「你們也坐下來！」

他一面啜了口茶，一面向費天行問道：「天行！常老幫主尋短，這事對丐幫影響之大就不待多講。你是丐幫之人，有何高見，說來本莊主聽聽！」

費天行聞言，滿面戚色，勉強忍住悲淒，幽幽嘆息一聲道：「天行不肖，此刻心亂如麻，真是進退維谷，左右為難！」

司馬長風眨了眨眼睛，十分同情的道：「我很瞭解你的心情，只是……」

他嘴角掀動了幾下，欲言又止。

費天行語含悲淒的道：「屬下對莊主的厚待，銘刻五衷，幾次想據實稟告，又恐惹莊主氣惱！」

司馬長風淡淡一笑道：「有話儘管說，我是該惱的則惱，並非不通情理的人！」

費天行聞言，突然左腳上跨，通的一聲，雙膝落地，跪倒在司馬長風腳前，喃喃的道：「不瞞莊主說，丐幫已湊足了紋銀三十萬兩，打算為屬下贖身還債，只是……」

他的一雙眼裡，現出乞求的光芒，仰面望著含笑的司馬長風，明顯的希望司馬長風能點頭答應。

司馬長風果然嘴角含笑，但並沒有點頭，只是語意緩和的道：

「事情不是在於三十萬兩紋銀，銀子，對於司馬山莊並不是最重要的，你且起來！」

費天行覺著事情有緩和的餘地，依然跪地不起，道：「假若莊主能格外施恩放屬下回洛陽整頓丐幫，屬下結草啣環，必當圖報！」

「真的？」司馬長風果然狡詐，因為，他正要費天行自己上鈎，接著又慎重的道：「天行！你起來，坐下！」

他拍拍軟椅的下首，示意要費天行坐到身側來。

費天行覺著大有希望，也就站了起來，口中道：「莊主！屬下言出由衷，還望莊主明察！」

司馬長風先不開口，從貼身處抽出一張棉紙，抖開了來，迎著費天行面前，晃了幾晃道：「喏！這是你初進本莊親寫的借據，也是你自願到本莊聽候差遣，為期十年的契約書，沒有錯吧！」

費天行連連點頭道：「屬下的親筆，也是出於自願！」

司馬長風十分沉穩的道：「你當初的想法，老天心中明白，除了丐幫急需銀子重建龍王廟總舵之外，你還有三點目的，不知是也不是？」

費天行不由心頭一震。

因為司馬長風喜怒無常，雖然在表面上慈眉善目，經常是和顏悅色，未語先笑，但由於費天行身為司馬山莊總管，為時已經三年，一千多個日子，朝夕相處，焉能揣摩不出司馬長風深沉的心思，反覆無常的性格，尤其喜怒不形於色，甚至極反常的事情，不時發生，往往令人難以捉摸。

故而，費天行不敢貿然回答。

司馬長風早已接著道：「第一，你要在司馬山莊學習武林的各項經驗。第二，要借司馬山莊在武林中之名氣，結交武林同道，替丐幫奠立江湖基礎！第三……」

他說到這裡，忽然停了下來，一雙眸子精光碌碌的落在費天行臉上，黑白分明的眼球，一眨也不眨的凝視著神情不安的費天行。

費天行惶恐的道：「莊主指的第三是……」

司馬長風衝口而出道：「是想偷學老夫掌劍的招式，試探涉獵外界傳說的『血魔神功』……」

費天行心中如同雷轟似的，猛然一震，臉色蒼白。

他料不到司馬長風對自己的心思，竟如同透視一般，看得一清二楚。

當初，費天行自願由丐幫的準幫主之尊，甘願賣身屈辱於司馬山莊，表面上的確是為了數目龐大、時間迫切的三十萬兩銀子。

但，由於司馬山莊乃是超越八大門派，儼然黑白兩道的盟主。費天行要想光大丐幫，必須結識各路人馬，瞭解武林的大勢。假若能入司馬山莊，正是大好的去處，各路一舉一動，司馬山莊都瞭若指掌，各門派的恩恩怨怨，也只有司馬山莊知道，乃至化解。

對於血魔秘笈，江湖上人言人殊，但最可靠的關鍵，必在司馬山莊無疑，即使不在司馬山莊，司馬長風也可以左右持有該秘笈之人。

同時，「一劍擎天」司馬長風，當年是以劍成名，然而他的掌上功夫十分了得，最令人莫測高深的是司馬長風的掌法，不知源自何門何派。

近十年來，司馬長風威名所到無人敢違，卻沒有出手亮招的機會。因此，司馬長風的掌法，只聞傳言，難得一見。

費天行是年輕高手之一，丐幫的希望所寄，他當然有心宏大丐幫。所謂宏大也者，靠真章實學也能真正的出人頭地。司馬長風的武功，既不傳人，只好想辦法與他接近，最少在他練功之際，可以看出端倪，甚至偷學一招半式。

這些，都是費天行當年心甘情願賣身十年所訂的如意算盤，也看得出他是一個有心人。

這種想法，也不過只是費天行在內心琢磨，連在幫主常傑面前，也沒有露出半點口風，說出內心裡的盤算。料不到司馬長風早已瞭解，怎不教費天行心頭大震，臉色發白，通身發毛而冒冷汗呢？

司馬長風見費天行一時語塞，臉色大變，卻拍拍他的肩頭，安慰的道：「不打緊！天行！你並無惡意，對於本莊也談不上損害，老夫深知你用心良苦，並不怪你！」

費無行訥訥的道：「多謝莊主不加怪罪，屬下的確有此想法！」

司馬長風望著費天行又道：「人同此心，心同此理，想不到老夫的揣測之語，正猜中了你的心

事。好！老夫我索性成全了你！」

費天行這一喜，真乃喜出望外，忙道：「莊主！你若能憐惜屬下的苦衷，放屬下回洛陽丐幫，屬下發誓，只要丐幫內部穩定，屬下立刻回來，繼續為莊主效勞七年，絕無二心！」

司馬長風連連頷首道，「可以！不過，老夫有一個小小的條件，你必須答應老夫，替老夫辦一件事！」

費天行急忙道：「赴湯蹈火，在所不辭！」

「好！到我書房裡來。」司馬長風先站起，又向坐在一旁，久久未發一言的司馬駿招手道：「駿兒，你也來！」

三條人影，腳下緩緩的踏出水榭，踏在軟綿綿的草地上，但是，卻引著武林一步步走向血腥之路。

巢湖，又到了汛期。

湖水，已淹平了兩岸。

青螺峰由於湖水的暴漲，顯得矮小了許多。

浪花，掀起陣陣波濤，把整個巢湖鑲上了一層白邊，有時沖濺的水珠，噴在狂人堡的石碑之上，把原來生滿青苔的狂人堡三個字，洗得格外顯眼，格外清楚。

由青螺峰蜿蜒而下的石階，一層一級，數不清有多少層。

這時，一個黑衣少年，拔足狂奔，從峰頂沿著石階，像一隻黑猿般矯捷無比。緊追在那黑衣少

年身後，約有三丈左右，是一個白衣少女。

少女好美，梳著兩條黑油油的辮子，額頭蓄著蓬鬆短短的瀏海，跑起來兩條辮子甩得老高，短短的覆在額頭的瀏海，也迎風揚起。

那少女一面跑，一面嬌聲喊道：「紀大哥！紀大哥！湖水可是漲高了，你要往哪裡跑？」

敢情前面跑的是黑衣「無情刀」紀無情，後面追的是洗翠潭的南蕙。

黑衣「無情刀」紀無情中了百花門的流毒在先，又因家遭巨變刺激在後，以致神經錯亂，雖然有南蕙同情悉心照料，但並無起色。

而南蕙的一腔熱心快腸，並不能解除紀無情體內的毒。只是，南蕙孑然一身，天下雖大，幾乎沒有她的去處，也只好留在青螺峰狂人堡。

紀無情的病既因毒而起，毒發時瘋狂痛苦，毒去時只是感覺遲頓，形同廢人，唯有對著南蕙之時，方才安靜片刻。

現在，紀無情的毒，又像是發作了。

他沿著下山的石階捨命狂奔。

南蕙生恐他跌入煙波浩淼的巢湖，因此，一路追趕了下來。

轉過狂人堡的石碑，已到了湖水邊沿，紀無情的腳下仍然沒有緩慢下來。南蕙更加焦急，一面連連彈身加速，一面嬌呼示警道：「紀大哥！紀無……啊喲！」

情字尚未出口，紀無情彷彿沒有看見眼前是一片水鄉澤國，噗通一聲，人已跌進滾滾濁流，層層浪花之中。

紀無情世居中州南陽府，可說是一個旱鴨子，並不精通水性。在正常之時，憑著可以收放自如的內功，配合沉浮的道理，也許還可以應付。此刻，毒性既發，神志不清，像一塊巨石，有蠻力而無技巧，有氣功而不善用，因此，噗通一聲，像高樓失足般落在水中，沉呀沉，半晌，才又隨著水的浮力，冒上半截身子出了水面，接著又隨著他的掙扎沉了下去。

南蕙到了湖邊，瞪了兩個黑白分明的眼睛，急得只顧跺腳，口中不斷叫著：「紀大哥！你……唉！你這不是找死嗎？」

嬌喝自然無用，她哪敢怠慢，眼看紀無情在浪濤中掙扎，又越去越遠，銀牙一咬，一式飛魚躍淵，奮身向水中穿去。

對於水，南蕙並不是外行，她生在盤龍谷洗翠潭畔，一年卻有大半個季節適合游水，對於水性，也略知一二，因此，不能眼睜睜的看著南劍北刀之一的黑衣「無情刀」紀無情活生生淹死。

再就南蕙的個性來說，她天真無邪，嫉惡如讎，平時同情紀無情，不免特別關懷。此刻救人第一，連男女之嫌都不避諱，更沒有去仔細研究自己水中的功夫與巢湖的水性了。

她和衣奮身下水，三幾個前撲，已搶到紀無情的身前，雙手抓緊紀無情的衣衫，大力握牢提上。

此刻的紀無情，已喝進了不少口湖水，臉色掙得發紫，雙眼發直，大概不太好受。折身抱定了南蕙伸來的手臂，抵死也不放鬆。

以南蕙功力，在陸地上即使揹著個大人，也不會感到吃力，怎奈她一身衣衫被水攪成一團，行動十分困難，加上紀無情抓緊她的雙臂，幾乎無法用力。

最令南蕙心神不安的是，巢湖好像有一股吸引的絕大力道，感到硬是將人向湖底或湖心吸去。

須知，洗翠潭的水，乃是一潭死水，平靜如鏡，沒有波濤，只要懂得就著水性浮起來，便能運行自如。而巢湖的吞吐定時，湖面寬廣，野風掀起波浪，又值退潮之際，怎能不覺著有一股潛在的吸引力道呢？

此時，南蕙若是推開紀無情，自己游回岸上，自然是力之所及，然而，南蕙的生性好強，加上無邪少女的赤子之心，無論如何，也不能撤手不問紀無情的死活，自己游回岸去。

她試著一再用力，捨命拖著紀無情與湖水的逆流掙扎，但是，人的力道有限，水的潮勢無窮，一連幾次，不但失敗，而且手腳發軟四腳無力，不但沒能把軟綿綿的紀無情拖向湖岸，而且眼看著越來離岸邊越遠。

南蕙的焦急可想而知。

漸漸的，南蕙芳心如同鹿跳，眼望著四周茫茫煙波，彷彿無邊無岸，只有暗暗嘆了口無奈的長氣，一手抓著紀無情的腰帶，另一手若有若無的撥著水，任由載沉載浮，逐波飄流。

眼前的希望有三，第一，希望遇到湖中捕魚的漁人。第二，碰上飄浮的枯樹枝。第三，被漲潮的浪花，飄到湖的沼澤或任何岸邊。

但是，這些都是可遇而不可求的。

時間，一點一滴的過去。

南蕙只覺著頭昏目眩，饑腸轆轆，四肢痠麻，耳際只有風聲、水聲，眼前，只有浪花、水波。

終於，眼前金花四濺，漸漸的，一片漆黑，連先前耳鼓中嗡嗡作響之聲，也沒有了。

然而——

黑漆漆的巢湖水面，卻現出幾點明滅的燈光，緩緩地移動。

幾點燈光越來越近，也越來越亮。

原來是一艘八槳畫舫。

此刻，八隻飛槳已停了下來，畫舫在湖面上任水飄流。

前舫中雖有燈火，但簾幕低垂，故而隱隱約約。

卻是船頭甲板之上，有一個十分靜致的檀木圓桌，上面放了八盤珍果，還有一壺美酒，兩副杯筷。

兩張雕花的矮靠椅上，上首坐著的是白衣「斷腸劍」常玉嵐，下首陪坐的是「桃花仙子」藍秀，除了蓮兒侍立在遠遠的前艙門首之外，寂靜一片。

常玉嵐舉杯啜了一口被世人視為珍品的桃花露，對著藍秀道：「藍姑娘！玉嵐幾生修善，既蒙你救了家母，消弭了金陵常家的一場浩劫，又承你抬愛，謙讓桃花令主，玉嵐不知該如何報答才好。」

藍秀習慣的盈盈微笑，略一舉杯，低沉沉的道：「你真傻得可以，而今，還講什麼圖報不圖報，豈不是太也俗氣了嗎？」

常玉嵐掀起劍眉，搖搖頭道：「藍姑娘，其實，我常玉嵐真的志不在馳譽武林，揚名立萬！」

藍秀調皮的道：「那……你的意思是在乎什麼呢？」

常玉嵐略一沉吟，紅著臉道：「但願能與姑娘你遨游四海，看盡名山大川，找一人間仙境，長

相廝守。此外，名、利兩字，非常某所求。」

他的話一字一字，緩緩吐出，意念誠摯之中，有無限的柔情蜜意。

藍秀不由掀唇笑起來道：「太迂了吧！喏！眼前湖上泛舟，金樽對月，人生還有什麼不滿足的呢？至於長相廝守，這話太難說了！」

常玉嵐認真的道：「姑娘！你……」

藍秀的纖指微揚，阻止了常玉嵐的話道：「只這一個長相廝守的長字，任誰也猜不透，如何才是長，一天、一月、一年、十年、百年……怎樣才能算得是長呢？莫使金樽空對月來，我敬你一杯！」

說著，她自己先舉杯，一飲而盡。

常玉嵐只好苦苦一笑，也飲了面前的酒。

藍秀執壺添酒，口中卻道：「我也不是個爭名奪利的俗人，但是，武林中總要有個公道，江湖上必然講個是非，桃花令符只是我要求公道講是非的手段，金陵常家有武林咸尊的聲望，又有超江湖的品格，你……」

她說到這裡，不由霞生粉臉，螓首低垂，沒有把下面的話接下去。

常玉嵐哪裡知道女兒家的心細如髮，正聽得出神，而覺得語意未盡忽然沒有了下文，不由得急愣愣的道：「我怎麼樣？你的話還沒說完呀！」

藍秀帶著三分嬌羞，七分調皮的道：「我已經說完了呀！」

「不！」常玉嵐笑著道：「你說我怎麼樣？還沒有一個定論！」

「好！」藍秀故意整肅面容，十分認真似的道：「你人如玉樹臨風，性情十分正派，出身門閥世家，武功不可一世，夠了吧。」

常玉嵐這才聽出她是調侃之詞，不由紅著臉，帶著笑道：「你壞！你呀……」

藍秀回復了嫵媚的笑靨，低聲道：「我壞？我哪兒壞？」

常玉嵐道：「你不是曾經說，要把江湖武林引入任俠正義的正確方向，我的武功還不夠用呀！」

藍秀聞言微微一嘆道：「止戈為武，以戰折戰，武林中講求的是實力，我以前所說的有關你功力修為，現在不是已經在努力以赴了嗎？」

常玉嵐悠悠一嘆道：「難！難！難！」

一連三個難字，字字出自肺腑。

藍秀安慰他，語意十分溫柔的道：「天下無難事，由於它難，所以才可貴，我是因緣際合，所以才能從血洗心魔的階段練起，你既然從秘笈上冊的血魔神掌開始，乃是循序漸進的正途，以你的勤練，加上天資與基礎，未來的成就，是可以預期的！」

常玉嵐雙眉微皺道：「秘笈的第三招，彷彿是……」

他說到這裡，不由自己的起身離坐，就在船頭之上，立樁運掌，雙目凝聚功力。

「咦！」

常玉嵐忽然收起樁勢，凝視水波漣漣的湖面，向藍秀招招手道：「湖面上是什麼東西？」

藍秀順著常玉嵐的眼神看去，果然，水面上之物載沉載浮，分明是漂著一個人，連忙向侍立身後的蓮兒道：「吩咐八槳齊划，去救湖面上的人！」

蓮兒低應了一聲道：「是！」

接著雙掌連拍三下，左右外艙各由艙底鑽出四個健婦，像非常熟悉的操起飛槳，畫舫鼓浪而前，快如飛矢，轉瞬之間已到了漂浮的落水人之前。

蓮兒這時已招來另外的三婢，蘭兒、菊兒、梅兒，四人共同丟出一個圓圓的浮木桶。桶的一端，繫著牛筋軟索。

四婢女都是金陵常家調教出來，終年隨侍常玉嵐遊走江湖的幹練之材，個個都有相當的身手。所以浮筒丟得奇準，正好落在飄浮水面垂死之人的身前，通的一聲，水花四濺。

這聲大響，加上濺起的水花潑頭淋下，被淹之人不由一驚而醒，急忙抓住木桶的把手，另一隻手拖著個大男人，掙扎著嬌呼道：「拉呀！」

船上四婢女的目光，自然不如常玉嵐與藍秀看得清楚，但聽水中之人叫拉，便也回聲喊道：「抓緊浮桶，不要放手！」

吆喝聲中，四婢女一齊用力，順著水勢，已將水中之人拉到船舷三尺之處。

加上幾個健婦，放下軟繩結成的繩梯，爬下船舷，七手八腳的，已將兩個落水之人抬到前艙甲板之上。

常玉嵐湊上前去，藉著微弱的星月之光，以及艙內透出簾幕的燈火，看了一眼，不由大吃一驚道：「啊呀！怎麼會是她！」

藍秀聞言，也走上前去，更加意外的道：「紀無情！南姑娘！他們……快！快！蓮兒！運功救

兒，再準備薑湯！」

常玉嵐也急道：「先抬到後艙，用棉被暖暖他們的身子！」

南蕙經過了蓮兒等急救，雖然微睜雙目，但眼前一片漆黑，腹內悶脹如鼓，周身骨節，寸寸如同折散，痠疼不可言狀。

而紀無情，只剩下奄奄一息，有一絲極其微弱的氣息而已。

常玉嵐心如刀割，他與紀無情雖無生死之交，但南劍北刀兩大世家，在武林中自有息息相關的微妙關係，況且兩人一年一會的武技較量，曾有三天三夜不分上下的印象，惺惺相惜，自屬常情。

至於南蕙，常玉嵐對她有無限的歉意，況且有南天雷臨終之托，加上自己大意之中，失去了她的秘笈，以致她不能諒解的離開金陵，而今，一個無依無靠出世未久的弱女子竟然淪落至此。

常玉嵐想著，不由幽然的嘆了一長氣。

藍秀一見從水中救出了南蕙與紀無情之後，常玉嵐臉上憂形於色，雙眉沒有展開過，不住的搖頭嘆息，顯然的，他的心中愁緒萬千。

若是為了紀無情，想來常玉嵐不致如此，分明是夾著一個南蕙。

自古以來，英雄氣短，兒女情長，即使是大英雄、大豪傑，往往也逃不過情之一關，尤其當自己本身陷入情網，牽涉其中，更是難以解脫。

藍秀逃入桃花林，幸運的做了桃花仙子，繼承了江湖武林視為天大神秘的武功，可以說是得天獨厚，對於世情應該是具有非常開闊的胸襟，然而，她眼看常玉嵐這等神色，不由酸溜溜的道：

「怎麼！大令主！是心疼南蕙？還是怎的？」

常玉嵐連忙含笑道：「我對南蕙有責任，我應該……應該……」

一時不知如何措詞。

藍秀含嗔道：「應該娶她！」

這種單刀直入的揭開來說，在藍秀是衝口而出，而在常玉嵐也大出意外，忙道：「你扯到哪裡去了！我是說，我應該照顧她，而我沒盡到該盡的責任！」

藍秀見他一味為南蕙操心，不由有些生嗔道：「她在後艙，你可以去照顧她呀！」

不料，常玉嵐不瞭解藍秀此話的心情乃是一句氣話，他卻連連點頭道：「對！我去看看她！」

口中說著，扭身回頭，向後艙快步走去。

藍秀不由愣在前艙。

前艙，已無一人，蓮兒等抬著紀無情與南蕙，早已去了。

原來剩下自己與常玉嵐二人，而今，常玉嵐捨了自己，連個招呼也不打，逕自去看南蕙，在藍秀心中感到自己在常玉嵐的心目中，份量似乎不如南蕙。

想到這裡，對著天際浮雲中的一彎月色，不由深深嘆息起來。

夜深，露重。

水氣，煙波。

涼嗖嗖的風，帶來一絲寒意。

藍秀自覺此時此刻有些孤單，再回想起自己的身世，更有淒涼之感，不由自己的鼻頭發酸，辣辣地，滴下幾滴清淚。

突然，後艙發出一聲怒極的大吼。

接著，但聽乒乓連聲，分明有人動手過招。

藍秀忙不迭抹去腮邊淚水，正待到後艙去看看發生了什麼事。

刷——

人影一掠而至，常玉嵐十分狼狽的落在前艙甲板之上，一臉的尷尬。

沒等藍秀發話。

撲通一聲，前艙的簾幕被人大力扯下，黑夜「無情刀」紀無情，一身尚未乾的翻騰而出，人在船篷之上，雙掌已挫腕推出，口中大吼道：「小王八羔子！紀爺算碰上你了！」

藍秀一見，不由皺起柳眉，游步移身向前，攔住紀無情的勢子，低聲道：「紀無情！」

這聲低喝，真比千軍萬馬還來得有力。

紀無情本來是雙眼發直，雙掌貫力，像一隻瘋虎，撲向常玉嵐。

此刻，面對藍秀，卻像突然中了魔似的一般，不但收起雙掌，而且站在甲板之上，躊躇不前，本來發血的眼睛，也立刻垂了下來，吱吱唔唔的說不出話來，又像一個小小的孩童，害羞的露出怯意，先前一味拚命的架勢，一掃而去，變成了一隻溫馴的小貓。

藍秀微露貝齒，淡淡一笑，輕言細語的道：「紀公子，你怎麼會落在巢湖裡？又為什麼要與常三公子拚命？他……他是救你上來的人呀！」

紀無情囁嚅良久，忽然，目露兇光，戟指著常玉嵐道：「藍姑娘，千萬不要上當，常玉嵐是個不講信義的小人，騙取感情的狂徒！」

廿三　桃花令符

常玉嵐站在一旁好不尷尬，只有苦笑的份兒。

藍秀微笑依舊道：「真的嗎？凡事，總不能光聽你說，有什麼真憑實據呢？」

紀無情愣愣的道：「有！有！」

藍秀道：「說來聽聽如何？」

紀無情認真的道：「好！常玉嵐遠去盤龍谷，殺了南蕙的老父，騙走血魔秘笈，誘使南姑娘隨他到金陵世家，然後趕她出來，叫她天涯飄泊無依無靠，這不是始亂終棄嗎？」

常玉嵐聞言，急忙道：「紀兄！說話要多加考慮，什麼叫做始亂終棄？必須先弄明白！」

藍秀也道：「紀公子，這是一場誤會，據我所知，南姑娘是對常老夫人不滿，常老夫人對南蕙也有不諒解的地方，所以……」

「好！」紀無情搶著道：「還有狂人堡的江上碧，常三以劍穗為憑證，要娶人家，結果呢？事後來個不認賬，反臉無情，拿黃花大閨女的婚姻大事來戲弄人，這有何說詞，不是感情的騙子是什麼？」

藍秀聞言，輕描淡寫的對常玉嵐道：「這要由你自己解說了。」她這言外之意是表示，對於南

蕙之事，她曾聽常老夫人道盡其詳，而關於江上碧之事，她仍然存疑。

常玉嵐急得只是搓手，忙分辯道：「完全是誤會，其中是有人安排好了圈套，要我常玉嵐上當，知我者，紀兄也，難道你紀兄也不瞭解我常某的為人了？」

紀無情冷哼了一聲道，「我當然瞭解！」

說著，忽然一收凶巴巴怒不可遏的神情，變成和靄誠摯，滿臉堆笑的朝著藍秀道：「藍姑娘，我們可是有約在先，你該不會上常玉嵐的當吧？」

藍秀見紀無情忽冷忽熱，忽陰忽晴、忽怒忽笑的一時三變，不由好笑的道：「紀公子，你指的約定，現在情勢大大的不同了！」

誰知，紀無情聞言，忽地面一寒，雙臂陡然運功作勢，抖動之下骨節咯咯作響，腳下隱然向甲板上常玉嵐欺近，咬著牙道：「只有先毀了你，才是我紀大爺的天下。」

那股凶狠，那股怨氣，完全是勢不兩立要拚個你死我活的架勢。

常玉嵐連忙搖手，一面腳下緩緩向後退，口中朗聲道：「紀兄！你聽我說！你……」

紀無情目露凶光，掌貫真力，看樣子不分死活不干休。

不料，他的架式忽然軟弱下來，雙臂竟突的下垂，口角流下唾涎，掛得很長，雙腳似乎站也站不穩。

藍秀鳳目中充滿怪異的疑雲。常玉嵐也為這突然的變化，莫名其妙。

紀無情終於立腳不穩，整個人像殭屍一般，直挺挺的倒在甲板之上，發出一聲撲通大響。

就在此時，南蕙由後艙穿身而出，口中嬌呼道：「紀大哥！紀大哥！」

紀無情倒在甲板之上，像是十二萬分的痛苦，口吐白沫，呻吟不已，人曲蜷得像一隻炒熟了的蝦子，頭幾乎埋在兩股之中，不住的打滾。

藍秀皺起柳眉道：「中了邪嗎？」

常玉嵐也走了過未，只顧嘆息。

南蕙不理會藍秀與常玉嵐，百忙中併起右手的食中二指，認定紀無情的玉枕睡穴點去，一面口中道：「急不得！氣不得！本來已經漸漸微弱的流毒，一急一氣，又發作得厲害了！」

紀無情被點了睡穴，痛苦似乎稍減，曲蜷的身子，略略伸展開來，只是口角的白沫，依舊不曾停止，額頭冷汗不已，偶爾發出鼾聲。

常玉嵐略一沉思，一把拉著南惠的衣袖，迫不及待的問道：「紀無情是毒發了嗎？」

不料，南蕙並不答話，一摔掙脫了常玉嵐的手，鼓起小嘴道：「放手！常玉嵐！今晚相救之情，要另說另講，且先算算我們之間的一筆賬！」

她這一發怒，使常玉嵐十分難堪，真的下不了臺階，只好訕訕的道：「南姑娘，我們有何賬算，你可能對我的誤會太深了！」

南蕙不屑的一笑道：「常三少爺，你是健忘還是明知故問？」

常玉嵐道：「委實莫名其妙！」

「好！」南惠伸出白白的小手大叫道，「還我的秘笈來！」

常玉嵐臉上發燒，只好道：「在下一定還你，只是……只是……」

南蕙強迫的道：「只是怎樣？」

常玉嵐緩了一口氣，也朗聲道：「在我手中失去，一定由我找回，常某原物奉還！」

南蕙冷冷一笑道：「你推得乾淨，失去？失到哪裡去？失去的當日，你為何不說？分明是要偷偷的練好秘籍上的功夫，然後才還給我，你的緩兵之計，難道我還不明白嗎？」

常玉嵐是百口莫辯、只好喃喃的道：「天大的誤會，這是從何說起！」他瞧瞧甲板上的紀無情，舊話重提道，「南姑娘，紀無情是毒發了嗎？」

不料，南蕙聞言，冷兮兮的道：「你不提起，我倒忘了，我再問你，你與紀無情不是莫逆之交嗎？」

常玉嵐忙道：「由比武而起，每年一聚，算得知已朋友！」

南蕙一臉的不屑之色道：「紀無情可算是交友不慎。」

常玉嵐不服的道：「南姑娘，何出此言！」

南蕙數落著說：「既是好友，你二人同進百花門，為何他中了毒，你卻沒有？」

這是一個很難解說的問題，當著藍秀與南蕙兩人之面，常玉嵐自然不能把這毒是由女色而起的話說出來，只有道：「這是很難解說的道理，遲早，你會明白的！」

南蕙怎會相信，撇了撇嘴，道：「又是遲早，又是遲早，說謊的人，這是最好的藉口。」

常玉嵐真是啞巴吃黃蓮，有苦說不出，只有苦苦一笑道：「南姑娘，等紀無情的毒性完全解除，他也許可以說出其中的道理來！」

南蕙聞言不怒反笑，仰天打個哈哈，道：「妙！常玉嵐常三公子，實在高明！因為紀無情體內的毒素，今生今世也許無法解除，他既無法說明白，你也落得個清清白白，是也不是？」

不料，常玉嵐聞言，朗聲道：「不出五天之內，我要把紀無情體內的毒素挖掉，從此以後，不會再發。」

「你……」

南蕙哪裡肯信，你字才出口又止，臉上的冷笑。彷彿是說：「姓常的，你又撒謊騙人了！」

常玉嵐怎會看不出南蕙的神色，挺起胸膛，理直氣壯的朗聲道：「我說五天之內，南姑娘！你不要用異樣的眼光看我，五天，我想你不會離開，我也不會離開此船一步，從現在起！」他說著，腳下緊走幾步，向船艙內上去，一面對後艙高聲叫道：「蓮兒！送一碗滾水來，把紀公子抬到靠椅上躺好！」

蓮兒等人，剛把紀無情扶坐在矮矮的靠背椅上，常玉嵐已由艙內掀簾而出，手中多了一個紅綾裹成的小藥包，打了開來，原來裡面包著一包小如蠶豆的褐色藥丸，怕不有數百粒之多。

常玉嵐數了十二粒，交到蓮兒手中道：「用溫水替紀公子服下去！」

誰知，南蕙伸手攔住道：「且慢！你這究竟是什麼把戲？在沒弄明白之前，還是不給他服下的好！」

常玉嵐似乎也有些氣惱，又好像已防著南蕙有此一招，淡淡一笑，從袖中扯出一大截黃舊的破布來，抖了一抖，對南蕙道：「喏！認得嗎？這半截破衣袖，乃是你盤龍谷草藥堂『妙手回春』丁定一前輩，你的丁伯伯的，該沒忘記吧？」

南蕙不由一愣，因為盤龍谷隱居的「妙手回春」丁定一，不像俗世塵寰中人講究衣著。幾乎不分寒暑都是一襲舊衣，加上練有功夫，寒暖不侵。更加少有變化。這截破袖，南蕙記憶猶新，真的

是丁定一的。

常玉嵐見南蕙凝目沉思，久久下語，又道：「丁定一前輩乃一代名醫，因為有破除百花門陰毒秘方，為百花夫人所忌，因祭致死，在他臨終之前，巧妙的留下這截衣袖給我，也就是要我流傳他的秘方，今天正好用來療治紀兄的毒，你該不疑我另有陰謀詭計吧？」

常玉嵐一口氣說到這裡，將藥包整個塞到蓮兒的手中，沒好氣的道：「我的話已交代完了，吃不吃這藥，我不能做主。蓮兒！你就聽南姑娘的吩咐吧！」

他真的是受夠了南蕙的奚落，受夠了氣，又知道南蕙的性格，是永不服輸的，說完之後，折身向船艙內走去，連頭也不回。

好在南蕙與蓮兒等四婢女，從出了盤龍谷都在一起，一直回到金陵，混得十分熟識。

蓮兒見主人進艙，也湊近了南蕙道：「南姑娘，你真的誤會了我們三公子了，三公子的為人，我們姐妹可清楚得很，他不但不是無情無義之人，而且十分的重感情，自從南姑娘離開金陵之後，他幾乎找遍了金陵九門，沒有一天不記掛著你！」

南蕙之所以對常玉嵐百般奚落，主因還是在一個情字，假若心中沒有個常玉嵐，女兒家是不會處處諷刺，句句挖苦。

而今，耳聽蓮兒之言，也不由觸動了心底一絲愛意，幾乎想放聲一哭。但是，女性的矜持，強自忍往傷心欲淚的感慨，把話題一轉道：「這袖子真的是丁伯伯的，他老人家菩薩心腸，死前還留下一帖救人妙方！」

蓮兒緊接著道：「可不是嗎？我家公子照方配藥，早已隨身攜帶，可能準備隨時送給紀公子服

用，從這一點，足以證明我們公子對紀公子是多麼關懷，多麼想念。南姑娘，你說對不對？」

南蕙只幽幽的嘆息了一聲，吱唔的道：「蓮姐姐，我們先把藥灌下去吧！」這是說明了南蕙的心思，她已消除了對常玉嵐的一部分怨懟。

但是，服完了十二粒藥丸，南蕙情難自禁的又向蓮兒問道：「蓮姐姐！你們公子是不是同藍秀姑娘已經結婚了！」

蓮兒聞言，幾乎笑出聲來，連忙以手捂嘴，這才壓低嗓門道：「哪有這回事，公子是昨天才趕到巢湖上船的！」

南蕙道：「真的嗎？可是……可是孤男寡女，住在一個艙裡……」

蓮兒的頭搖得像搏浪鼓，口中連聲道：「天哪！南姑娘，你可不能任意猜測，藍秀姑娘是住在底艙，有她隨身的十二個女侍陪伴，我們呢？四個姐妹住在與前艙一板之隔的後艙，我們公子上船之後，就住在前艙，八個搖槳的睡在側艙底槽，明白了吧！」

環珮叮噹，兩個淡黃宮裝的少女鑽出艙來，低聲對蓮兒道：「蓮姐姐！我家主人要我來請這位南姑娘到底艙歇息，並且囑咐請蓮姐姐安排紀公子與常三公子同住前艙！」

南蕙此時已經心平氣和多了，她含笑道：「煩芳二位稟告藍姑娘，謝謝她相救之恩，我與蓮兒等四位姐姐乃是熟人，我就住在後艙，也好同她們敘敘舊！」

這時，半倚半坐的紀無情，肚內咕咕嚕嚕的響聲大作。連坐在一旁的南蕙也聽得清楚。而紀無情輾轉反側，坐姿扭動，口角中的白沫雖然不再外流，而額上的汗珠像個個黃豆下水粒粒可數，看樣子是十分痛苦。

南蕙的蛾眉深鎖，不禁道：「這藥好像很霸道！」

身後傳來一聲道：「去除體內餘毒，焉有不霸道之理！」

不知何時，常玉嵐已來到南蕙的身後。

南蕙心中不由覺得十分不安，回想適才咄咄逼人的語氣，不由得難為情起來。

常玉嵐若無其事的又道：「每隔兩個時辰，要服藥一次，南姑娘，你一定疲累了，讓蓮兒她們侍候紀公子，你該歇息了！」

南蕙再也不能不回答了，低著頭道：「我還不睏，再等紀無情服一次藥才去睡不遲！」

忽然——

天際一抹血紅。

遠處，好像起了大火，烈焰沖天，濃煙入雲，火勢十分熾烈。

南蕙放眼望去，不由吃驚的叫了起來道：「不好！青螺峰狂人堡起火了。」

常玉嵐也緊張的道：「南姑娘，起火之處是狂人堡？沒看錯吧！」

南蕙連聲道：「錯不了！錯不了！在巢湖幾個月，方向還弄得清楚！」

常玉嵐聞言，忙對蓮兒道：「叫他們飛槳全速，趕往青螺峰救火！」

這時，藍秀也已由底艙來到艙頭，顰眉道：「這把火有些奇怪！其中必有文章！」

船，在八個健婦奮力搖槳之下，鼓起七尺高的浪頭，破浪前射，漸漸接近了青螺峰。

但見青螺峰頂火光衝天，烈火中有人影躍縱如飛，偶爾有喊救之聲，隨著夜風傳來。

分明不是單純的火災。

除了紀無情服了藥昏昏沉沉的側臥在躺倚之上毫無知覺之外，其餘的人全都凝望著青螺峰的火勢，怎奈，水上行船雖然在八柄飛槳之下十分快速，但是，眼睜睜的可望而不可即，最是令人焦急。

眼看船離狂人堡的岸邊還有數十丈之遠，而由狂人堡登岸的石階路上，一連約有十個通身血紅勁裝的漢子，奔跑而下，一個個手中刀光霍霍，到了岸邊，一陣風似的躍上停在山腳下四條撥風快船，一撥船頭，破浪駛去。

常玉嵐看得清楚，不由連連跺腳道：「是一個謀殺慘案，歹徒們好狡猾！」

然而，畫舫與那四條撥風快艇，乃是反方向而行，眼睛可以看得見，一則是有大火襯托著，看得明白，二則是水上視線遼闊，沒有遮攔。

但是，水上直線，兩下相去最少在數十丈之遙，又是相反的方向，轉瞬之間，快艇的一點黑點也消失在茫茫水煙深處，終於無影無蹤。

船上的常玉嵐固然是懊惱異常，連南蕙藍秀等人也只有乾瞪眼瞎焦急，莫可奈何。

等到畫舫靠了青螺峰的石階碼頭。

常玉嵐彈身躍到岸邊，口中朗聲道：「不要離船，讓我一人先去看個究竟。」

南蕙在狂人堡住過多時，對於江上寒、江上碧兄妹，已有相當程度的感情，哪能在船上等待，因此，不管常玉嵐如何囑咐，也跟蹤而起，啣尾躍身上岸。

藍秀幽幽一嘆道：「事不關心，關心則亂。南蕙這個女孩，也是熱心快腸之人！」

卻說常玉嵐展起功力，不管山上石階如何陡峻，他是揉身而上，雙腳僅僅借力幾點，人已到了狂人堡石碑之前，放眼向石碑望去，不由大吃一驚。

但見石碑之上，硬生生的釘著一枚寸五左右的桃花令符。

他暗喊了一聲：「糟！」心想：「這又是一樁嫁禍給江東的事件！」

他一言不發，騰身而起，探手摘下令符，又向峰頂奔去。

此時，南蕙已經追了上來，她一見常玉嵐撲向石碑，探手取下一物，一面騰追上來，一面嬌呼道：「發現了什麼嗎？」

常玉嵐只好道：「沒什麼，快到峰頂救人！」

兩人一問一答之間，成了併肩之勢。

南蕙一面全力向前，一面道：「你在石碑上彷佛有所發現！」

常玉嵐不善說謊，隨口應道：「一枚假的令符，桃花令符！」

南蕙尚不知道什麼是桃花令符，又道：「桃花令符？是哪一門派的？」

常玉嵐應道：「說來話長！」

話落，兩人不先不後，一齊落在峰頂上。

但見餘火猶燃，狂人堡的堡眾，有的在灌水救火，有的在救治受傷的人。

南蕙已發現了亂糟糟的眾人之中，江上碧帶淚呆立在火場一角，神情十分戚楚，也十分狼狽。

她急忙奔上前去，口中大叫道：「江姐姐！江姐姐！」

江上碧揉揉淚眼，一見是南蕙，好似見著親人一般，奔走幾步，撲倒在南蕙懷裡，哭得十分傷心，又嚎又喊道：「南妹妹，你到哪裡去了?有你在，我哥哥他……」

南蕙也不由被江上碧引得哭了起來，問道：「江大哥他怎麼了？」

江上碧淚人兒一般，抽泣著道：「他……他死得好慘！身上中了幾刀，被歹徒丟進火坑，連屍體也找不到，哥哥……哥哥……」

江上碧的哭聲，在晚風裡如深山猿啼，幽谷雁鳴，十分悲傷。

常玉嵐心中只顧想著適才狂人碑上那塊假的桃花令符，要想追個來由，因此，走上前去道：「江姑娘！你可看清楚那歹徒的來路？」

江上碧抬頭看見是常玉嵐，不由立刻止住悲慼，望望常玉嵐，又望望南蕙，彷彿是問：「你們怎麼會在一起？」

南蕙當然明白江上碧的意思，忙道：「在湖上遇見的，說來話長，常三公子是前來救火的，不要疑惑！」

江上碧因為有劍穗為憑，前往金陵鬧婚之事，心中不免有些羞愧。因此，不對著常玉嵐，只向南蕙道：「三更到四更之間，堡眾都在夢鄉之中，忽然四下起火，我同哥哥驚醒之後，尚未來得及取出兵器，十餘通身紅色勁裝，頭戴血紅齊頸頭套的兇徒，一面放火，一面殺人，我哥哥他……」

說到這裡，她泣不成聲。

南蕙銀牙咬得格格有聲，氣得捏著粉拳，在虛空連連用力振腕，怒沖沖的道：「狂人堡從來沒有得罪過任何人，也沒有江湖仇家，殺人放火，太過分了，太過分了！」

常玉嵐沉思許久，劍眉緊皺，又向江上碧問道：「江姑娘！歹徒操何地口音？殺人放火之時，可曾留下什麼話？」

江上碧低垂粉頭，略愣了一下道：「沒有！只是他們臨去之時，其中一個魁偉漢子，大聲吼叫，好像是叮嚀另外一個歹徒，口音像北五首的！」

「哦！」常玉嵐追問道，「叮嚀什麼？江姑娘，你能不能說得明白一點？」

江上碧不假思索的道：「當時那人聲音很大，所以聽得清楚！」

南蕙忙道：「吼些什麼？」

江上碧接著道：「那漢子叫道，『不要忘了留下桃花令符，讓他們狗咬狗』，另外一人應了聲，『忘不了』，其餘再沒有說什麼了！」

常玉嵐淡淡一笑道：「好奸詐的兇手！」

南蕙的心思雖然不拘小節，但女兒家的思考天生細密，聞言不由道：「聽你之言，莫非對歹徒的來龍去脈，已有發現？」

常玉嵐淡淡一笑道：「雖說沒發現歹徒的來路，但是我已經發現了歹徒留下的一枚假的桃花令符！」

南蕙忙道：「真的？」

常玉嵐微笑依舊道：「那枚假的桃花令符，現在我的手上！」

說著，從懷內取出從狂人堡石碑上摘下來的那枚桃花令符，持放在手心，送到南蕙眼前。

那枚桃花令符，腥紅染色，乃是檀木雕成一朵桃花形，雕工精緻，十分神似。

江上碧也湊了過來，咬牙切齒道：「桃花令符！桃花令符！哼！姑娘把你……」

她說到痛心之處，伸手從常玉嵐手中搶過來那寸五大小的木雕血紅桃花，向地上一丟，就待用

腳去踩。

誰知，南蕙嬌叱道：「慢點！」

嬌叱聲中，南蕙的人也搶上一步，彎腰拾起那塊桃花令符，端詳一番，忽然掀起柳眉，睜著一對明亮的眸子，逼視著常玉嵐道：「假的？你怎麼知道是假的？真的是什麼樣子？」

常玉嵐不由一愣。

這南蕙的一連三個問題，一個緊一個，語意咄咄逼人。

常玉嵐無法回答，然而，又不能不回答，因此，一時語塞，半晌講不出話話來，臉上的神色一陣白，一陣青，窘態可見。

南蕙刁蠻異常，也聰明絕頂。她眼見常玉嵐神色有異，越發不放鬆的追問道：「怎麼不說話呢？真的桃花令符，到底是個什麼樣兒？你見過嗎？」

她口中說著，一雙大眼睛盯在常玉嵐臉上，一眨也不眨。

常玉嵐下意識的苦笑一笑，點頭道：「見過！當然見過！」

南蕙見他吱唔應付，進一步道：「在哪裡見過？」

常玉嵐已心中稍定，順口道：「在桃花林，江湖武林中許多同道都見過。南姑娘！諒來你也有些耳聞吧！」

常玉嵐自信這番話說得合情合理，讓人聽來天衣無縫毫無破綻。

不料，南蕙的秀眉上掀，雙目稜光凝聚，搖頭不已的冷笑道：「不然！大有文章！」

常玉嵐笑道：「大有文章？你的意思是……」

南蕙搶著道：「我雖沒去過桃花林參加那次盛會，可是，聽說桃花林只亮了一個大大的模型，就是一朵紅桃花，至於真的，誰也沒見過。」

常玉嵐忙道：「對！對呀！」

南蕙絲毫也不放鬆，緊緊的逼問一句道：「既然如此，你怎麼知道真假呢？」

「這……」

常玉嵐不由語塞。

南蕙卻是得理不饒人，偏著頭大聲道：「這……這什麼？你說呀！」

此時，江上碧也抹去了淚水，盯著常玉嵐道：「金陵世家的常三公子，你不會信口開河的欺騙人吧？」

常玉嵐被南蕙句句盯牢，句句逼得不可開支，聞言不由玉面飛紅，沉聲道：「江姑娘！此言差矣！我，我騙你做什麼？」

南蕙鬼精靈的攔住了江上碧，對她施了一個眼色，轉面又不放鬆的道：「江姐姐她在情急之下，可能心情比較惡劣，出言失禮，我只想請教你，桃花令符的真假，別的，就不必計較了！」

常玉嵐真的被她詢問到了死衚衕，沒有退路了，只見南蕙粉面帶著冷笑，睜大眼睛等著回答。

他略一猶疑的道：「南姑娘，你手上的桃花令行，絕對是假的，請你相信我的話！」

南蕙心中一百個不悅，但口中卻道：「我沒有不相信你的話！」

常玉嵐道：「那就好了！」

可是南蕙豈是容易對付的人，她又道：「只是，你既然分辨得出真假，一定知道真的令符是什麼樣子，又為何不肯說出來？」

常玉嵐不能再顧左右而言他了，正色的道：「我可以告訴你，但是，不是現在！」

南蕙道：「為什麼？」

常玉嵐道：「此時不相宜，此地不相宜，我今晚到青螺峰狂人堡，是為了向江姑娘收回我的劍穗而來！」

江上碧聞言，不由粉面生寒，沒好氣的道：「劍穗！劍穗！青螺峰的多年基業，無盡財寶，加上我哥哥的性命，數十堡丁，都被一把惡毒的火燒光了，還想要你那不值分文的劍穗！」

常玉嵐淡淡的道：「既然如此，在下來此空跑一趟，這就告辭！」

說著，舉手一拱，飄身離地。

「且慢！」南蕙搶前一步，攔住去路喝道：「桃花令符的真假，你還沒有交代！」

常玉嵐低聲道：「南蕙！我會告訴你的！」

南蕙道：「說呀！」

常玉嵐苦苦一笑道：「我說過，不是現在，南蕙！狂人堡這把火，內情不單純，你在此地也沒有留戀之處，走！隨我一同去，還怕我不告訴你嗎？」

不料，南蕙冷聲笑道：「隨你走？到哪兒去？到你們金陵常家去看別人的冷臉？」

常玉嵐對於南蕙之離開金陵，有十二萬分的歉意。因此，忙道：「那是你的誤會，南蕙！你不願回到金陵，我並不勉強，但是，你……」

南蕙不耐的嬌叱道：「閒話少說！我不能在狂人堡的慘變之下離開，你的話算是白說！我只問

你桃花令符的真假！」

常玉嵐對於南蕙的性情，當然瞭解得很清楚，料著三言兩語改變不了她的主意，因此道：

「好！你既然堅決要為重建狂人堡而留在青螺峰，那就留下來吧！」

他說著，忽地斜飄丈餘，繞過攔在當前的南蕙，展功射出五丈，逕向下山之處奔去。

南蕙見他如此，不由粉臉變色，大聲呼道：「走！沒那麼便宜！」

她的輕身功夫在盤龍谷可是練出了火侯，當年常玉嵐初進盤龍谷之時，就曾與她在赴洗翠潭的路上比拚了一下子，乃在伯仲之間，相差無幾。

不過，常玉嵐現在是起意於先，爭取到了一個先機而已，搶在前面。

南蕙自然嚥不下這口氣，一面全力而為，啣尾追了下去，一面嬌聲叫道：「常玉嵐！你若是男子漢大丈夫，就不要跑！」

晨光曦微。

山色尚籠罩在一層輕紗似的雲霧裡。

常玉嵐不理會南蕙的喝叱，存心把她引到船上，再勸她一同離開青螺峰，所以，悶聲不響，一味的腳下加力，連番起落。

好在青螺峰到湖邊碼頭，只有唯一的一條石階路，不怕追岔了。

兩人的輕身功夫，都是上上之選，焉能慢得了？一盞茶時分，已經到了泊船之處。

藍秀，俏立在船頭，翹首仰望著青螺峰，一副焦急的模樣兒！

左右，侍立著蓮兒等四婢女，也是一言不發。

常玉嵐的身影乍現，蓮兒已叫道：「公子下山來了！」

她是善解人意的俏丫環，口中說著，眼神瞧向久久未語的藍秀，見她的臉色已霽，不似先前凝重。

藍秀也梨渦微現的道：「為何把南蕙姑娘丟得那麼遠？」

蓮兒道：「想必是兩人開玩笑，借下山的路程比比輕身功夫！」

藍秀道：「有此雅興嗎？」

一言未了——

常玉嵐一式躍馬中原，人已由七丈之外，撲身船頭，由於來勢之猛，船身卻也微微一陣搖動。

藍秀不由眉頭一皺道：「這麼凶幹嘛？」

話才落音——

通！

一聲大響，南蕙氣鼓鼓的有些喘息，紅著臉也縱身上船，指著常玉嵐怒沖沖的道：「跑呀！看你跑到哪裡去！」

藍秀一見，不由微微作色，她不明就裡，低聲道：「南姑娘！你……」

誰料，南蕙的手臂一甩，大聲道：「不關你的事，站到一邊去！」

藍秀何曾受過別人這等叱喝，只是礙於常玉嵐不好發作而已，氣得粉面發白，望著常玉嵐講不出話來。

常玉嵐一見，生恐兩人糊塗動手，忙道：「南蕙她是誤會！」

南蕙冷冷的道：「沒有誤會！只要你一句話而已，有什麼誤會？」

藍秀哪裡知道是什麼話，因此，對常玉嵐道：「一句話？就為了一句話，被人家追成這個樣子？扳著臉罵到船上來？」

常玉嵐掙紅了臉，一時答不上話來。

藍秀更加的不悅，俏眼斜瞟了一瞟常玉嵐，扭過臉來向南蕙道：「南姑娘，究竟是一句什麼話？」

南蕙皮笑肉不笑道：「你要問？」

藍秀道：「是的！」

南蕙十分調皮的道：「只怕也是白問罷了！連當事的常三公子都回答不了，你能回答嗎？」

藍秀微慍道：「料來難不倒我！你南姑娘只要問得合情合理！」

南蕙瞧了一下常玉嵐，衝著藍秀道：「山上發現了一枚桃花令符。」

「啊！」藍秀不由驚呼。

因為桃花令符乃是藍秀一手設計，桃花林之會，可說是令符初現，也不過是藍秀的第一步棋，要先把令符的招牌打出去，好做為下一步棋鋪路，「桃花老人」陶林之所以當著天下武林之前，借丐幫弟子的鬧事，也只是下一個馬威而已。

到目前，桃花令符可以說是只聞名而已，並未真的頒發過，也可以說沒有使用過。

如今，南蕙既然說發現了一枚桃花令符，怎不會讓令符的主人藍秀大出意外的吃一驚呢？

她忙不迭的問道：「真的嗎？南姑娘！發出令符，為了何事？」

她一連幾句，都是迫不及待，可見藍秀內心的焦急是如何的迫切想知道下文。

南蕙焉能看不出，她忽然臉色一沉，大聲道：「哦！我明白了！這句話也不必問了。」

藍秀正要知道有關桃花令符的詳情，聞言道：「為什麼？」

南蕙腳下緩緩後退，雙手振腕作勢，口中嬌聲叫道：「說什麼真假令符，原來你們就是發出令符的兇手！殺人放火就是你們安排好的圈套！」

常玉嵐心知這誤會越來越深，忙道：「這是從何說起……我們怎會……」

誰知，南蕙已不等常玉嵐解說，咬牙切齒的指著藍秀道：「桃花林前的武林大會，你就是發帖之人，對也不對？」

藍秀苦苦一笑道：「可惜狂人堡還不成幫派，不然也有一份！」

南蕙道：「你比常玉嵐強多了，你做的事還有膽量承擔！」

藍秀道：「常玉嵐做了什麼不敢承認的事？南姑娘，你可有個交代！」

南蕙揚起眉頭道：「你們狼狽為奸，分明是命人先埋伏在沿湖附近，趁月黑風高愉偷探上狂人堡殺人放火，亮出你們的血腥桃花令，想要揚名立萬，殺狂人堡以敬八大門派，想要威嚇武林！」

她是越說越氣，越說越覺得有理。

常玉嵐不由苦笑道：「南蕙！這是你一廂情願的揣測之詞，鑽了牛角尖了！」

藍秀也淡淡的道：「桃花令符是會在江湖上出現，不是我說一句大話，還不至於拿狂人堡來開刀。」

南蕙勃然大怒，將手上的那枚檀木桃花令符向甲板上用力一丟。

篤！的一聲，那枚檀木桃花令符，竟然有一大半刺進甲板之上，出手之重、心中之恨，可想而知。

藍秀一見盈盈一笑道：「南姑娘，你的腕力不錯！」

南蕙怒意絲毫不減，嬌嗔道：「殺了狂人堡的人，燒了狂人堡的房屋，就是這枚令符，而發令的人卻不敢承認，收回去吧！沒有膽子承認，又發得什麼令符，丟人現眼，不怕笑掉人的大牙！」

她侃侃而談，朗朗道來，有冷嘲熱諷，也有說不盡的愁與恨。

這時，藍秀一使眼色。

蓮兒已跨上前，拔下那枚檀木桃花令符。雙手遞到藍秀的手上。

藍秀輕笑一聲道：「這也算桃花令符？」

她口中微微一笑，若不經意。

然而，她那兩指捏著的檀木桃花令符，不知怎的，漸漸的變小下來，檀本木屑，順著她的手指，紛紛落在甲板之上，紫紅的粉末，堆成一小堆。

藍秀施用大力指法，捏碎了檀木桃花令符，依然沒事的人兒一般，口中淡淡的道：「真的桃花令符，不會如此腐朽！南姑娘！這是假的！」

南蕙不由一愣。

她並不是被藍秀的大力金剛指嚇愣了，而是藍秀指出桃花令符是假的，分明與常玉嵐所說的不謀而合，足見常玉嵐並沒欺騙人。

但是，她仍然不放鬆的道：「我要追問的，就是桃花令符的真假！」

常玉嵐久久沒有說話，此刻忙道：「我說過是假的，你偏不信！」

南蕙搶著道：「我要知道真的是什麼樣子！」

常玉嵐忙道：「遲早你會知道！」

不料，藍秀已緊接著道：「不要遲早，就是現在！」

常玉嵐不由一愣道：「現在？」

藍秀不理會常玉嵐的話，側面對蓮兒道：「蓮兒，到底艙取出本門令符，讓南蕙姑娘見識一下！」

她說完之後，也不理會常玉嵐與南惠，蓮步輕移，施施然，長髮白衫衣袂飄動，逕自走向船頭的坐椅，斯斯文文的坐了下來。

蓮兒雙手捧著一個尺來見方的純銀方盒，明亮亮耀日生輝，送到藍秀面前。

藍秀眼也不瞧，只是道：「打開來，送給南姑娘看看！」

蓮兒應了一聲：「是！」小心翼翼的打開銀盒的蓋子，緩緩走向南蕙。

但見，黃綾襯底，盒內分三排，擺著九朵血玉桃花，每一朵都活鮮鮮的與真的桃花絲毫不差，色澤淺深有致，不但艷色逼人，而那一股清涼之意，沁人心脾。尤其令人心曠神怡的是，彷佛有陣淡淡的幽香。從銀盒之中散發出來，似有若無，教人難以自禁的，捨不得移開視線、想多看一眼。

南蕙凝視著那九朵血玉桃花，一時說不出話來。

藍秀早已娓娓的道：「這就是桃花令符！南蕙姑娘，你的手上功夫在令尊調教之下，應該有些份量，你可以試試本門的血玉令符，假若你能用指法捏碎，江湖上從此沒有桃花令符這檔子事，我藍秀也從此不再在武林中露面！」

此言一出，在場的常玉嵐最為焦急。

因為，他明知這血玉堅如精鋼，慢說是一般大力金剛手法，就是錘打火煉，也休想動得分毫。常玉嵐怕南蕙一使性子，真的去試一試，到時下不得台階，事情必會僵下去，甚而惱羞成怒，翻臉動手，就難以收拾了。

殊不知，南蕙雖然任性刁蠻，但卻聰明絕頂。她焉能瞧不出藍秀的神定氣閒，所說的斷然不假，心知這血玉桃花必非等閒玉器，自然大有來頭，一定是堅如金石，否則藍秀豈能以隱退為賭注。

自己若是捏不碎毀不掉，無異是自取其辱。

因此，她淡淡一笑道：「不必，我只要弄清楚桃花令符的真假，既然事情弄明白也就是了！」

她說完之後，又對蓮兒道：「蓮姐姐！紀公子他的人呢？」

蓮兒將銀盒蓋起，口中應道：「服藥之後，睡在公子床上，安靜得很！」

南蕙略一頷首，對藍秀道：「狂人堡雖然不是我的基業，但是年來的棲止，這筆血債我要代為找回，湖中救命之德，改日再報！」

她說完不理會常玉嵐，轉面對其餘三婢道：「三位姐姐，煩將紀公子叫出來，要他與我同回青螺峰！」

常玉嵐聞言忙道：「南姑娘！紀兄的體內餘毒未盡，而且又何必待在狂人堡……」

南蕙十分堅決的道：「紀無情有了丁伯伯的藥材，諒會痊癒，我的事，就不敢煩勞你費心了

……」

她說完之後，拉起梅兒，鑽進前艙。

片刻，扶著尚在昏沉沉中的紀無情，又對常玉嵐道：「再見！」

她的臉上呆滯的毫無表情，探手向紀無情的睡穴點去。

紀無情服藥之後，昏昏沉沉，到了船頭，被湖上涼風一吹，漸漸睜開惺忪睡眼，而今被南蕙點了睡穴，又軟軟的搖搖欲倒。

南蕙趁紀無情將倒未倒，矮身將紀無情扛在肩頭，彈身離船而起，頭也不回，向青螺峰頂穿去，幾個縱躍，已看不見影子。

隆冬還沒到，只不過是十月季節。

汴梁城已是銀裝世界，粉堆的山河。

濁濁滾滾的黃河，竟然結上一層薄冰，晶晶的閃著耀眼光芒，手掌大的鵝毛片，密密麻麻的落個不停。

通往司馬山莊的道路，積雪怕有尺來深。

一匹通體雪白的駿馬，騰起四蹄，像是沒有一蹄著地的飛奔，掀起地上積雪，濺玉拋珠般揚得老高。馬尾，幾乎翹得筆直，因為馬跑得實在太快了。

馬，白得發亮，分明通體見汗。

馬上的人也是一色雪白的單衫，又是銀灰的披風，揚得像一個小帳篷。

按說，這等天氣，馬上人該穿深色的衣衫，或是狐皮貂帽才能御寒。但是，沒有，雪白的衣袂振起，分明是夏季的服飾。

人的呼吸，馬的喘氣，在冷風裡，陣陣飄開，像是淡淡的煙雲，隨即又散得無影無蹤。

好快……

一瞬之間，飛馬已到了司馬山莊的迎賓館九龍堡之前。

迎賓館內的人，似乎已發現這一人一騎，一個精神爍矍的老者，已呀的一聲打開門，鑽出棉布暖簾，冒著撲面寒風迎雪而立。朗聲道：「風雪連天，是哪位貴賓駕臨司馬山莊？」

馬上人用力一勒韁繩，那匹馬長嘯一聲，前蹄人立，硬生生停了下來，一式花蕊迎風，人已飄身下地，掀去斗篷的頭盔，拱手道：「在下常玉嵐，特來拜訪貴莊少莊主！」

迎賓館內老者聞言，拱手道：「原來是金陵世家的常三公子！」

常玉嵐端詳一下拱手道：「不敢！在下正是常玉嵐，只是……」

他瞧料一下那位老者，欲言又止。

老者微微一笑，捋了一捋頷下的短鬚道：「公子為何欲言又止？」

常玉嵐忙笑道：「失禮得很！上次在下造訪貴莊。迎賓館乃是人稱千佛手的伍岳伍老前輩主持！」

「哦！」那老者若不經意的道：「伍兄另有差遣，萬某在迎賓館當值已有半載之久！」

常玉嵐拱手道：「原來如此！恕某失禮，敢問前輩怎麼稱呼？」

「哈哈哈……」

那老者未語光是朗聲一笑，然後才道：「無名之輩，難怪常三公子不知！不過，我若伸出手來，也許經多見廣武林家學淵博的三公子會有些兒印象！」

他說著，原本雙袖擁在胸前的雙手，平平的豎著手指伸了出來。

敢情那老者每隻手只有三個手指，而且是一個拇指之外，缺少小指與無名指，非常刺眼。

常玉嵐一見，內心不由悚然一驚。

然而，他依舊面含微笑，拱手揚眉道：「有眼不識泰山、原來前輩是泰山三奇之一，人稱『六指追魂』萬方傑萬老前輩！」

「哈哈哈……」

「六指追魂」萬方傑又是一聲狂笑，然後才收起笑聲，不住的點頭道：「果然家學淵博，沒想到老朽二十餘年不在江湖浪蕩，你金陵世家的翩翩佳公子還知道有我們泰山三個老怪這個字號！」

萬方傑有些兒得意，更有幾分倚老賣老的樣兒，接著又道：「大雪紛飛，常老弟單騎而來，不知有何指教？」

常玉嵐有了前次初上司馬山莊的經驗，他知道迎賓館的規矩，生恐「六指追魂」萬方傑嚕嗦，忙道：「在下是與貴莊少莊主司馬駿有約而來！」

萬方傑聞言搖頭道：「三公子來的不是時候，敝莊少莊主……」

常玉嵐只怕萬方傑刁難，聞言不由搶著道：「司馬駿兄若是不在莊內，在下也要轉見司馬老伯！」

不料「六指追魂」萬方傑更加搖頭不迭道：「越發的辦不到了！」

常玉嵐有些氣惱，索性道：「我願按照貴莊的規矩，在萬老前輩之前，斗膽闖一闖迎賓館！」

他說著，已一掀肩頭的斗篷披風，就待作勢向迎賓館台階上跨去。

誰知「六指追魂」萬方傑搖頭不已道：「三公子！你誤會了，迎賓館你已不必再闖！」

常玉嵐出乎意外的道：「卻是為何？」

萬方傑淡然一笑道：「迎賓館的規矩，只是對初上司馬山莊的人而說，凡是闖道一次的，在迎賓館貴賓簿上留下大名，從此不再受迎賓館的阻撓！」

常玉嵐面露喜色道：「原來如此！只是不能瞻仰老前輩你的絕學，未免失去機緣，甚是可惜！」

萬方傑頗為自得的道：「老了！自古英雄出少年，三公子的常門斷腸劍有『常門七劍、萬邪斷腸』的美譽，老夫早已仰慕！」

常玉嵐站在雪地裡與他講了許久，哪還有心再寒暄客套。因此，找回話題道：「既然如此，在下可以進莊去探望少莊主與司馬世伯了？」

那萬方傑只是搖頭。

常玉嵐早已不耐，朗聲道：「卻是為何？」

萬方傑見常玉嵐有些著惱，淡然一笑，伸出只有三個手指的右手，指著迎賓館照壁上道：「三公子，你只是沒有注意那九龍照壁上的告白而已！」

常玉嵐順著萬方傑手指之處望去，不由大吃一驚，臉上變色。

但見，整張黃紙，上面寫著「嚴制」兩個藍字。

另外，有一幅藍色竹布，也是用白粉寫著：家門不幸，突遭巨變，嚴守遺訓，喪事從簡。十六個碗大的楷書，觸目驚心十分刺眼。

常玉嵐不解的道：「敢問前輩，貴莊是哪位殯天去世？」

不料萬方傑苦苦一笑道：「三公子！你……你這不是明知故問嗎？」

常玉嵐忙道：「在下實在是不知，所以才向前輩你請教！」

萬方傑踱了一步道：「嚴制的嚴字，不是說得夠清楚了嗎！再說，若不是本莊的老莊主過世，誰能有這個份量，使司馬山莊閉門謝客，將這喪書告白帖在大門的九龍照壁之上！」

常玉嵐更為驚訝的道：「老莊主他……他歸天了？是嗎？」

難怪常玉嵐有此一問。

司馬山莊乃是武林中的泰山北斗，「一劍擎天」司馬長風算得上武林第一人，即使是八大名門正派，也要讓他三分，儼然是武林盟主，若真的是司馬長風不幸逝世，算是江湖中一件大事，焉有不人人相告，一十三省的黑白兩道早已鼎沸的消息。

為何常玉嵐竟然毫無所知呢？

即使是司馬山莊不敢驚動武林，也擋不住各門各派前來弔祭呀！

因此，常玉嵐逼著「六指追魂」萬方傑追問，人也已上了臺階。

萬方傑跨步攔在迎賓館的大門之前，認真的道：「常公子，這是本莊的大事，可不是萬某我可以信口開河胡言亂語的，該不用說明了吧！」

常玉嵐微微一笑，拱手道：「正因為在下相信萬老前輩的話，所以一定要進莊，在司馬老伯靈

前獻一柱清香，行個大禮，不然，以後少莊主知道常某過門不入，豈不失禮！」

他說著反而退下臺階，慢吞吞的把馬繫好，忽地一揚聲道：「常某出莊時再謝罪！」

常玉嵐對於司馬長風的死訊，是千百個不相信，因為這是不可思議之事。

司馬長風即使不是一門宗師，也算得知名的健者，哪有連個訃聞也不發，帖子也不散的道理。何況，生與死，乃是人生大事。

假若司馬山莊老莊主的噩耗不讓江湖知道，而後司馬駿如何做人。

因此，常玉嵐不再與「六指追魂」萬方傑糾纏，繫好駿馬，冷不防之下，一疊蜂腰，人像一枝元宵節的起花炮，平地上拔二丈，斜刺裡揮臂急轉，越過迎賓館的角門，直射而前，勢頭之快、快如閃電。

常玉嵐快，萬方傑也不慢！他冷冷一笑，朗聲喝道：「常三公子！你要越過迎賓館，老朽可擔當不起，還是請留步吧！」語未發，人先起，語已落，人也穿身疾射，超過了常玉嵐，一式峰迴路轉，折腰擋住常玉嵐的去路，卻是身手不凡。

常玉嵐料不到萬方傑會硬生生的出手攔擋，急切間身子下墜，矮身弓腰，方才沒與萬方傑撞了個正著。然而，頗為不悅的道：「老前輩，這是什麼意思？」

萬方傑苦笑聲道：「嘿！職責所在，身不由己，還請多多諒解！」

常玉嵐不便發作，但是，心中乃一百二十個不悅。

因為適才若是撞個正著，兩人之一非死必傷，而且，或死或傷的必定是常玉嵐，而不是萬方傑。

這並不是說萬方傑的功力一定強過常玉嵐。

因為，常玉嵐之所以提氣躍起，目的是想在他人不防之下，越過萬方傑，自然是沒有做防身禦敵的打算，迎面子午完全敞開，怎能受得了大力一撞呢？

而反觀萬方傑，是存心比拚一下，撞出之前，早有應變的招式。他一方面將手肘翹起，另一方面將肩頭斜撞向前，雖然與對方撞個正著，高則以自己的肩頭硬撞，矮則以手肘對付，都不至於撞及內臟，使五臟遭受變擊，即使是傷，也無大礙。

外行人看不出其中奧妙，行家眼睛雪亮，心明為燈，常玉嵐豈有不知之理。因之，他寒著臉道：「萬老，適才你這一撞，不覺得十分危險嗎？」

萬方傑並不避諱的道：「老朽情急之下，也就顧不得許多了！」

他並沒有致歉之意，反而有即使動手，也要攔你不放的意思。

常玉嵐心中更加氣惱，也語含諷刺的道：「素仰泰山三奇都有功力過人之處，適才一撞，卻已露出了奧妙，令人折服，好吧！既是萬老你執意攔阻，那只好照著司馬山莊的規矩行事！」

萬方傑尚未聽出常玉嵐言外之意，以為常玉嵐是知難而退，笑著道：「多承諒解，不過我會將常三公子曾來過迎賓館的事，伺機而報莊主！」

常玉嵐不假思索，緊搶著問道：「莊主？是……」

萬方傑老奸巨猾，豈有不加警覺之理，也急忙搶著道：「稟知少莊主！」

他料不到常玉嵐不住的搖頭道：「非也！非也！常某的意思是按照迎賓館的規矩，闖過迎賓館，你萬老當然攔擋不住，闖不過，只怪常某學藝不精，立刻打馬就走！你看如何？」

萬方傑老臉上一陣紅，一陣白，踟躕半晌才道：「使不得！使不得！常少俠，你已經不是第一次進入迎賓館，恕老朽無法奉陪！」

常玉嵐不能再忍，忽的把臉一沉，厲聲道：「既然如此！閃開！」

他悶在心中的怒火，已爆發而出，雙腕突的疾振，不進反退，一雙虎目之光，射出懾人威稜，肩頭微微上揚，分明就待出手。

「六指追魂」萬方傑原是行家，自然看得出常玉嵐一副躍躍欲動的架勢，因此，暗自蓄功運力，警惕戒備，但是口裡卻道：「司馬山莊有司馬山莊的苦衷，也有司馬山莊的權衡，別人是勉強不來的！」

常玉嵐沉聲喝道：「在下可能要勉強了！」

萬方傑並不示弱的道：「老朽只好照接！」

常玉嵐冷哼聲道：「哼！小心些兒！」

他的言出身動，雙掌挫時，忽的一招萬魔皈宗，兩隻手掌抖動之下，化為無數的掌影，漫天漫地的壓向萬方傑。

萬方傑成名有年，眼見掌山掌海，分不出虛實，辨不出方位，心中不由一凜，急切間閃身暴退丈餘。

然而，常玉嵐掌勢既成，又在盛怒之下，哪能讓他閃躲開去，如影隨形的黏貼而上，鬼魅般的掌影，更加如怒濤拍岸一湧而到。

萬方傑不由嚇出一身冷汗，身子一矮，就地一個翻騰，連番滾出五丈之外，直到照壁之下，才勉強止住勢子，掙扎看站穩腳跟。老臉紅一陣青一陣，咬牙切齒的吼道：「好呀！常門七劍變成了血魔神掌！不怕壞了你金陵世家的名聲嗎？」

這老怪一語道破他的功夫，也算是江湖經驗老到。

常玉嵐心中也頓時一震。

因為常玉嵐自從在洗翠潭初見秘笈，就愛上了秘笈的掌法，又在南天雷的親口相傳悉心指導之下，大有進境。一則他天資穎慧，二則是心無雜念，三則他平時涉獵揣摩各門各派的武功下過功夫，故而事半功倍，只不過稍有生疏缺少煅煉。

經過了長時間的朝夕琢磨，不但能得心應手，而且運用得嫻熟異常，反而把本身的常門劍法給放到一邊去了。

常玉嵐何嘗不知收斂，但在盛怒之下，便失去了控制，一招出手，如江河奔騰既發難收。

因之，他不管功夫被人喝破，反而朗聲一笑道：「既然知道神掌的味道，為何不敢換上一招，卻使出下三爛的招式！」

萬方傑老臉鐵青，吼道：「乳臭未乾的小子，你以為老夫怕了你，接招！」

斷喝聲中，雙手橫劍綫式，左手三指捏成劍訣，右手三指分開了來，如叉形的鋼刺，直取常玉嵐的迎面大穴，卻是驚人。

這是六指追魂的絕招，可虛可實，看來平淡無奇，其實變化多端，叫人防不勝防。

常玉嵐一見，萬方傑竟然使出的一招是武學之中最為普通的一招，初學者都知道的指天劃地，不由心中好笑、暗忖：六指追魂乃是成名之學，萬方傑為何……

就在他略一分神之際。

忽然，眼前指影一晃即逝，接著，從「六指追魂」萬方傑另一手的三指劍訣尖銳如錐夾著嘶嘶破風之聲，快如電光石火，已離自己喉結大穴不遠，壓力不絕如縷，感到運氣不順，呼吸維難。

這一驚非同小可，常玉嵐心中暗喊聲：「不妙！」一式飛龍旋波，霍地仰天後撤，彈身滑出三丈，險險閃過。

萬方傑冷冷的道：「不見棺材不掉淚，迎賓館是硬闖得的嗎？」

武家交手，重在爭取先機。先前常玉嵐一掌震退萬方傑，是由於取得了先機。而萬方傑出手逼退常玉嵐，還是如出一轍毫無二致。

有了這一來一往，彼此都心中有數。

常玉嵐料定「六指追魂」萬方傑不致乘勝追擊，因為適才一招險著。既是由於自己大意，又因不知對方招中套招的變化，所以算是大意失荊州，根本與功力無關。

常玉嵐料得個正著。

果然，萬方傑一招得手，並不接著施為，反而亮出六個怪指，摩娑了一陣，口中吃吃而笑道：「膽敢在司馬山莊充個迎賓館的執事，不會差到哪裡去。常三公子，你以為老朽的話有些道理沒有？」

常玉嵐聞言，仰天打了個哈哈，笑聲高亢入雲久久不絕，未發一言。

萬方傑摸摸自己的短鬚，偏著腦袋道：「怎麼？為何只顧發笑？」

常玉嵐面帶不屑之色，冷冷的道：「虧得你說出口來，又難得的是你臉都不紅，令在下佩服！」

萬方傑愣了一下道：「此話怎講？」

常玉嵐挺起胸膛，朗聲道：「泰山三奇，雖非名門正派，也是揚名立萬的老一輩武林知名之士，為今竟然成了司馬山莊守門的司閽，看家護院的下人，你！唉！我常某都替你羞辱，居然你還洋洋自得，怎不教人好笑！」

他侃侃而談，那副氣概，真的使萬方傑的老臉鐵青，三角眉皺成一團，鼠眼之中，充滿一片殺機，凝神睨視著常玉嵐，久久不發一言。

然而常玉嵐心知自己的話大大傷了萬方傑的自尊，料定他必然捨命一搏。因此，功運雙掌，打算硬接一招，試試六指追魂的深淺。

「六指追魂」萬方傑雙目逼射出凶燄，腳下已緩緩移動，踩得地上積雪吃吃作響。雙手雖然下垂，但骨骼咯咯發出輕響，分明是一觸即發，意在全力而為。

常玉嵐表面上氣定神閒，因為有適才六指追魂的一招指天劃地，也不敢大意，暗暗力聚雙掌，雙眼平視盯在萬方傑的雙肩之上。

這兩人各人心中有數，外弛內張，都已蓄勢準備一拚。

雪花仍然未停。

但是，氣氛緊張得像一塊鉛，又像拉滿了的弓。

眼看兩人勢成騎虎，一場生死的搏鬥即將展開。

忽然——

蹄聲得得，輪軸嘶嘶。

一輛黃錦簾幔的碧油車，在四匹棗紅駿馬拖曳之下，小快步到了迎賓館前照壁之下。

架車的車轅上一聲嬌叱，鞭聲叭的一聲，凌空發出脆響。

聿——

四匹馬立刻停了下來。

執鞭駕車之人躍身下馬，手中長鞭一揮，叭的一聲打在迎賓館的棉布軟簾之上，發出噗的一聲悶響，口中嬌叱聲道：「迎賓館執事出來！」

這一連串的變化，把常玉嵐與萬方傑的拚命架式給化解開了。

萬方傑捨了常玉嵐，一個箭步迎上前去，朗聲問道：「大膽的……」

他的話沒說完，油碧香車的簾幕掀起一角，登！登！接著從車內跳出四個淡黃官裝的少女，分兩側伺立在車前，紋風不動。

先前執鞭駕車的少女，也回身對車內施禮道：「回夫人的話，金陵常三公子，也在這裡！」

常玉嵐已看出油碧香車乃是百花夫人外出的代步車輛，對那幾個隨侍的少女，更加面熟，因此，躍身而前，迎著香車拱手道：「夫人怎的在大雪紛飛點水滴凍的時候來到開封？」

百花夫人並未下車，只聞鶯聲燕語的在車內道：「你忘了我與司馬駿有七日之約嗎？」

常玉嵐不由笑道：「算來不止七天，怕不有七十天之久！」

車內百花夫人輕盈的一笑，笑聲如珠走玉盤，活似十餘歲的少女喜極發出的嬌笑之聲，然後道：「我已照會司馬長風，真的把七天改為七十天，倒被你猜個正著，外面雪大，上車來吧！」

常玉嵐尚未答話。

愣在一邊的「六指追魂」萬方傑竄步上前，拱手道：「車內敢是夫人嗎？」

看萬方傑恭謹的神情，常玉嵐大覺意外，因此，不等百花夫人回答萬方傑的話，搶著向車內道：「司馬山莊不准常某進入，夫人先請吧！」

「哦！」車內百花夫人驚異的哦了一聲，然後道：「誰敢攔你，上車來！」

常玉嵐聞言，回頭對萬方傑微笑道：「在下要上車了，您老不會攔阻了吧！」

萬方傑一臉怒容，迎著香車拱手道：「夫人！迎賓館奉命，除夫人之外，任何人不得進入！」

車內傳出一聲嬌叱道：「放肆！任何人不准進入？那麼我自己要一步一步的走進去囉！荒唐！皇帝的御街，也有人走來走去，司馬山莊是皇宮大內嗎？」

萬方傑心有未甘，忙道：「這個……」

百花夫人有些生嗔，不等萬分傑說下去，早已嬌聲道：「海棠！駕車！」

先前手執長鞭駕車的少女應了聲：「是！」忽的長鞭迎風一揮，有意無意的把鞭梢在萬方傑眼前抖得叭噠作響，人已彈身上了車轅。

四個少女也如穿花蛺蝶鑽進車裡。

常玉嵐淡淡一笑，雙目盯在萬方傑的臉上，口中卻對車內的百花夫人道：「在下跨下有馬，就隨在車後，算是為夫人護從吧。」

車內百花夫人發出一聲淺笑道：「也好！不過，如今你已不是金陵常玉嵐，而是有了主了，做護從不是有些兒委屈嗎？」

常玉嵐聞言，不由一陣臉上發燒。

然而，訕訕著道：「在下曾經列在門牆，夫人不要自謙！」

百花夫人並未答言，但是卻發出一聲輕微的幽然嘆息之聲，接著道：「啟車！」

常玉嵐不理會萬方傑，解下馬韁一躍上馬。

蹄聲雜沓，車輪滾動。

一行人越過迎賓館，順著寬敞箭道，向莊內緩步徐行。

漸行，漸近了司馬山莊的正門。

一路上素幡飄飄。

一陣鈸鼓之聲，從莊內傳了出來。

車內的百花夫人輕聲對駿馬上與香車並肩而行的常玉嵐問道：「怎麼？莊內做法事？」

常玉嵐應道：「夫人還不知道嗎？據說老莊主司馬長風在前幾天逝世了。」

「啊！」車內一聲驚呼，簾幔掀起，百花夫人露出臉來，帶著十分驚訝的神色，意外的道：「真有這等事？」

常玉嵐在馬上，正與百花夫人探出的粉臉近在咫尺，不住的點頭道：「看樣子似乎果有其事，可是，偌大的司馬山莊，為何不發訃聞，令人惑疑！」

百花夫人蛾眉微顰，凝神道：「有這麼巧的事？快！海棠，快！」

叭！鞭聲乍響，車速加快。

轉瞬之間，已到了司馬山莊的大門。

白紗紮成一道彩樓，浮搭在大門之前。原本黑漆的大門，上面貼一副孝聯，竹紮的氣死風燈，早已罩上一層雪白紗布，藍筆寫著個大大的「孝」字。

此時，迎賓館想必早已把訊息傳到莊內。

大門一側的喪樂早已奏起，嗩吶聲暄，哀聲動人。司馬駿一身麻衣麻冠，抱著根哭喪棒，匍伏在臨時搭在大門前的席棚草蒿上，頭也不抬，悲傷癒恆。往來的堡丁，一式白布喪服，每人都是面帶戚容。

百花夫人與常玉嵐緩步走進席棚。

司馬駿就地伏著，口中含悲道：「家門不幸，禍延先考，恕司馬駿孝服在身，不便迎接！」

百花夫人顰眉道：「少莊主！老莊主身體健朗，修為深厚，怎會正當壯年歲月而遽歸道山？」

司馬駿微微揚起臉來，有些兒憔悴的道：「先父因舊傷發作，又受了風寒，因而……」

他說到這裡，一陣抽泣，嗚咽著說不下去了。

常玉嵐念及司馬駿有三次拔刀相救之情，眼見司馬駿平時英姿煥發，而今悲不自禁，也不由一陣悲酸，趨前幾步，安慰的道：「人死不能復生，少莊主請多多珍重，節哀順變！」

司馬駿掙扎著強忍悲淒又道：「先父彌留之際，囑咐不准鋪張，因此，連訃聞也不便散發，謝絕一切祭拜，還望多多原諒！」

百花夫人略一掃視喪棚內一遭，此刻卻道：「生死無常，我要到你父靈前點香行禮。」

不料，司馬駿匍伏上前稽首道：「哪敢經得起夫人行禮，擋駕！擋駕！」

百花夫人道：「人死為大，有什麼當不起。」

常玉嵐也道：「我是晚輩，一定要上香頂禮，否則真是罪過！」

百花夫人連連點頭過：「應該！應該！」

司馬駿略一沉吟道：「既然如此，我代父叩謝！」

說著，揮手向身後之堡丁道：「動樂！」

絲竹細吹細打，哀聲動人心弦。四個堡丁捧著香燭金箔在前緩緩而行。常玉嵐一襲白衫。兩人也隨著引路的四個堡丁徐徐而行。

司馬駿垂手低頭，緊隨在百花夫人與常玉嵐之後。

大廳上慘白靈幔，一眾僧人均已迴避，白燭高燒，香煙繚繞。

一副黑漆銅棺，露出半截在靈幔之外，黃魚靈位，上面細明體金字，寫著：

「顯考司馬諱長風大人之靈位」

十三色供品，一列排在靈位之前，外有五供銀器，都擦得耀目明亮。

靈樞案前，一個斗大的錫箔盆，一個小僮，跪在焚化盆前不斷的添著金箔，燒起熊熊火焰。司馬駿趨前幾步，已伏到孝幕右側匍伏下來，依俗答禮。

百花夫人蓮步輕移，徐徐的走到靈位之前，停了下來，一面四下巡視個夠，一面端詳那副銅棺。雖然禮生已點燃了三柱線香交到她手上，但是，她卻沒有悲淒之色，只是不住的凝目四顧。卻是常玉嵐，接過禮生交來的線香，不由一陣鼻酸，不由自己的雙膝下跪，隨著禮生的叱喝，著著實實的行了三跪九叩大禮。

奇怪的是，百花夫人僅僅是將手中線香胡亂插在香爐之中，卻對匍伏在地的司馬駿道：「少莊主！令尊大人仙去，今後司馬山莊是由誰執掌呢？」

此言一出，連常玉嵐也覺得是多此一問。

因為，司馬駿身為少莊主，乃是理所當然的繼承人，這還用問嗎？

自然，司馬駿也一臉的迷惑之色道：「晚輩雖然不才，但是責無旁貸，只有勉強撐持了！」

百花夫人螓首微點道：「既然如此，應該廣散訃聞，邀請武林同道，替老莊主風光一番，也算公開宣佈今後司馬山莊的主人是你才對！」

常玉嵐接話道：「夫人所說不錯。駿兄！如有需要小弟效勞之處，請不要客氣！」

司馬駿沉吟片刻才道：「茲事體大，容司馬駿過了七七之期，再議不遲！」

百花夫人淡然一笑道：「也好！」

她口中應了聲「也好」，人已轉面對常玉嵐道：「常三公子，今日天色已晚，外面風雪又大，我看我們得歇下來，明天再走了！」

常玉嵐道：「司馬山莊老莊主的喪事繁忙，在下想不便在此打擾！」

誰知，百花夫人連連搖頭道：「偌大的司馬山莊，怕沒你的歇腳之處嗎？依我看，我就住在荷風水榭。你嘛，一個人就住在愛竹書屋，好歹明天再走，也不爭這半天一夜！」

她似乎對司馬山莊的環境十分熟悉，連水榭書房的題匾雅名，都說得特別順溜。

說完之後，領先步出靈堂，招手喚來駕車的海棠，吩咐了一番，最後才道：「常三公子是一個人，他可是有人侍候慣了。海棠！你安頓好了車馬，就去愛竹書屋侍候常公子就寢！」

這簡直是喧賓奪主，一切都由她安排妥當，既不用司馬駿操心，也由不得常玉嵐做主。

夜涼如水，朔風颯颯。愛竹書屋是在千竿翠綠的叢竹之中。此時，因雪飛六出，積雪把根根細竹壓得彎了腰。東北風陣陣不息，有時把竹葉上已結成冰的積雪吹落了下來，打得劈拍作響，此起彼落，像是一種不規則而又清脆的樂章。

打發走了侍候自己的海棠，常玉嵐一時哪能入睡，對著螢火般的燭光，不住的遐想。

關於司馬長風的死，雖然目睹了銅棺靈位，也看到了司馬駿的悲淒神色，不知怎的，常玉嵐出自內心的問題依舊存疑，有幾個解不開的結，在腦際翻騰起伏。

——司馬長風不但在劍術上修為多年，習劍必先練氣，血氣雙修之人，怎會突然一病不起？

——司馬山莊二十年來儼然武林盟主，一劍擎天的大名，是響噹噹的金字招牌，焉有不普告江湖之理？

——司馬駿既然克紹基裘，今後在武林之中，就應該有一定的地位，由少莊主一躍而為莊主，豈能閉門造車自封上齊王而不宣告武林的道理？

——即使遵照遺囑喪事從簡，也該周知世誼親友，焉能就此草草了事，只在司馬山莊內殯葬？

想著，他的狐疑越來越多，不覺對著熒熒燭火入了神，愣然不知所以。

突然——

篤篤篤！隔著窗子有人輕彈三聲。

彈指之人何時來到窗下，常玉嵐竟然不覺，一驚之下，揮手搧滅蠟燭，矮身撥開窗格，人且不

急急穿出，卻沉聲道：「哪位？」

窗外人並不回話，隱隱約約的向屋內招手，示意要常玉嵐出去。

常玉嵐之所以沒有聞聲射躍而出，是怕慌忙之中，被窗外之人暗算。此刻見窗外人影招手，現出身影來不是隱於暗處，這才長身，翻過窗門，落在走廊之上。

敢情，窗外是一個細纖的身材，一身藕色緊身勁裝、奇怪的是蒙頭蓋臉，用一幅同色方巾扎得只露出一對十分靈活的大眼睛在外面。

常玉嵐看清之後，低聲道：「台端何人？」

那人不住搖手，壓低嗓門道：「不要多問，隨我來就是。」說完，一拉常玉嵐衣角，另一隻手遞過一塊三尺大小的紫紗方巾，並且指指自己包紮得密不通風的樣子，分明要常玉嵐也蒙起臉來。

常玉嵐衡量這個女人並無惡意，便依著她蒙住頭臉，露出眼睛。

藕色勁裝之人扯了扯常玉嵐的衣角，然後才鬆手沿著書屋的牆腳，不由正面走，反而向屋後走去。常玉嵐如影隨形，也像一隻靈貓，躡腳追蹤而行。

避過司馬山莊的耳目，向書房後方遁去，漸漸遠離竹叢，片刻之後已到了一堆亂石假山腳下。假山的範圍不小，一面臨接荷花池，一面離入園的月洞門不過二五丈遠。

那人順著假山的陰影伏身到了面對月洞門之處，向身後的常玉嵐用手虛空按了一按，然後手掌連翻幾下。

常玉嵐幾乎笑了出來，他已領會得到，那人用手比劃的意思。

果然料得不差，那人一矮身，橫躺在地上，一連幾個打滾，滾出月洞門去。常玉嵐自然是如法

炮製。

到了月洞門外，那人從花圃深入，探手取出兩包衣服，敢情是下人打扮的孝服。她丟了一包給常玉嵐，自己早已胡亂的套在藕色勁裝之外。

常玉嵐感到此人的計劃甚為周密，也把孝服套在身上，頭上摘去蒙臉紫巾，罩上寬大的孝帽，蓋到眉頭，現身與那人相互望了一眼，互相微微全心一笑。那人在前，逕向靈堂大大方方的走去。

說也奇怪，司馬山莊既是江湖的盟主，應該戒備森嚴才是，而常玉嵐等兩人從月洞門起，一路穿過兩重院落，並沒碰到一個人。

甭說什麼明椿暗卡了。

其實，說明了並沒有什麼稀奇。

第一，司馬山莊的名頭甚大，此刻尤其是如日中天，黑白兩道的朋友，似乎沒有膽量找自己的麻煩。

第二，司馬山莊的外線靈活，大半的高手，都在本莊外圍，莊內，用不到五步一椿十步一哨。

第三，最大的原因是司馬山莊真正的保障深入地下，一切的秘密，表面上是看不出來的，何必安排哨卡，落得從容大方。

當然，今天的「愛竹書屋」與「荷風水榭」兩地，暗處必有監視之人。怎奈百花夫人對司馬山莊的一房一舍，一草一木都熟知得清清楚楚，因此，完全瞞不了她。相反的，她可以神不知鬼不覺地邁過暗卡，瞞過監視人的耳口，帶出常玉嵐，直奔靈堂而來。

常玉嵐先前並沒有看出她是百花夫人。此時，包紮得緊的頭巾解去，才看個明白，不由低聲

道：「我們到哪兒去？」

百花夫人應道：「靈堂，看看棺材內躺的是不是司馬長風。」

常玉嵐心想：「原來不止我有這個疑團。」想著，口中不覺道：「敢情夫人心中也與我猜疑的不約而同。」

百花夫人道：「你以為天下人只有你最聰明？」

常玉嵐不由覺得臉上一陣發熱，幸而天色陰霾，看不見彼此的臉色。

兩人一問一答之際，已到了喪棚之外。

喪棚中雖然燈光通明，但是僅有兩個堡丁伏在桌上打盹，既沒有看到執事守孝之人，也沒有樂手吹打。

常玉嵐低聲道：「夫人，靈堂內僧人雖散，依俗司馬駿必然在靈幕內守孝護靈，我們可不能大意。」

百花夫人道：「你可失算了。」

常玉嵐湊近了百花夫人，更加小聲的道：「怎見得呢？」

百花夫人幾乎依偎在常玉嵐胸前，散發出陣陣襲人的香息，飄飛的亂髮，隨風掃在常玉嵐的臉上，嬌聲道：「司馬駿若是真在靈堂，一眾堡丁不像眾星拱月的隨侍左右嗎？喪棚內的守夜人有天大的膽子敢伏桌打盹嗎？你為何沒有想到？」

常玉嵐暗喊了聲：「慚愧！」

不是常玉嵐心思不夠細密，而是司馬長風之死，大大有些文章。

因此，常玉嵐道：「依此看來，老莊主之死，裡面一定另有文章。」

百花夫人道：「你為何不說另有陰謀毒計？」

常玉嵐睜大了眼睛道了聲：「哦！」

百花夫人悠然輕聲道：「司馬長風是難以捉摸的。記住！我進靈堂制住所有的守夜之人，你的任務就是掀開棺蓋，看清有沒有死屍，若有，再看清楚是不是司馬長風。」

這正是常玉嵐輾轉不眠心中的一個謎。聞言連連點頭，口中卻道：「萬一司馬駿出乎意料之外，真的在靈黨中護靈守夜呢？」

百花夫人淡淡一笑道：「你依原路快快回到愛竹書屋，靈堂中的一切交給我。」

常玉嵐忙道：「使不得，我不能把事情丟在你一個人的身上，萬一……」

「沒有萬一！」百花夫人斬釘截鐵的道：「司馬駿還翻不出我的手掌心，放心好了！他絕對不會在靈堂之內。我們要快，假若我料得不錯，三更以後，司馬駿會回到靈堂，事不宜遲，走！」

走字出口，百花大人如柳絮迎風，點水蜻蜓一般，一長身，人已進了靈堂外的喪棚，沒見她著力凝氣，探手在伏案而臥的兩個堡丁腦後快如電光石火的點了睡穴，連一陣風也沒帶動，燭光毫無閃爍之下，又是一招「彩蝶穿花」，穿進了靈堂。

常玉嵐怎敢怠漫，追蹤而起，展起無上輕身功夫，如同一隻飛猿，騰身落在靈堂的香案一角。

果然，靈堂內僅僅有四個執刀的堡丁，已經被百花夫人做了手腳，愣愣的站在牆角，像是傳說中的定身法定在那裡。

百花夫人攔門而立，監視著靈堂之外，一面指著棺木道：「快！」

常玉嵐跨過供品，探手著力，棺木厚蓋應手掀起尺來高，不由心中暗喊了聲：「罪過！」

靈堂人臂粗高照的白色供燭照耀之下，棺內白綾錦被覆蓋著，露出的人五絡花白髯鬚，劍眉微微上挑，閉著眼，口角微開，除了面如黃蠟之外，不是一劍擎天司馬長風還有誰？

因此，他十分不安，內心有罪過的感覺，忙將厚厚的棺蓋小心翼翼的仔細蓋好，用手著力照那釘孔中按了個結實，騰身下了供案，拉著百花夫人的衣袖，口中低聲叫道：「走！」

百花夫人百忙之中，還道：「看清楚了沒有？真是司馬長風？」

常玉嵐連聲道：「沒錯！正是老莊主。」

百花夫人猶豫了一下，歎了口無聲之氣。

常玉嵐又道：「夫人，你制了這些堡丁的穴道，只怕要露出破綻了。」

百花夫人向著靈堂走去，口中卻道：「不妨事，我手下還有分寸，他們半個時辰的禁制，自然解除，可能他們以為打了一個盹，管它作甚。」

兩人問答之際已來到了月洞門前花圃中間。

百花夫人褪下身上的孝服，呸了聲道：「呸！真乃是晦氣！」

常玉嵐不由好笑，一面褪下孝服，一面道：「如今，我們如何回去？」

不料，百花夫人道：「來時容易去時難。」

常玉嵐不解的道：「怎麼講？」

百花夫人微微一笑道：「大大方方，隨著我，到荷風水榭聊天去。」

更深，霜重。夜，越覺深沉。

原來已停了的雪花，不知何時，又紛紛飛飛的滿天落了下來。

臘鼓頻催，歲暮年殘。天寒地凍，田野間已沒有了生機。

秋收冬藏，人們都在圍爐閒話，計算著如何過一個歡歡喜喜的新年。然而，武林之中卻不那麼悠閒。

青螺峰狂人堡被人放了一把無情火，殺了堡主江上寒。

少林寺被人放了一把火，燒了大半僧舍，除了藏經樓幸而保存之外，佛殿也被波及，成了斷垣頹壁。一代名剎，空前浩劫，唯一的線索，是藏經樓門上的桃花令符。

武當的三元觀也沒例外，而最慘的是，歹徒放火之前，先行下毒在三元觀的飲水之中，觀內的道士中毒在先，躺在床上被燒死的十之七八，「鐵」字輩的老道士，幾乎在一場火中死亡殆盡，歹徒臨去留下枚桃花令符。

緊接著，立冬之日，黃山的「九松道院」半夜三更突然來了十餘位紅衣漢子，逢人便殺。睡夢之中，黃山弟子雖也起身迎敵，但那些紅衣漢子，既不戀戰，也不發聲，匆匆忙忙的留一枚檀木的桃花令符。

峨嵋派的總舵，遠在川中，算是沒有遭到意外，但是素來不問世事，不與江湖人往還。峨嵋的高僧慈雲大師，被人刺了十餘刀，陳屍在夏口江堤之上，陳屍的地上，留下一枚桃花令符。

最為轟動武林的訊息是崆峒派的朝山弟子，一十五人遠從雲貴登山涉水，苦行拜謁福建少林，就在返回滇邊路經襄陽投宿旅店之夜，十五人沒有一個活口，被人殺死在旅店床上，而致命的地方，全是五個桃花形的血孔，臉上也留下明顯的桃花痕跡。

一時，腥風血雨，震驚了整個武林。

江湖人人談起「桃花血令」，莫不恨之入骨。桃花血令，成了黑白兩道談之變色，也成了眾矢之的，恨不得把發令之人生吞活剝，一洩群憤。

然而，桃花令符的令主是誰，一直是一個悶葫蘆。

雖然三月之際，桃花林邀請武林同道，宣佈桃花令符這件事。大家所知道的，宣佈令符的乃是「桃花仙子」藍秀，而真正的令主，卻是始終沒有露面，只在車中連話也沒說一句。

桃花血令橫行江湖，既然引起了黑白兩道的一致惡感，自然有人提議群策群力，剷除武林的煞星，江湖的公敵。

事情，終於有了下落。

就在大除夕的當天，一十三省黑白兩道的武林，都接到一份邀請武林的帖子，上面挑明了是對付桃花血令令主的武林大會合，商討將桃花血令的令主逐出中原，或者是碎屍萬段。

發帖之人乃是丐幫新任幫主的少年俊彥，武林英傑費天行。

凡是接到帖子的人，莫不一喜一憂。喜的是有人出面對付桃花令符的令主。憂的是丐幫老幫主「九變駝龍」常傑伏刀自刎，費天行雖然功力不弱，只是一則初登幫主寶座，武林聲望不足，二則丐幫雖不是邪魔外道，究竟與八大門派尚有一些差別，難以領袖群倫。

即使有些顧忌，但武林之中，仍然對此次大會寄予厚望，一則丐幫人手眾多眼線靈通，二則費

天行與司馬山莊關係深厚，甚至費天行的作為，是受司馬山莊的授意也未可知。

因此，凡是接到帖子的武林各門各派人士，都摒擋上路，不避風霜雨雪，在數九寒天日夜兼程向洛陽進發，生恐誤了燈節的大會。

尚有未接到帖子的武林遊俠，江湖散人，也都得到信息，參加這次的武林大會。

上元佳節。洛陽城燈中如畫，城開不夜，鰲山耀眼，煙火漫天，大街小巷，人潮洶湧，萬頭鑽動，都為賞燈。

龍王廟丐幫總壇，早已粉刷一新，原本新幫主接掌幫主的盛典之時未久，總壇的歡樂氣氛尚在。而今，丐幫為首召集的武林大會，又是空前的熱鬧，發出一千五百張帖子，居然來了一倍還多約近五千人，怎不教丐幫感到光榮萬分呢，

一大早，龍王廟已經樂聲悠揚。

穿了百結綵衣的丐幫執事，有的張羅筵席，有的肅禮迎客，有的安排住處，有的收受禮物，人人喜孜孜，個個笑哈哈。

龍王廟的大殿之上，用金黃絨幕暫時遮閉了東海龍王的塑像，香案上供奉著一根翠玉打狗棒，一個九袋褡褳，一個純金飯缽，還有一代斑竹蓮花落的三塊板，這些都是丐幫的鎮幫之寶，精神的象徵。

紅燭高燒，香煙裊裊。

兩側殿堂，三山五嶽的英雄，八大門派的名人，熙熙攘攘的，有的三五成群紛紛議論，有的彼

此寒暄，互道仰慕。

但是，最多的話是說桃花血令的這種事。

忽然，一聲清脆的鐘鳴。接著鼓聲三通。

費天行依然一身鵝黃長衫，面容端肅，從後殿徐步而出。走到香案之前，先向祖師行過大禮，然後拱手齊眉，行了個籮圈禮，朗聲道：「費天行代表本幫一十三省幫眾，感謝各位光臨洛陽。窮家幫本來寒微，接待若有不周之處，還請各位武林前輩，江湖同道，多多海涵，不吝賜教！」

他說到此處，略略停了下來，雙目梭巡左右側殿，然後又道：

「請八大門派掌門大師在左首就位！」

一陣互相謙讓，少林明心大師為首，率領八大門派高職長老在左首一字坐下。

費天行又朗聲道：「請一十二省各莊各院各派各會主持人在右首就座！」

但見司馬駿越眾而出，隨著是各路自成一家的知名之士，約莫也有二十餘人雁字入席。

正在此時，忽然有人大聲叫道：「費大幫主，你這做主人的可不能漏了。」

數千武林聞言，不約而同的向發話之處望去。

那人早又叫道：「一邊是八大門派，一邊是中原一十三省的傑俠之士，那我該坐到哪裡？」

一襲灰衣，瀟灑不凡，手中揚著雙紫玉橫笛，越眾而出，臨風站在正殿當中，面對費天行而立，等待費天行的分派。

敢情是西北回族的小王爺，人稱逍遙公子的探花沙無赦。

費天行不由眉頭一皺。然而，身為武林大會的東道主，此時此地，斷然不便有何岔子，縱然心

裡明白沙無赦是前來攪局的，存心雞蛋裡挑骨頭，面子上一定要保持主人的氣度。因此，抱拳帶笑道：「想不到沙探花也有興參加本幫相邀的大會，請恕幫眾疏忽，費某在此深致歉意！」他一句一笑，極盡忍耐之能事，也表現得謙和異常，誠摯萬分。

不料，沙無赦卻不理會這些，只顧道：「道歉不必，只要給我一個坐處就行。」

費天行略一思索，依然含笑指著右首那排坐位道：「沙兄在這邊落坐如何？」

沙無赦應道：「好呀！可是……」他遊目梭巡一下右首的二十餘人，卻又接著道：「要我坐到最後一個座位嗎？」

這是一個難題。論身分，沙無赦乃是知名的四大公子之一，回族王位的繼承人，又是欽賜的探花，比之在坐的武林知名之士，可說毫不遜色。論手底下的功夫，沙無赦內外修為雖沒登峰造極。卻不在一般武林之下，也算數得上的角色。

但是，武林大會首重門派。沙無赦本來不屬於中原武林一脈，實在說，並排不上一個位置。

但是沙無赦放蕩不羈，是攪和的能手，若是一言不合，說不定一個好生生的武林大會，弄得不歡而散，豈不成了笑話。

有了這些顧忌，費天行才讓沙無赦在右首入席，再也料不到沙無赦認真的要追問該坐到第幾個位置，費天行怎能不為之氣結一時語塞呢？

幸而，司馬駿連忙使了一個眼色，按奈下十分尷尬的費天行，一面拱手離座，向沙無赦道：「沙兄，許久未見，坐到這裡來，讓小弟與你親近親近如何？」

司馬駿自認這是一個巧妙的安排，一則沖淡了排名秩序之爭。

二則解決了費天行東道主的難題。

誰知，沙無赦又有了花招，他先是連連點頭，一面步向右首，一面卻道：「少莊主，你既然稱我為兄，講不得，依你們中原的禮數，我可要坐到你的上首，也就是第一席了。」

此言一出，司馬駿固然一怔，其餘右首二十餘位江湖豪客，也不由嘩然。

就在此時，一個綵衣的丐幫弟子，匆匆跑了進來，朗聲稟道：

「上啟幫主，金陵世家的常三公子到。」

費天行忙道：「快請！快請！」

常玉嵐大步跨進龍王廟的大門，帶笑朗聲道：「常某來遲，費幫主莫怪，各位前輩海涵！」他的人隨著笑聲，已邁步上了正殿，灑脫不凡，超群出俗。

沙無赦一見，大聲喊道：「常兄來得正巧，來！來！這裡坐，這裡坐。」他一面喊個不停，一面將身側司馬駿擠到第三位，自己坐上第二位，把第一席讓給常玉嵐。

常玉嵐一見，急忙道：「沙兄，別來無恙！」

沙無赦笑嘻嘻的道：「上次丐幫大會見過一面，時間並不久，我們大家都應該沒有忘記吧，司馬少莊主，你應該記得呀！哈哈……」他說到這裡，一面狂笑連連，一面用手肘碰了下司馬駿，十分得意。

沙無赦是一語雙關，要點明司馬駿，示意他若是一言不合，他要把司馬駿借刀殺人、刺死九變駝龍常傑的事給抖了出來。

司馬駿不是白癡，怎會聽不出沙無赦言外之意，只有苦笑一笑，強自按捺下來，把席位之爭，

暫且擱在一邊，忍氣吞聲的坐了下來。

其餘眾人眼看司馬駿不發作，也只有依次落座，好在坐在首席的並不是沙無赦這個化外野人，而是武林咸尊金陵世家的人。

費天行的難題之困既解，接著朗聲道：「丐幫今天不自量力，飛帖恭請各位駕臨洛陽，唯一目的是要解除目前武林浩劫，也就是嗜殺凶殘的桃花血令令主！」

此言一出，沸沸騰騰，數千人嘀嘀咕咕，嘰嘰喳喳，鬧哄哄的莫衷一是。

「阿彌陀佛！」一聲佛號，少林掌門明心大師單掌打著問訊，低沉沉的道：「各位大施主，少林浩劫，承蒙同道關注，老衲在此深深感激，只是冤冤相報，因果循環何時能了？因此，少林全寺，並不打算報復，阿彌陀佛。」明心大師語畢，緩緩入座，閉口垂睛，只顧數著項下的念珠，口中喃喃誦佛。

又是一陣議論。

武當鐵冠道長一按桌面，奮臂而起，怒沖沖的道：「貧道與明心大師的看法不同，殺惡人即是善念，桃花血令凶殘太甚，殺劫太重，不但心狠手辣，而且嗜殺成性，若是不加制裁，武林人人自危、說不定明天就輪到各位的頭上。」

這位武當長老，雖然年高德劭，但那股怒沖沖的性格，絲毫與年輕時無異，他說話之時，一手不斷的在空中比劃，彷彿桃花血令的令主，就在他眼前似的。

廿四　眞假令主

一眾武林人物眼見鐵冠道長毫氣干雲，言語之際有與桃花血令誓不兩立的氣概，不由暴雷似的喝了聲：「好！」聚蚊尚能成雷，數千武林漢子的喝彩之聲，聲動遐邇，幾乎把龍王廟的房頂震塌下來。

這時，崆峒門的二代俗家弟子何庸才越眾而出，十分悲淒的道：「本門退出中原，不涉武林紛爭，足足十八年之久。此次崆峒十五弟子朝山團，竟然一夜之間遭到毒手，請問費幫主，這桃花血令令主，究竟是何等人物，如此殘忍呢？」

費天行歎了聲道：「不瞞何兄說，事到如今，還沒有人見過此人，因此……」

一言未了。探花沙無赦忽然站了起來，手中紫玉橫笛虛劃了一個圓圈，大吼道：「在下看來，一定有人見過此人，費幫主，你信也不信？」

費天行討厭他偏在要緊關頭出來橫樑駕事，因此沒好氣的道：

「莫非此人沙兄你見過嗎？」

不料沙無赦把手中橫笛搖個不停，酸溜溜的道：「非也！費幫主此言差矣，沙某所謂有人看過者，定非空穴來風，亦非揣測之詞，因有所見，斷非無中生有，務請幫主勿以等閒視之，則天下蒼

生幸甚，武林之福也！」

他一陣之乎者矣焉哉，把數千武林逗得要笑難笑，不笑非笑不可。

常玉嵐見他故做瘋癲，玩世不恭的神態，不由笑著道：「沙兄，你是朝廷的探花，盡可文謅謅的，此間可都是江湖人物武林漢子，還是爽朗點吧。」

沙無赦自己也失聲笑了起來道：「耶！迂哉我老沙也。」

費天行道：「沙兄！你又來了。」

沙無赦一拍腦袋，面容不再敢笑，正正規規的道：「若要知道桃花血令的令主是怎樣的人，依在下看，只有問司馬山莊的老莊主司馬長風老前輩，或許能有些兒眉目也未可知。」

此言一出，數千武林漢子全是一怔，所有的眼神，全都落在司馬駿的身上。

司馬駿平時威風八面，今天可算窩囊透頂，再也忍不住了，雙目盯著沙無赦道：「小王爺，此事體大，關乎武林的生死，千萬不要出諸嬉笑怒罵的態度。」

沙無赦認真的道：「我是一本正經呀。」

常玉嵐心中明白，眾人所說的「桃花血令令主」，乃是十足的冒牌貨，桃花令符，也是假的。他今天來此，就是要找出「假令主」是誰？所以，也插言道：「沙兄，你怎見得司馬山莊的老莊主見過那殺人不眨眼的魔王呢？」

沙無赦道：「自然有根有據。」

司馬駿道：「請沙小王爺詳詳細細的說出來。」

沙無赦乾咳了一聲道：「說來也是巧合，事情發生在襄陽城的旅店之內。」

崆峒何庸才插口道：「是不是本門十五弟子被殺的旅店之中？」

沙無赦點頭不迭的道：「不錯！那天傍晚，在下路過襄陽，就住在事情發生旅店的對面。」

崆峒何庸才道：「本門弟子受難的旅店，店名是高陞客棧。」

「對！」沙無赦緊接著道，「我住的店是五福居。因為崆峒弟子一行服飾特殊，招來許多百姓圍觀，在下所住是臨窗的房子，窗戶甚大，不免多看幾眼。」

司馬駿笑道：「這與家父有什麼關係呢？」

「當然有！」沙無赦又道：「掌燈時分，高陞店人吵馬嘶，我伸頭向外一看，但見司馬老莊主率領十餘堡丁，也住進高陞客棧。」

司馬駿忙道：「即使住到一個店裡，誰會知道有一個煞星也住在店內？」

沙無赦道：「所以，我並沒說老莊主是桃花血令的令主。但是，老莊主江湖經驗老到，武林閱歷多，見識廣。既然住下店來，對店內岔眼之人，或搶眼之人物，必會加以留意，或是印象深刻……」

司馬駿紅著臉道：「理由也太牽強了。」

沙無赦道：「老莊主功力修為，武林皆知，同一店中深夜殺了十五個人，怎的也瞞不過老莊主的，可能老莊主深知明哲保身，不願蹚這渾水而已。我想，見是一定見過，不然為何天色未明就率領手下匆匆上路呢？」他娓娓道來，歷歷如繪。

眾人的眼光，再一次的落在司馬駿的臉上。

司馬駿皺起雙眉、心中只犯嘀咕，忽然，他起身離座，面對沙無赦道：「沙兄，你沒看錯人？

認準了是我父親？」

沙無赦笑著道：「兩下隔著一道街而已，在下的這雙眼睛還不瞎。再說，天下有幾個擎天一劍？我不會看走眼的。」

司馬駿追問一句道：「事情發生是哪一天？」

沒等沙無赦回話，崆峒何庸才朗聲道：「本門弟子受難，還是臘月初八，吃臘八粥的一天。」

沙無赦忙接著道：「對！臘月初八。記得店東還送來一碗甜的八寶臘八粥，味道不壞。」

「哈哈哈……」司馬駿仰天而笑，久久不絕。

沙無赦愣愣的道：「有什麼好笑之事，少莊主你笑得如此開心。」

司馬駿收起大笑，忽然臉色一沉，怫然不悅的道：「沙兄，你的話可能靠不住了。」

沙無赦道：「何解？」

司馬駿的臉色忽然變得非常悲淒，拱手掩面道：「非常不幸，家父在去年十月已經因傷發引起宿疾，已撒手去世，晚下遵照遺囑。沒敢驚動同道，只在家中舉哀奉靈，就此向愛我司馬山莊前輩友好，深深致歉！」他說完之後，低頭垂淚，走回坐位，不發一語。

沙無赦略一怔神，追問道：「老莊主真的在十月已經西去了嗎？」

司馬駿點頭，然後指著常玉嵐道：「這事常兄是知道的。」

沙無赦回頭向常玉嵐道：「常兄，十月你果真到過司馬山莊？老莊主果然是在家停靈舉哀嗎？」

常玉嵐好像著了魔一般，雙眼仰視，聽而不聞，陷入了沉思之中。

原來，常玉嵐耳聞沙無赦之言，不由重新喚起心中的疑竇。假若沙無赦所說的不錯，那麼自己分明是看見司馬長風躺在銅棺之中，難道會看走眼？是司馬長風真的會避殼之術，一點呼吸也不用，而用龜息之法瞞過自己？最使常玉嵐信心動搖把持不定的是從沙無赦的為人來揣測。沙無赦雖然嬉笑怒罵玩世不恭，但遇到正事，卻不含糊，越是玩世之人，對正事越是一本正經，何況回族之人最討厭的就是謊言謊語，不打誑語是邊疆回教的第一教義，身為世襲王儲的沙無赫，不可能信口開河，無中生有的造謠生事。

常玉嵐百思不得其解，但是，他深信，這兩件極端相左的事。必然有一方是真實的。是自己的眼睛騙了自己？還是沙無赦所說完全是一派謊言？沙無赦見常玉嵐一臉的猶疑，不由大聲道：「常兄！你陷入沉思之中，是在想些什麼？」

常玉嵐被他驚醒，一臉茫然道：「沙兄，你……你是與我講話？」這種失常現象，在常玉嵐來說，是少有的。因此，臉上一陣發紅，神情極不自然，一連「哦哦」兩聲道：「不錯，去年十月，在下曾路過司馬山莊，親見老莊主的靈柩停放正廳，也見到少莊主服孝舉哀。」

沙無赦不由喃喃的道：「咦！那是我沙無赦見到鬼了。」他一臉的疑雲，兩眼不住的看著常玉嵐，又看看司馬駿，充滿了驚奇之色。

司馬駿可是得理不饒人，這時他寒著臉站了起來，冷兮兮的道：「沙無赦，不知對於常兄的話，你是信還是不信？」

沙無赦再一次的望著常玉嵐道：「常兄的為人，我信得過！」

司馬駿道：「那就好。既然相信他的為人，必然會相信他所說的話。」

沙無赦只是一昧的點頭。

司馬駿提高嗓門，朗聲道：「這是武林大會，可不是化外野蠻的牛羊大會。本來，你這化外之民，就沒有資格參加中原一十三省的武林大會。」他的話一句比一句高，態度也一陣比一陣凶，說到後來，聲色俱厲。

沙無赦怎能任由司馬駿叱喝指著他大發脾氣，因此，也作色道：「司馬駿你前恭後踞，先前稱兄道弟，現在你發的什麼狂？」

兩個年輕高手，四大公子的兩人，竟然在大庭廣眾之前針鋒相對，正面衝突起來。

論聲勢，當然是司馬駿佔了上風。因為司馬山莊的招牌響亮，而相對的，沙無赦便有點人單勢孤。

費天行身為大會的東道主，原有排亂解紛的責任。可是，他壓根兒是站在司馬駿這一方的，故而先前由著司馬駿侃侃面談，大發議論數落羞辱沙無赦，到了沙無赦說話，也就不能加以阻止。

常玉嵐一見他二人都站了起來，大有一觸即發，從口頭上互不相讓，可能演變成一場龍爭虎鬥，因此急忙道：「兩位何必為了小事而爭論呢？」

司馬駿道：「這不是小事，常兄！桃花令符事關武林安危，不能由人信口胡言！」

沙無赦也不休止的道：「沙某是就事論事，實話實說，並沒有所謂的信口胡言！」

司馬駿怒吼道：「今天到會之人，各人有各人的根基門派，沒有根底之人，就是最可疑之人。」他說此話之時，突然面對正廳兩側的數千武林之人，又高聲道：「各位，桃花令符是來自桃花林，發令的令主，說不定就是中原以外的高手，想要侵入中原，藉著桃花令符，打擊中原武林，這一點在下認為值得研究。」

司馬駿的話明是要請大家「研究」，而骨子裡卻將箭頭指向沙無赦。

眾人的情緒，原是容易激動的，況且，發話之人又是司馬山莊的少莊主，更加對眾人有鼓勵作用。因此，早有人大叫道：「對！名門正派是不會濫殺無辜的！」

又有人應和著吼叫：「黑白兩道各有各的規矩，也不會無緣無故的放火殺人！」

「對！少莊主說得對！」

「一定是中原以外的人幹的！」

「問問他！」

「不要放過沙無赦！」

「沙無赦……」

「沙無赦……」

一步一步的變化，從司馬駿的暗示，到亂糟糟的有人明吼，沙無赦成了眾矢之的。武林大會，成了武林大亂，甚至有人高聲喊「打」。

常玉嵐一見當前的形勢，似乎已全盤被司馬駿掌握，漸漸的受他的左右，顯然的對沙無赦非常不利。

沙無赦處於勢孤人單的境況之下，雖然是司馬駿在言語之上有煽動的作用，但也是由常玉嵐一句話，證明司馬長風在十月已經去世而起。

常玉嵐不能袖手旁觀。因此，他由右首第一席上離座而起，大步走向正廳簷前，朗聲道：「各

位，各位，不要輕易鼓躁。今天的大會，不是要找出桃花令主這個人嗎？關於這一點，在下有獨到的消息，真實的線索，要在此向各位說明，」他一口氣說到這裡，又回頭對身為東道主的費天行道：「費幫主，可否允許在下在此嘮叨？」

費天行忙道：「常兄有話儘管講。」

常玉嵐微笑頷首，又向一眾武林人物道：「桃花令符確有一個令主，但是殺人放火，挑事惹岔，火燒少林，血洗武當，殺了崆峒十五弟子，燒殺青螺峰狂人堡，卻不是桃花令符，而是桃花血令，說明白一點，也就是假的桃花令符！」

這是突然來的奇異消息。數千武林人士，聞言不約而同的發出聲驚異的聲音：「啊！」

數千人的一聲如雷的驚訝之聲，倏的又忽然而止，所有的目光，都集中在常玉嵐臉上，等著他說出下文來。

常玉嵐略一思忖，頓了一頓，才又轉面向少林明心大師頷首道：「大師，不知貴寺藏經樓大門之上留下的那枚所謂令符，可曾攜帶了來？」

明心大師回頭對身後站立的徒眾道：「取出來，讓常少俠看看。」

常玉嵐早又向崆峒派的何庸才道：「何兄可曾攜來？」何庸才從懷內摸出一枚檀木桃花形令符來。

少林僧眾之一的也將同樣的一枚檀木桃花令符，送給了常玉嵐。常玉嵐左右兩手各用兩指捏著檀木桃花令符，揚起老高，迎空晃了幾晃道：「各位，這就是歹徒殺人放火之後留下的桃花令符，是血腥之物，我們應該把它稱為充滿血腥的『桃花血令』！」他說到這裡，停了一停，又將兩手的

令符，高高舉起四下照會著，讓所有的武林群雄，都看清楚之後，才將那兩枚令符交還原主，重又回到大殿正中。

突然，一道紫色人影，從龍王廟大門外疾射而至。

南蕙俏生生的落在常玉嵐的站立之處，睜大眼睛瞧了一下，天真的伸了伸舌頭，嬌聲道：「喲，好多的人呀！總算趕上了這場熱鬧。」說完，又向費天行笑了一笑道：「費總管，你當上幫主了，恭喜！恭喜！」

她旁若無人，把武林大會的莊嚴氣氛，全給攪散了不說，而數千武林人士，都正在等常玉嵐說出桃花令符的另一真主，也被她給打斷了。同時，左右兩側偏殿上一般武林，都沒同南蕙照過面，對她毫無認識。因此，大家沉默了一陣之後，又鼓噪起來。

費天行一見，趕忙拱手向前道：「南姑娘，別來無恙。請坐！」

南蕙笑嘻嘻的道：「啊呀！很多熟人嘛，敢情好。司馬大哥。還有……哦！少林寺的老和尚……」她一派天真，幾分嬌憨，指指點點的，似乎這個武林大會是為她一個人開的，眼睛裡彷佛沒有別的人。

司馬駿一見，急忙上前去道：「南姑娘，稍等片刻我再替你一一引見，此時，正在緊要關頭。」

南蕙正在指點得有興趣，聞言又噘起櫻桃小嘴，不樂意的道：「什麼緊要關頭嘛？」

費天行道：「常少俠指說橫行江湖的桃花令符乃是假的，大家都想知道真的是什麼樣子，還有究竟桃花令主是什麼樣人。」

南蕙一聽，忽然笑了起來，接著高聲道：「哈哈！我道什麼緊要關頭，原來是這件事。」

司馬駿吃驚的道：「難道南姑娘這件事你也知道嗎？」

南蕙指著常玉嵐道：「他知道，他知道假的令符，也知道真的令符，連桃花令主是誰他也知道。」南蕙的話輕輕鬆鬆，彷佛不當回事。

然而，數千武林人士的驚訝可想而知。

常玉嵐本想借武林大會把假令符與真令符的區別，詳詳細細的說出來，免得桃花林背這個殺人放火的黑鍋，至於其他的進一步事實，時機尚未成熟。料不到南蕙如飛將軍從空而降，口沒遮攔的說出常玉嵐不敢說的話，當著宇內武林，一時不知如何是好。

明心大師原本閉目養神，久久不見常玉嵐開口，手中數著念珠道：「阿彌陀佛！常少俠，你就打開這個悶葫蘆，為宇內武林減少一分浩劫，我佛慈悲，必然佑你平安！」

明心大師的話音甫落，其餘各門派稍有頭臉的人，也紛紛催促。

常玉嵐騎虎難下，只好朗聲道：「據在下所知，真的桃花令符，一共只有九枚。各位，發令的令主，也不過僅僅有九枚，若是像這等殺一人留一枚，燒一處留一枚，到了九枚用完，那個令主還怎麼當得成呢？」他說到此處，停了下來，眼神梭巡全場數千人，久久不語。

眾人紛紛議論，嘰嘰喳喳半晌。

常玉嵐感覺得到，他的話已有了預期的說服力，人人安靜的等待他再說下去，就是信服他的最好證明。

常玉嵐微微笑道：「適才各位所見到的假令符，乃是檀木雕成，塗了彩釉。試想，假若令符是木雕成的，就該用桃木，顧名思義嘛？再說木雕彩釉，任何人都可以辦得到，一門一派的信物，豈能簡陋如此，人人可以雕畫，而且只需片刻就可以雕成，採用來做令符，豈不是天下第一荒唐至極的事，誰會幹呢？」他先從令符的質料上點破，自然是常玉嵐聰明之處，也是一眾群雄如夢初醒的當頭棒喝。

常玉嵐接著又道：「說到這裡，各位該問我真的桃花令符是什麼樣子了。」

眾人就等他這句話，因此，齊聲暴雷一般，異口同聲的叫道：「是的！」

常玉嵐淡淡一笑道：「我可以告訴各位，桃花令符乃是一條桃花形的血玉分解而成，一共只有九枚，外形酷似一朵盛開的桃花，五個花瓣的色澤完全一樣無二，由深而淺的血色，也彷彿桃花的猩紅，那就是不折不扣真正的桃花令符。」他說到這裡，掀唇一笑，然後才道，「各位有誰見到過沒有？」

武林群雄人人面面相覷，沒有搭腔。

常玉嵐又道：「桃花令符重在信守，殺惡人，固然不需留下什麼表記，是善良之人，又怕什麼令符呢？在下言盡於此，但願各位同道互相珍重！」他說完之後，拱手為禮，含笑退後半步，又衝著費天行道：「在下有僭了！」

不料，司馬駿突然跨步上前，拱手攔在常玉嵐前面，面帶微笑道：「常兄，你還有話，何不一起說明嗎？」

常玉嵐心知他要逼自己說出「桃花令主」來，因此，也報之一笑道：「司馬兄的意思是……」

司馬駿搶著道：「何不將發令人的大名當眾宣告，也是宇內同道急願知道的大事呀。」他城府

甚深，說到此處，又面對數千人朗聲道：「大家是否要請常兄明示？」

「對！」又是轟雷一聲，數千人一致叱喝，聲動四野。

常玉嵐苦苦一笑道：「司馬少莊主可以說最能瞭解眾人的心理，也最能運用眾人心理的高手。」

司馬駿的臉色一陣發紅道：「常兄，你千萬不要誤會小弟的用心。」

常玉嵐沉吟了片刻，大聲面對一眾群雄道：「桃花令主確有其人，只是……只是此時尚不是揭開謎底的時機，各位遲早自然知道。」

一眾群雄哪能被這三言兩語打發得了。因此，像一窩黃蜂似的，嗡嗡之聲此起彼落，又像煮沸了的一鍋粥，沸騰起來，雖沒像先前對付沙無赦那般吵鬧，但也頗不平靜。

崆峒派的何庸才越眾而出，拱手道：「常少俠，雖然本門弟子是死在假的桃花令之手，但事出有因，還請明白相告。」

鐵冠道長也起身道：「常公子，我們已有樑子在先，貧道並未忘懷。你既對桃花令符所知頗詳，盼能坦誠相告，冤有頭債有主，否則本門斷難認栽！」這老道話中帶刺。

常玉嵐不悅道：「道長的意思是要唯我金陵常家是問，是也不是？」

鐵冠道長道：「追根求源，只有你常三公子一條線索了。」這句話點明了是要找常玉嵐。

常玉嵐更加不悅道：「鐵冠！我常玉嵐是你武當派的保鏢嗎？哼！武當一派連自保都無力，還說什麼找我這條線索，稱什麼名門正派！」他可是被逼急了，一股無名怒火，完全發洩在鐵冠道長的身上。

鐵冠道長雖不是武當掌門人，但是他比掌門的白羽道長還要高一輩，乃是長老級的人物，武林咸尊的前輩高手，怎能任由常玉嵐在武林大會上搶白，甚至點明了吆喝。

因此，「嗆」長劍聲震，人也彈身離座，横劍當胸，沉聲道：「小輩！太也是無禮，武當是可以辱罵的嗎？亮劍！」

常玉嵐不怒反笑，仰天打了個哈哈道，「亮劍？哈哈！哈哈！用得著嗎？你要是有興趣，當著宇內一十三省的武林同道，常某就用這雙肉掌，秤一秤你的三才八卦劍法，到底有幾斤幾兩重。」

成名甚久，身為八大門派之一的武當長老，焉能受得了常玉嵐這等輕視？鐵冠固然老臉鐵青，武當十餘弟子，也全都怒不可遏，連聲叱喝之中，各自仗劍，躍身在正殿有限的空間之中，一字排開在鐵冠道長身後，個個怒目横眉，逼視著常玉嵐。

常玉嵐氣定神閒，淡淡一笑道：「幸虧不是在武當山三元觀，不然，你們武當弟子群起而攻，哪還真能唬人。來吧！常某最不怕的就是人多。」

司馬駿原本與常玉嵐貼身並站，此刻有意無意之中移退數步。大有隔山觀虎鬥的意味。費天行身為東道主，應該出面勸解，然而，他卻不發一言。

卻是南蕙一見，跨步上前道：「怎麼？牛鼻子老道專門會打群架。常哥哥，我幫你！」

常玉嵐聞聽她這句話，不由心中一動，鼻頭發酸，幾乎滴下淚來，走上前去，執起南蕙的手，低聲道：「南蕙，好久沒聽到你叫我常哥哥了。」

南蕙天真自然，但是，她感覺得到常玉嵐的一片真情，還有內心的情誼，不由道：「現在不要說這些廢話，打發了牛鼻子再講。」

大敵當前，鐵冠道長等武當高手就等著出招，他二人還若無其事的聊起來，不說鐵冠怒氣沖天，一眾武林也覺著大出常理。

鐵冠暴吼道：「常玉嵐！你怎的不敢亮劍？」

常玉嵐本來佩看長劍，聞言反而摘了下來，順手交給沙無赦，十分從容的道：「沙兄，請你代為保管，等在下打發了他們再取回。」

說完，又將一手按在南蕙的肩上，輕輕捏了一下道，「南姑娘，在一邊替常哥哥掠陣，看看常哥哥的功夫進步了多少。」

常玉嵐這種悠悠自得的神情，把一個鐵冠道長氣得一佛出世，二佛涅磐，當著天下武林，他已顧不得名門正派的架勢，手中長劍虛揚，大吼道：「你們把他圍在核心，不要讓他跑掉，我讓他嘗嘗本門劍法。」他不說「大家一夥兒上」，卻拐彎抹角的點出來要群打群鬥。

武當弟子聞言，暴雷似的發出吼聲，各展身形，四散開去，把個常玉嵐圍在核心。

鐵冠道長仗劍前滑半步，腳下取了子午生門，八卦劍法已經起式，另手捏挽劍訣，厲聲道：「常玉嵐！貧道的劍法，不是好接的，你要小心！」氣歸氣，一代宗師的表面氣派，還要保持。

鐵冠道長交代了場面話，長劍挽成斗大的劍花，一上來就施出武當劍法中的絕招「摘星換斗」，嗖！嗖！嗖！長劍抖得嗖嗖有聲，劍尖化成七朵銀花，儼如倒掛著的七星，分取常玉嵐迎面七大要害，端的凌厲無比。

對於武當劍法，常玉嵐出道未久，就已在武當俗家弟子黃可依手下換過招了。三湘黃可依是武當年輕一代的第一高手，那時與常玉嵐相比，就稍遜一籌，此時的常玉嵐較初出道之時，武功修為不但有了掌劍之別，而且進步神速何止十倍。

因此，常玉嵐冷冷一笑道：「武當的老套，常某讓你一招！」身隨話動，肩頭微晃，腳下突的疾動幾個碎步，人已飄出丈餘，閃在鐵冠的劍光之外。

這一招巧到極點，妙不可言。

一眾群雄全是行家，有的連看也沒看清楚，但眼見常玉嵐如同一條白色游龍，幾個晃動脫出劍芒，不由齊聲喊了聲：「好！」不像武林大會，也不像比拚過招。簡直是在看一場精彩的表演。

鐵冠道長一招落空，老臉已經掛不住了，何況在場之人齊聲為常玉嵐喝彩，更加引起他的怒火，咬牙切齒，急切收劍藉著收劍的剎那之際，突然劍身一橫，拓展「十面埋伏」，連人帶劍起了一個旋風式，寒芒夾看勁風，直將正殿五丈來寬的空隙，封個滴水不進。

鐵冠道長數十年修為，劍招雖不是出神入化，但情急之下，乃是全力而為，形如怒濤排壑，狂瀾拍岸，招勢之猛銳不可當。

武林群雄眼見鐵冠道長使出武當絕招，莫不替常玉嵐捏一把冷汗。

況且，武當十餘位高手，團團圍成一個圈子，雖沒出招進擊，但是每人長劍當胸，只要常玉嵐的人影一到，都會奮力一擊。

也就是說，核心中五丈之地，都是鐵冠道長的劍風所及。五丈之外，十餘高手以逸待勞，伺機出手。

常玉嵐被圍在核心，若不撤步向外疾退，必被鐵冠道長削砍兼施，若是向外躍退，可能數劍齊發，躲得一，躲不了二。

南蕙一見，嬌叱聲道：「常哥哥，不要怕！我來……」

沒等南蕙的話音落，突然，一聲龍吟，聲震長空，清越高亢。

但聽常玉嵐長嘯聲中，忽的一仰身子，人像一道長虹，右手忽然一分，「雲龍探爪」硬把鐵冠道長出手的長劍，用拇、食二指，捏了個正著。另一隻左手，如同巨靈之掌，虛按在鐵冠道長的右肩「肩井」大穴之上，笑吟吟的道：「鐵冠，念你是名門正派，又與你無冤無仇，常某不為已甚！」

這一剎那之際的變化，簡直不可思議，也令人不敢相信。

以鐵冠道長數十年的功力，長劍出手，慢說是劍身，就是帶起的力道，何止千鈞，豈是血肉之軀的兩個指頭可以捏得牢的。再說，即使被常玉嵐控牢，難道鐵冠道長就不會推、送、刺、抽，將劍刺進或後撤嗎？顯然的，鐵冠有心無力，也就是說常玉嵐手上的功夫已到了爐火純青的化境了。

在場的群雄，人人呆若木雞。連明心大師、司馬駿、費天行等一流高手，也瞠目結舌，彼此互望一眼，人人作聲不得。

南蕙把一雙手拍得震天價響，口中嬌聲歡呼道：「好！常哥哥。『踏罡步斗』秘籍神功，好！」她這幾句話是衝口而出，並且叫出了別人看不出常玉嵐的招式之名，這比常玉嵐使出來還要令人吃驚。

群雄中有人高聲叫道：「『踏罡步斗』是血魔伸掌的招式，血魔重現。」

這聲吼叫，彷彿是滾油鍋裡潑下一瓢冷水。數千人之中，膽小的溜之大吉，膽大的吼叫不已，黑白兩道有頭有臉的急欲看個究竟，各門宗師更加心膽俱裂。一時有的向廟外擠，有的向正殿衝。

鐵冠道長的眉頭一皺，大聲喝道：「說不定桃花血令的花招，也是姓常的玩的把戲，」

此言一出，群雄鼎沸！

鐵冠道長更加提高嗓門道：「要消除武林浩劫，必須除掉此人。」

武當弟子，首先跟著吼叫連天。

常玉嵐不由皺起眉頭道：「原來武林之中本是是非不分的，」

群情激動，形如海濤奔騰，天崩地裂，哪裡由得常玉嵐分說，連他的話聲也被群雄吼嚷之聲壓了下去。

就在此時，忽然一聲清越的鳳鳴之聲，發自廟外。接著，一個中年紫衣人，手執長鞭，由龍王廟的大門處，揮得噼啪作響，也不管有人沒人，只顧揮個不停。轉瞬間，人潮像刀切似的分成兩邊，正中，留出一條寬有七尺的通道來，像是一條人巷。

先前吵吵鬧鬧的群雄，被這突如其來的紫衣人給鎮懾住了。

常玉嵐略一思索，不由道：「此人好生面熟，在哪兒見過……」誰知，南蕙湊上來道：「樂無窮！他是暗香精舍的那個鬼總管，樂無窮。」

常玉嵐恍然大悟，這不是百花夫人逼自己住進暗香精舍的時候，自己一再受他冷眼的樂無窮還有誰？想起樂無窮，不禁想起了為了使自己免於中毒，而又為了掩護自己進出暗香精舍，結果慘死在樂無窮腳下的翠玉來。常玉嵐暗歎了口長氣，心想：「翠玉是個善良的少女，也是一個苦命的少女。」

正在他一心念著翠玉之時，龍王廟的大門敞開之處，百花門的八朵名花分為兩列，緩步穿過人巷，分左右肅立在台階兩側。接著，四個健婦推挽那輛常玉嵐常見的油碧香車，軲轆轆停在正殿台階之下。

樂無窮長鞭迎空揮處，發出「吧」的脆響聲，對著正殿朗聲道：「各位朋友聽著，夫人駕臨，未得允許之前，任誰不得出聲。」

說完，又朝常玉嵐沉聲道：「本門都護法，常玉嵐，還不上前迎接門主嗎？」

常玉嵐不由一怔道：「都護法？我？」

「樂無窮！」油碧香車內嬌叱了聲，百花夫人的人已掀啟絨幕，露出半個上身，瞟了樂無窮一眼，輕言細語的道：「那已經是過去的事了。」

八個侍婢百鳥朝鳳般的姍姍向前，十六隻手，有的拉開絨幕，有的扶好踏板，有的扶著車轅，兩個攙著百花夫人下了香車，步上台階。

一眾群雄被這等架勢給鎮住了，個個噤若寒蟬，連大氣也不敢出。

百花夫人走上正殿，逕向左首席前，鸞聲燕語的道：「明心大師，還記得我嗎？」

原本閉目念佛的明心大師，聞言緩啟雙目，忽然從坐位上肅立而起，撩起袈裟，搶上幾步，迎著百花夫人雙手合十，低頭道：「老衲失禮，夫人！二十年不曾拜見，自從大司馬他……」

百花夫人抬起隻藕臂，搖搖蔥白似的五指，輕聲道：「還提當年作甚。」

明心大師急忙向費天行道：「費幫主，快，快請夫人就座！」

這時，早有八朵名花之二的婢女，兩人抬來一個錦凳，安放在正中。

費天行眼見明心大師對這位百花夫人執禮有加，可不知道她是什麼來人，湊著司馬駿耳邊道：

「少莊主，此人是何來歷？」

司馬駿搖頭道：「毫無所知。」

南蕙卻插嘴道：「我知道，她是百花門的門主，叫做百花夫人。」

這時，百花大人已側身坐在錦凳一角，回眸對鐵冠道長露齒一笑道：「當年的小道士，現在已是武當的高手，怎麼哭喪著臉，有何為難之處嗎？」

鐵冠道長也想不起來百花夫人是什麼路道。

但是，明心大師乃八大門派之旨，眼看老和尚一反常態，甚為恭敬，所以也不敢冒昧，只好苦苦一笑，道：「請恕貧道眼拙！」

明心大師連忙道，「鐵冠老弟，這位就是八十萬禁軍都指揮，大司馬岳指揮使的夫人，你該不會一點也記不起來吧。」

此言一出，不但鐵冠道長悚然而驚，連在場武林稍長的一代，也都訝異不已。

八十萬禁軍都指揮使岳撼軍，官封大司馬，不但在朝廷中紅得發紫，而且他因是武家一脈，對江湖武林，尤其是一言九鼎，當年，大司馬府幾乎網羅了宇內各門各派的高手，其中有四人特別受到禮遇，人稱為司馬府的四大金剛，功夫都僅僅在大司馬岳撼軍之下。

不知怎的，二十年前朝廷忽然在神不知鬼不覺之際，夜傳九道密旨，將大司馬岳撼軍宣召進宮，就此大司馬的人如石沉大海。

杳如黃鶴，一去沒有消息。

傳言說大司馬岳撼軍涉及叛逆不道，已在宮中賜死，連屍體也不發還，只是朝廷因岳撼軍生前

在江湖武林有深厚的淵源，因此並未進一步的抄家，也沒有追究他的屬下親族戚友。

有的說大司馬岳撼軍因在宮中酒醉，跌到御河之中淹死，屍體隨波逐流都沒撈起來。

甚至有人說大司馬岳撼軍練成了性、命雙修，像嫦娥一樣由大內出來憑空飛去，上了天，成了神。……眾口紛紜，莫衷一是。

但是，從此大司馬八十萬禁軍都指揮岳撼軍，沒有了下落，則是事實。

這是二十年前的事。

二十年來，雖然也有人偶爾提起這件無頭公案，但因為牽扯到「叛逆」二字，都不願多發議論。二十年說長不長，說短可也不短，漸漸的，岳撼軍的名號，也就被人淡忘了。

經過明心大師這麼一講，鐵冠道長急忙趨前幾步，一打問訊道：「無量壽佛！貧道不時到司馬府走動，向大司馬請教，還蒙夫人佈施，怎的會想不起啦！恕罪！恕罪！夫人恕罪！」

百花夫人展顏微笑道：「人世滄桑，誰料到我還活著。」

鐵冠道長忙道：「實在說夫人你與二十年前一樣，可說絲毫沒變，這也是貧道眼拙，沒有認出來的最大原因。」

百花夫人淡淡一笑道：「真的嗎？」

明心大師道：「阿彌陀佛！夫人秀外慧中，當年已是國色天香，又勤練秘籍的養生駐顏之術，難怪此時望來風采依舊。」

這一僧一道只顧一搭一唱，可把數千武林群雄聽得如同神話，個個著了迷，無數隻眼神，全都一眨也不眨。

常玉嵐這時才等了一個空隙，上前一揖道：「想不到夫人也來參加武林大會。」

百花夫人扭身面對常玉嵐道：「我哪有這個雅興，再說，我既不立幫，也不成派，也沒有參加武林大會的資格呀。」她一臉的笑容，顯見的與常玉嵐講話的神情自然而親切，不似與明心大師、鐵冠道長兩人交談時的客套。客套，不正是疏遠嗎？

身為武林東道主的丐幫新任幫主費天行，許久沒有發話的機會，此刻忙著趨前道：「晚輩不知夫人深閨，因此沒敢發帖恭請大人的芳駕，還請夫人海諒！」

百花夫人端詳了許久，然後才緩緩的道：「費天行，我今天並不是來參加武林大會的，乃是衝著你來的。」

「這……」費天行心頭不由一震。

百花夫人又道：「武林本身就是一個是非窩，武林永遠也不會安靜。武林的一個『武』字，就注定了你爭我奪，不過，有的爭名，有的奪利而已，大會能平息紛爭？還是能圖個平靜？都不能，所以不開也罷。」

費天行忙應道：「夫人教訓得是。」

百花夫人轉面向樂無窮道：「你傳話，武林大會到此為止。」

樂無窮應了聲：「是。」然後跨步站立在台階最上一級，將手中長鞭揮出一聲脆響，朗聲道：「各位！武林大會到此為止，奉本門之令主諭，請各位立刻離開洛陽。」

一場武林盛會，原本熱熱鬧鬧，進而變成火火爆爆，就在樂無窮鞭影吼叫聲中，煙消雲散。結束了紛爭。

但是，江湖上真正的紛爭，似乎永遠也無法結束。

春雪初溶，春水未溫。

「草色遙看近卻無」的江南陌上，也已有了些春意。

長江，不若黃河的滾滾濁流。漢水與長江匯合雖不是涇渭分明，卻也一半黃，一半碧綠，直到出海才融為一體。

平靜的江面，薰薰然的南風，送著一葉扁舟，春風，把帆吹滿，漲得鼓鼓的。

「春風又綠江南岸」，但江北還留下一層遠山白頭的皚皚白雪，別有一番情趣。

常玉嵐在船頭上迎風而立，人如玉樹。

南蕙，緊靠著他，一面望著江中緩緩的流水，一面嬌憨憨的道：「常哥哥，這一回你帶我回金陵，你媽不會再趕我走了吧？」

常玉嵐苦苦一笑道：「誰趕你走來著，只是你自己瞎疑心。」

南蕙撒嬌的道：「瞧，瞧，凡事你都怪我不好，你是不是偏心。」常玉嵐輕拂著南蕙被江風吹起的亂髮，像長兄對調皮的小妹妹一樣，口中道：「偏心？我偏向誰？」

南蕙毫不考慮的道：「偏向你媽媽呀。」

「傻丫頭！」常玉嵐拍拍南蕙的頭道，「對長輩，我們做晚輩的講求個孝順，孝，就要順，順就是孝，談不到偏心不偏心。」

南蕙側著臉只顧想著「孝順」與「偏心」有何不同之處，因此，並未說話。

常玉嵐忽然把話題一轉，問道：「我忘了問你，紀無情服了丁老伯衣袖上留下的解毒藥方，病情好轉了一些沒有？」

「唉！」南蕙不由歎了口長氣，鼓起熟蘋果般的雙腮，不樂意的道：「毒，是好多了，性情，壞多了。」

常玉嵐不解的道：「此話怎講？」

南蕙又是悠然一聲長歎，道：「說來話長，站得累了，坐下來吧。」她說著，抽出甲板上的一塊木板，一端搭在纜繩堆上，一端插進帆桅桿的夾縫中，先自行坐了下來。

常玉嵐也與她並肩坐下，又問道：「紀無情的性情變成什麼樣兒？」

南蕙道：「要找你拚命。」

常玉嵐奇怪的道：「我倆乃是知己之交，又沒有結什麼樑子，無冤無仇，他找我拚什麼命。」

南蕙道：「先說紀大哥的毒吧。自從你同那位藍姑娘離開巢湖。我按著你的囑咐，一連給他服了五天的藥，丁世伯果然不愧是『妙手回春』，紀無情的毒再也不發了，平時毒發時口吐白沫，淚水鼻涕流個不停，現也都好了。」

常玉嵐道：「你有沒有繼續配藥，要他斷了毒根？」

南蕙點頭道：「又配了兩劑，十天服完，紀大哥不再面黃肌瘦，飲食也正常了。」

常玉嵐頷首道：「那就是體內餘毒一掃而淨的結果，算得上毒性根除。」

南蕙緊接著道：「說也奇怪，毒性根除，他的神智也恢復了清明。」

常玉嵐喜形於色的道：「那敢情好呀！」

南蕙卻搖頭道：「先是每天不分日夜的練功，除了練功之外，一言不發，悶聲不響，每天不說一句話。」

常玉嵐不由笑道：「他跟誰生氣？」

不料，南蕙不假思索的道：「同你！」

「同我？哈哈哈……」常玉嵐仰天長笑道，「紀無情既然不說一句話，你怎麼會知道是同我生氣呢？這不是天大的漏洞嗎？」

南蕙依舊十分冷靜的道：「當然有道理。」

常玉嵐緊迫盯人的問道：「你說出一個道理來。」

南蕙天真的盈盈一笑，仰臉望著常玉嵐道：「我說出來你可不能生氣哦？」

常玉嵐也好笑的道：「不會，我生什麼氣。」

「好！」南蕙用一手指點點常玉嵐的鼻頭道，「紀大哥每天練功，用木頭做了一個假人當靶子，假人的身上用刀刻著三個大字。」

常玉嵐好奇的道：「三個什麼字？」

南蕙睜大眼睛逼視著常玉嵐，一個字一個字的道：「常……玉……嵐！」

這實在是令人費解，常玉嵐不由怔然不語。

他想不透紀無情為何對自己恨到這種地步。

南蕙見他久久不語，眉頭深鎖，不由道：「怎麼樣？常哥哥，你生氣了嗎？」

常玉嵐忙搖頭道：「沒有！我只是想不透紀無情為何如此的恨我。」

南蕙又道：「還不止呢，他每天黃昏時候，必然帶了刀，找一個無人之處，一口氣砍三十棵手臂粗的矮樹，每砍一棵，口中必然大吼一聲：常玉嵐，三十棵砍完，才下山來洗澡吃晚飯。」

常玉嵐又好氣，又好笑的道「是你親眼目睹的？」

南蕙道：「先前我以為他怕別人偷學他的紀家無情刀，直到我發現附近龍泉山一帶的矮樹被人砍得差不多，才偷偷的跟蹤他，一連幾天，毫不例外，即使是狂風暴雨，他也照砍，照喊你的名字。」

對於南蕙的話，常玉嵐是百分之百相信。對於紀無情的怪異行動，常玉嵐如墜五里霧中，丈二金剛——摸不到頭腦，百思不解。

反而是南蕙搖搖出神的常玉嵐問道：「常哥哥，依你想，紀大哥他為什麼恨你呢？」

常玉嵐偏著頭想了一下道：「我實在想不出有什麼地方得罪了他，除非是……」他說到這裡，忽然止住，瞧了瞧南蕙，欲語還休。

南蕙見他欲言又止，催促著道：「說下去呀，為什麼不說呢？說嘛！」

常玉嵐無可奈何的道：「也許是因為我與他同進百花門，他中了毒，我沒有中毒，因此，他對我有所不能諒解之處。」

南蕙又問道：「是呀，為什麼他中了毒，而你卻沒有中毒呢？」

她這一問，更把常玉嵐問得無話可說。因為，常玉嵐怎能把他中毒是由於男女發生不正常之關係的經過，說給南蕙這個黃花大閨女聽呢？縱然是和盤托出，實話實說，南蕙真能懂嗎？常玉嵐紅著臉道：「這是一言難盡，說來話長，遲早你會明白的。」

南蕙的性情不肯輕易依允，只是纏著道：「你現在就說嘛，什麼遲早會懂。我不要！我不要！」

常玉嵐被她又搖又推，一時想不出應付她的主意。忽然，他眉頭一展，笑著道：「我想起來了，紀無情可能為了女人對我不滿。」

南蕙聞言，憨然的道：「女人？是不是我？」

「噗嗤！」常玉嵐失聲而笑，連連搖頭道：「你扯到哪裡去了。你不是女人，你是小妹妹，你在我與紀無情心中，都是小妹妹。」

南蕙不由氣鼓鼓的道：「我才不相信呢，小妹妹不是女人嗎？」

常玉嵐真的拿她沒辦法，只好道：「女人與小妹，有大大的不同呀。」

南蕙仍然刁蠻的，用雙手捂著自己的耳朵，尖聲叫道：「我不要聽！我不要聽！」

忽然，常玉嵐突地弓身站了起來，以手遮住陽光，凝神望著江面遠處道：「南蕙，你看見江心之中有一艘單人小船沒有？」

南蕙也站前半步，凝神聚氣逼視江心道：「有，有一艘小船，好快。」

常玉嵐又道：「船上的人是不是一身灰白衣褲？」

這時，也不過一剎那的事。那小船已箭般的衝著常玉嵐的帆船駛來。

常玉嵐有些不安，喃喃的道：「果然是陶林，一定有什麼緊急的事。」

這時，後艙揚帆搖櫓的船家，已經在高聲嚷起來道：「喂！小船不要亂闖，撞到了可不是好玩的！」

真的，那艘單人小船，果然眼看要撞上常玉嵐坐的帆船，只有毫釐之差。

忽然，單人小船上的灰衣人猛的一長身，前腳伸向船頭，後腳著力踩穩。

說也不信，飛天般快的小船，船頭略略上抬，稍離水面，立刻又停落了下來，像被釘子釘在水面上一般，一動也不動。

此時，兩船相隔，不過五尺左右。

船上的灰衣人正是桃花林的桃花老人陶林。

常玉嵐看清之後，先發話道，「陶林，有重大的事嗎？」

陶林扶了扶頭上的斗笠，朗聲道：「上稟令主，金陵府上可能發生不測，藍姑娘命我稟告令主，快快趕回金陵，遲了恐怕不及。」

常玉嵐不由大吃一驚，忙道：「藍姑娘可曾說明是什麼事？」

陶林道：「沒有，只是囑咐小的飛船趕來，請令主不要耽擱，星夜由水路趕回金陵。」

常玉嵐道：「辛苦你了，我知道了！」

陶林又道：「藍姑娘之所以不能趕去金陵，可能因為桃花林也有警訊！」

常玉嵐越發不安，歎了口氣道：「有藍姑娘同你，桃花林大致不會出岔子，你快回去吧。」

「小的這就走！」陶林說完，前腳用力一壓，整個身子前傾，後腳便提高船面，小船磨過水面，嘶——反向疾駛而去。

常玉嵐與陶林的一問一答，南蕙都聽得清楚，她又見常玉嵐面色憂戚，雙眉緊皺，不由道：

「金陵又會出什麼事呢？」

常玉嵐道：「真是多事之秋，一波未平，一波又起，我們趕路吧。」他對後艙的船家高聲道：「船老大，我們不要一路觀賞岸上的景色了，金陵家中有急事，日夜趕回，多給兩位酒錢。」

南蕙見常玉嵐愁雲滿面，雙眉不展，也不再追問什麼。

小船，扯滿了雙帆，日夜兼程。

夕陽無限好，只是近黃昏。

黃昏的江上，一輪落日，滿天彩霞。幾點歸鴉，一片風帆。

遠遠的，石頭城的城牆，靜悄悄的仰天矗立在繽紛雲霓的天際。

久別金陵，常玉嵐有「近鄉情怯」之感。但是，恨不得插翅落在自己庭院之中，以抒遊子情懷。

然而，看近實遠。帆船仍然在水上飄浮，雖然張起兩隻滿帆，在歸心似箭人的心裡，還覺著牛步一般的遲緩，這正所謂「心急馬行遲」。

直到萬家燈火，小船才緩緩的駛進水西門。付了船錢，打發了船家。

常玉嵐迫不及待的棄舟登岸，好在沒有行囊不用收拾，招呼南蕙兩人徑向莫愁湖上去。

經過修葺的府第，依舊是富麗堂皇，傲視江湖巨公大賈的住宅。

常玉嵐見自己家門安然無恙，心頭的一塊大石才算落下，一面沿著湖濱緩步而行，一面喜孜孜的對南蕙道：「你還記得這條路嗎？」

南蕙臉上並無喜悅之色，只道：「記得。」

此乃人之本性，是勉強不來的。

常玉嵐之所以喜自心底，因為金陵乃是他生長之地，一草一木，有不可割離的情感，況且長年漂零，一旦回到兒時地方，怎能不禁喜形於色呢！

而南蕙不僅是對金陵人生地疏，還有無親無靠寄人籬下的傷心事，喜從何來？兩人的心情不一樣，因此也就默默的走著，誰也沒再說話，因為彼此悶聲不響，腳下也無形加快。

轉眼，已到了常府的門首。老管家常福的兒子常陞，正斜靠在石獅子上遙對著已經半涸了的湖水發呆。當常玉嵐到了切近，忽然像夢中初醒似的揉揉眼睛，幾乎跳起腳來，欣喜若狂的叫道：「三少爺！三少爺！你回來了！」

常玉嵐只覺得好笑，點頭應道：「常陞，你還認得我？」

常陞連忙道：「小的怎能忘記三少爺，還有這位南姑娘。老夫人可把你念叨夠了，哪一天不記掛著，我這就去稟告老夫人。」他接過了常玉嵐手中的劍，還有南蕙手裡提著的小包袱，快步如飛的向內跑。

像一片靜靜的湖水，投下塊大石。常府早已熱鬧起來，僕婦、傭人、丫頭、家丁，穿梭走告。

沒等常玉嵐走到院落，常玉峰已站在花廳的台階之上，掩不住滿臉喜悅，大聲道：「三弟，你總算回來了，沒把媽想壞。南姑娘，快，快到上房！」

哪還等常玉嵐到上房。花廳上燈燭輝煌，如同白晝，常老夫人年屆花甲，但仍然健旺得很，在兩個媳婦陪伴，一眾丫鬟拱月似的擁著，已到了花廳。

常玉嵐才與大哥見過禮，已聽見老夫人的聲音道：「玉峰，走廊上風大，還不叫嵐兒進來。」

常玉嵐生恐又冷落了南蕙，拉著她的手，一面高聲道「媽，孩兒就進來了。」

跨進花廳，常玉嵐不由一陣鼻酸，顧不得南蕙，搶上幾步，撲倒在老夫人的懷裡，啞聲道：「媽，不孝的兒子回來了……」他再也沒什麼話可說。

常老夫人老淚止不住像斷了線的珠子，順著腮邊流個不止，一手撫著兒子的後腦，口中卻連聲道：「回來就好，回來就好！傻孩子，這麼大的人還哭。你看，媽都不哭，媽都不……」她的聲音嗚咽，喉頭哽塞，再也說不下去了。

良久，常玉峰才道：「媽，二弟回來應該歡喜才對，我已吩咐下面準備了飯，二弟與南姑娘一定餓了。」

常老夫人連連點頭道：「把飯開到暖閣裡，大家團團圓圓的吃一頓。哦！南姑娘，過來，讓我看看你長大沒有？可是一年多了。」

一片歡愉聲中，全家人都到暖閣用飯。

終年漂泊，常玉嵐雖然到處都沒有遇到困窘，然而，家的溫馨，是沒有任何的歡樂可取代的。

一頓飯直吃到二更時分，才伴著老夫人回到臥房。外面的天氣雖然寒冷，常老夫人的臥房早已升起爐火，溫暖得很。

侍候母親上了床，又安排南蕙與二嫂同睡，常玉嵐才回到後進書房。因心情的興奮，加上百感交集，竟然一時無法入睡。好容易漸入夢境，已經是三更左右。

忽然，一片紅光，映在紙窗之上。接著，人聲吶喊：「救火！失火了……」

常玉嵐不由大吃一驚，彈身起床，胡亂套上長衫，推開窗子，躍身到了花園長廊打量一下，暗喊了聲：「不好！」

起火之處，乃是最後一進的祖先堂。祖先堂平時是沒有人進出的，當然更沒有人住，哪來的火呢？敢情是有人放火：常玉嵐一念未了，隨風飄來的煙霧之中，嗅得出有硫磺氣味。

這越發證明常玉嵐所料不差。

此時，整個宅院已都驚醒，鑼鳴人喊，四處喧鬧之聲貫耳，人影四下亂竄。

常玉嵐哪敢怠慢，折身進了書房，摘下長劍，展功上了屋面。

但見，火勢愈夾愈烈。火舌亂竄，濃煙沖天之中，出現了十餘個通身血紅裝扮的人影。那十餘條身影，在火勢中穿躍縱跳，身手個個不凡，每人手中一把寒光森森的軟刀，雖沒存心殺人，但偶爾也對救火之人施襲，順手傷人。

常玉嵐心中已明白了幾分。因為這情形與江上碧口中所說青螺峰狂人堡遭遇完全一式無二。

他再也不遲疑，一式「龍飛九滅」，越過三重院落，撲向祖先堂火場上空，口中厲聲喝道：「何方狂徒，放火殺人！都給我留下！」

這時，常玉峰也仗劍指揮家丁們灌水救火。

南蕙手中執著一把並不稱手的仆刀，也已發現了火場中穿梭的紅衣歹徒，她一見常玉嵐到了，嬌聲呼道：「常哥哥，這些人是有計劃而來的，他們不敢露面，只在火場中躲躲藏藏，氣死人了。」

常老夫人乃是武林世家，當年河朔大俠「一盞孤燈」趙四方的愛女，並非一般弱不禁風的老婦人，她見自己兒子人在騰空，作勢向火海中撲去，連忙攔阻道：「嵐兒，水火無情，閃開！」她口

中喝著，由袖中取出趙家獨門「追魂奪命子母連環珠」，認定在火場中縱躍的紅衣漢子射去。

嗖嗖！嗖！唉！啊呀！一聲慘嚎，刺耳驚魂。一條血紅的身影應聲落於烈焰之中。

薑是老的辣，常老夫人這一招「追魂奪命子母連環珠」既快又準，一招得手，接著是連番發出。慘呼連連，在烈焰燒紅了半邊天的夜空裡，已有三個歹徒，葬身在火窟之中。

常老夫人的怒火並未稍熄，將手中空的連環珠筒，遞到二媳婦手中，含怒道：「再給我裝滿它！」

常玉嵐一見，連忙上前，低聲道：「娘，算了，要他們的命沒用。」

常老夫人氣呼呼的道：「他們要我們常家的基業，我就要他們的命！」

常玉嵐忙道：「娘，這事不是要他們的命就算了的，我要找出這幫兇徒究竟是哪路的。」

這時，南蕙也已憤憤的來到老夫人的身側，接著道：「對！找出禍根來，把它連根拔！」

常玉嵐低聲道：「南蕙，你在這裡陪著娘，大哥專心救火，娘的連環珠逼使兇徒不再傷人，我溜到宅子後面，看他們落腳在哪裡，一定查得出來龍去脈。」

常老夫人道：「嵐兒，你要小心！」

常玉嵐應了聲：「娘儘管放心。」他話落人起，不高縱，不出聲，在濃煙烈火之中，沿著祖先堂前一排黑黝黝的柏樹蔭下，三幾個箭步，已到了宅院之後，微一伏身，快如驚虹的越過後院牆，隱匿在暗處。

這時，因常家人手眾多，常老夫人珠無虛發，加上南蕙在火場四周提著一柄閃亮的仆刀梭巡，常玉峰仗劍指揮家丁救火。一切都在亂中顯得井井有條。

歹徒們既不能乘亂傷人，加之有幾個同伴已葬身烈焰之中，為首之人一聲呼哨，剩下的全都向火場外圍竄去。

果然不出所料，為首的紅衣歹徒，呼哨聲中，手中軟刀不住的揮動，分明是向常宅後面撤走。隱身暗處的常玉嵐心想：「何必多費手腳，把這為首之人生擒活抓，真相自然大白。」

就在他心意初動之時，恰巧那為首之人一式「魚躍龍門」翻身躍過院牆。

常玉嵐不由心一凜。因為從那人一式極為普通的身法「魚躍龍門」的起勢，疊腰、扭肯、剪腿，自到落在牆外的彈身連環再起，分明是難得一見的高手。

廿五　八荒琴魔

常玉嵐不敢大意，輕輕抽出長劍，發出了一聲極為細微的彈簧之聲：「錚！」不料，就是這聲細微到毫末的聲響，那為首翻出牆外之人已自矮身戒備，認定常玉嵐隱身之處，厲聲喝道：「誰？」

常玉嵐並未存心隱匿不出，因此，揚劍彈身而出，怒喝道：「捉拿歹徒的人！」「人」字尚未出口，人已到了那漢子的面前，長劍一招「平湖秋月」，直抵紅衣漢子的喉頭。

這一招幾乎是出其不意，劍隨人動，招自心起，算得是凌厲無比，既準又狠。

熟料，那漢子冷冷一笑，形同不防，等到常玉嵐的劍招走實，微微一側頸子，右手的軟刀，反削常玉嵐執劍的手腕。招式之巧，妙到毫顛，出手之毒，出人意表，完全是名家手法，一流招數。

常玉嵐大吃一驚，急切間，振腕下沉，長劍由刺改劈，力道盡失。

那漢子微微一笑，彈身退出兩丈。

此時，院牆內嗖嗖聲中，衣袂連振，七八個紅衣歹徒，全都是蒙頭蓋臉，穿了出來。為首的漢子不慌不忙，手中軟刀連揮，示意眾人快速離開，自己卻攔在常玉嵐之前，意恐常玉嵐追趕，或是制住其中的一個。

常玉嵐怒火如焚，大吼道：「是人就露出臉來，鬼鬼祟祟的東西！見不得人的下三爛！」為首的漢子並不答話，只是揚刀而立，鼻孔中不時發出冷笑。

常玉嵐之所以沒有立刻搶攻，一則眼看為首之人並無逃走之意，二則此人的刀法與眾不同，乃是以刀作劍，這劍法招式，似曾相識。

就在他分心遐想之際，那群歹徒一個個已沿著湖邊溜之大吉，只剩下為首之人斷後，插腰揚刀當面而立。忽然，冷冷的道：「我們會再來。」語落，一個「側卷珠簾」，人如一溜清煙，在半空中捲了幾下，竟已遠去三丈。

常玉嵐焉能放他就此一走，招展「十丈紅塵」快如追風閃電銜尾追去。

因為那人是出其不意，而輕身功夫不在常玉嵐之下，兩人相距，總在五丈左右，一前一後，像流星趕月，風馳電掣，看不出是兩個人，直如兩縷清煙，在夜色迷濛中，飄浮向前。

轉瞬之間，前面之人已出了湖畔，落荒向雨花台方向奔去。

常玉嵐心想：「任由你跑上天，我也要追到靈霄殿，跑到天色黎明，你總不能再套著頭罩了吧。」

他只顧打著如意算盤。殊不料前面那人幾個起落，已不再沿著大路，轉向山邊崎嶇小道奔去。

常玉嵐暗喊了聲：「不妙！」因為黎明之前的天色，愈加黑暗。沿著大道雖然追不上，但目力所及，也不會追掉。而那人轉向山路，拐彎抹角固然不免，雜樹亂石，更容易失去目標。

心中想著，腳下更加著力，眼看著趕得只差三丈左右，再有片刻，必然追到那人身後無疑。誰知，山凹之處，突然有一座青磚瓦房大宅院。

前面那人騰身上了瓦房圍牆，冷冷的一笑，擰身落在圍牆之網。

因為那人前奔之勢略停，又騰身上了院牆回頭一笑，不免耽擱了片刻。

常玉嵐就在這片刻的時間裡，幾乎與那人一齊到達院牆之上。

他不敢貿然躍落牆內，藉著星光略一打量，院落內似乎是新建未久，加之冬日未盡，庭院十分荒涼。只是，奇怪的是，落下的那人竟然不見蹤影。常玉嵐心想，也許那人要借這宅院掩護，說不定會再由他處逃去。因此，他且不向下跳，就站在院牆之上遊目四顧。

然而，四下無聲，夜風習習，寂寂的庭院，也沒有半點搔動的跡象。

常玉嵐越發迷糊了。這別墅似的新建庭院，在夜裡進去一個人，該有些動靜才是呀，除非它就是這幫歹徒的巢穴。

想著，忽然，靠近庭院的三間正屋內，突然一亮，閃出了燈光來，接著，一個清脆的嬌滴滴之聲音道：「是誰呀？深更半夜站到咱們牆上，又不走，又不下來，到底是為了什麼？」

常玉嵐甚是尷尬。因為聽聲音必是一個青春少婦，而且又沒有人與她答話，這深更半夜，自己站在人家牆上……就在他轉念之時，「呀」的一聲，正屋的雕花門敞開了來。一個婦人手執著氣死風燈，高高舉起，對著常玉嵐立身之處，嬌聲道：「客官，是迷了路，還是錯過了宿頭？」

燈光，把小小的院落，照得雪亮。

常玉嵐是再也不能不說話了，而且他意識之中，先前那歹徒一定是隱身躲藏在這院落之中，不妨下去，借這婦人手中燈光教他無處遁形。

想著，一騰身躍下院牆，一面箭步穿過庭院，一面道：「在下追趕歹徒，追到貴府外面，眼看

老嫗緊接著道：「只是喜歡而已，公子，我獻醜你請指教。」她並不等常玉嵐回話，一扭身，已面對琴機，雙手抬處，「叮——」

琴聲已起。

常玉嵐此時哪裡有心欣賞琴藝，只是不敢掃興老太婆，就等喝完了茶一走了之，任由那醜婆子彈她的琴也就是了。

不料，琴音乍起，常玉嵐不由神為之奪，他雖然不知道自己為什麼竟然被這聲琴韻給吸引住，但是，他的一切注意力，確是都在傾神聆聽著。

那奇醜老嫗一面撥動琴弦，一面回首齜牙咧嘴的對常玉嵐一笑。

常玉嵐但見那老嫗雙手撥弄之下，七支弦如同百鳥爭鳴，悅耳動聽，又加上千山萬壑的溪流淙淙，轉瞬之際，又像百花齊放。

而常玉嵐的一顆心，隨著琴音彷彿身在百鳥群裡，山水之中，萬花叢裡。

忽然，那老嫗的一雙手，加快的撥弄，聲如萬馬奔騰，千軍奮戰。

漸漸的，江河滾滾奔騰，終於天崩地裂。

常玉嵐站著，眼前金花亂閃，耳中金鼓齊鳴，一顆心幾乎要從口腔中跳了出來。

眼前，已分不出那醜老太婆的一雙手來，只有兩個影子在七絃琴上隱隱約約的晃動。

常玉嵐覺著心痛如絞，頭好似憑空大了許多，頸子似乎已載不動了。

耳朵裡，除了轟轟嗡嗡之聲而外，再也分不出有任何音響。

咚！咚！咚！咚！咚！

嗚——一聲長鳴，常玉嵐忽覺眼前一黑。

叮咚！茶杯落地，人也軟綿綿的倒在火爐邊沿。

那奇醜老嫗的雙手突然一收，琴聲嘎然而止，冷冷一笑，站了起來，輕輕推動空空的書架。

吱呀，書架在她一推之下，本來長達丈餘的架子，竟然縮成七尺長短，露出了三尺來寬的牆洞來。

老嫗從桌上捧了燭台，伸進洞內搖動了三下。

洞內，伸出一個光禿的頭來，低聲道：「三妹，如何？」

老嫗冷冷一笑道：「在我『八荒琴魔』花初紅的手中，是跑不掉肥羊的。」

光禿禿的腦袋探出來，竟是一個面如鍋底，虬鬚花白的老者，那個光頭是特大號的，而整個人既胖又矮，乍看上去，好像一大一小兩個氣球一上一下的黏在一起，既滑稽，又怪裡怪氣。

他長身從洞內鑽出來道：「就那麼容易得手嗎？為何老二被他追得上天無路下地無門？」

醜老姐指著躺在地上的常玉嵐道：「空口無憑，有人為證，瞧！」禿頭胖子瞧瞧地上的常玉嵐，咧著嘴唇道：「這小子看不出有何過人之處，老二為何把他說成天神一般？」

醜老嫗道：「老二是江湖越跑越膽小，自從進了司馬山莊，更加不成樣兒，只怕早晚連我們泰山三奇的這點名頭也給砸了。」

禿頭胖子道：「三妹，少說這些廢話，未來武林，都要看司馬山莊的臉色，不然，哼！不死也得脫一層皮，常言道：『識時務者為俊傑』，老二投靠司馬山莊是對的。」

醜老嫗冷冷一笑道：「是對的，你怎麼不去投靠？我知道你打的是什麼鬼主意。」

禿頭胖子道：「我？」

醜老嫗搖頭道：「你以為我是傻瓜？你要老二去投靠，司馬山莊若是成了氣候，你就以老二做幌子，靠攏過去。司馬山莊要是砸了，你就不認老二這個弟兄，我說得對不對？」

禿老頭的肥臉一紅，低聲道：「小聲點，被老二聽見了可不太好。」他的話才落音，牆上暗門裡有人問道：「辦好了沒有？」

話音未落，「六指追魂」萬方傑的人，也跟著鑽出暗門來，一身猩紅勁裝尚未換下來，望著地面躺著的常玉嵐，衝著醜老嫗把大拇指一豎道：「我的好三妹，真有你的！」

醜老嫗洋洋自得的道：「我這隻爪子還沒老，魔琴椎心的功夫依舊有用。」

禿頭胖子一個光頭搖得像撥浪鼓，臉上的肥肉也抖動不已，十二萬分的不樂意，道，「我黑心如來夏南山江湖混老了，還要去侍候司馬長風，實在是有些於心不甘。」

六指追魂萬方傑忙道：「老大，人到彎腰處，不能不低頭。咱們要二次出山，就不能不借司馬山莊這股力量，等到泰山三奇有了基礎，嘿嘿！嘿！」他沒有再說下去，目光一掃牆上的暗門，又壓低嗓門道：「十八血魔還在裡面，咱們說話，還是小心一點的好。」

花初紅道：「好吧，姑且聽你的。」說完，搔了搔一頭焦黃亂髮，指著地上的常玉嵐道：「這小子怎麼辦？可不能讓他就這麼躺著，說不定他的同伴會追蹤而來，豈不麻煩？」

萬方傑略一思忖道：「三妹，你的琴音椎心，可以延到三個時辰，趁著這三個時辰，把他幹掉。」

「黑心如來」夏南山忙道：「萬萬不能，據我所知，司馬山莊對金陵常家是另有所謀，要幹掉常玉嵐，要聽司馬長風的。」

花初紅眉頭一皺道：「乾脆，把他送到雨花台秘道之中，與那老婆子禁在一起，等司馬長風發落。」

「好！」萬方傑一拍手道：「就這麼，這事交給我了。」他口中說著，順手抓起常玉嵐束腰絲帶，反身扛在肩頭，向屋外奔去，幾個縱躍，消失在東方漸白的夜空之中。

初春的嫩綠，已把雨花台染得生氣盎然。

清晨的陽光，灑在花樹上，露珠閃著點點光輝，益發清新宜人。

一大早，平時寂靜的雨花台，已不似那麼沉寂。

陶林抖抖灰衫上的露水，瞧了下天色，踱了幾步，似乎有些兒不耐，一臉的焦急，自言自語的道：「怎麼還不見人影？」

「陶林！」一聲嬌呼，身影由雨花台右首轉角處閃身而出。

藍秀淡掃蛾眉，脂粉不施，俏立在一大塊巨石之下，問道：「可有什麼動靜？」

陶林緊趨幾步，垂手恭謹的道：「主人，小的也是剛剛到此，並未發現惹眼之人。」

「不會錯！」藍秀淡淡的輕啟朱唇，微微一笑，露出雪白貝齒，緩緩的道：「每天太陽出來的時候，雨花台必然有一個神秘漢子出現，而且……閃過一邊！」

藍秀粉掌一揮，自己像一縷輕煙，在晨霧迷茫之中，隱入大石之後，身法之快，姿勢之美，真非筆墨所能形容。

陶林也不怠慢，矮身縮頭，腳下虛飄飄地一滑，隱進了亂草叢裡。

吱呀一聲輕響。雨花台的涼亭中那個大理石桌面，忽然緩緩的滑動，奇怪的滑轉起來。

「卡！」大理石桌面突然停住旋轉之勢。

接著又緩緩移到一邊，露出可容一人進出的空隙。

太陽，似血紅的車輪，從東方升起，光芒，成幅射扇面形，照耀著大地，也照射到雨花台亭內。

桌面空出來的洞中，鑽出一個粗壯的漢子，那漢子先鑽出個黑巾纏頭的腦袋，四下略一打量，突的向上一拔，衣袂帶動一陣勁風，呼的一聲，從洞口躍出洞來，身手可算矯健。

他躍身出洞，先是抖抖身上的泥上，連忙將移開的大理石桌面旋轉幾轉，恢復了原狀，這才跨步走下雨花台涼亭的台階。

斜刺裡，灰影閃電而出，陶林快如驚虹，一隻手已抓牢了壯漢的肩頭，另一手食指頂在那人璇璣穴上，低聲喝道：「朋友，識相的就不要出聲！」

那漢子欲待掙扎，哪裡還來得及，連想要回頭看看也來不及。

陶林半拉半拖，將那漢子推到離涼亭半箭之地，一片矮樹下面，順手點了他的麻穴，悶聲道：「朋友，耐心點，我去請本門主人來問你的話，你要老老實實的回答，不然……」

白影翩然而至，從如火的楓樹下緩步而出。

藍秀不住的頷首道：「不會落空的，是嗎？」

陶林連連點頭道：「主人的妙算奇準！」

這時那漢子被陶林點了麻穴，只是週身無力，連站也站不住，像癱瘓了一般，他似一堆爛泥，跌坐在地面，然而他知覺未失，神智尚清。因此，他咬牙切齒的道：「偷襲暗算，小人行為，有種的真刀真槍，老子不在乎。」

陶林眉頭一揚道：「呸！憑你也配。」

那漢子真有些牛脾氣，掙紅了脖了，吼道：「黑白兩道打聽打聽，老子行不改名，坐不改姓，打聽我鐵腿牛老三，也是響噹噹的人物。」

陶林的臉色一沉，喝道：「管你牛三馬四，除非你不要命。」

他口中喝著，右子食中二指一併，認定牛三的中庭大穴點去。

「陶林！」藍秀螓首微擺，淡淡一笑道：「用不著，等我問問他。」她一副雍容華貴、從容不迫的神情，語調自然清晰的威儀，正是高貴的風範，大家的氣派。

陶林已探出的手，立刻收了回來，急退半步，恭謹的應了聲：「是！」

藍秀輕啟朱唇，似笑非笑的動了一下唇角，對牛三道：「牛三，你是十八血鷹之一嗎？」

牛三愣愣的望著藍秀，脖子上青筋暴起老高，似乎要開口大罵。

藍秀並不著惱，只是鼻孔裡哼了聲：「嗯！」

牛三只覺著彷彿打了個寒顫，接著通身都不自然，腦袋發漲，心跳不已。

藍秀又輕言細語的道：「牛三，實話實說，我問一句，你回答一句，哦！知道嗎？」她的語意是輕描淡寫，沒有威脅，好比一個保姆對待小娃娃一般。

牛三瞪著眼，瞧是著了魔。

陶林在一邊插口道：「主人，這等小角色，只有讓他試試『血魔穿心』的味道，不然，他是不到黃河心不死的。」

「血魔穿心」是江湖上只聽傳言，早已失傳的惡毒功夫，比之一般「分筋錯骨」還要殘酷。凡是被「血魔指手」點中七大穴，通身的血脈，帶著魔指的潛力，一齊向心臟湧去，也就是說，原本流通在週身的血，一時三刻之間，全都集中到中庭心穴。因此，心臟充滿鮮血，固然是痛苦可知，而其餘的四肢百骸沒有了血，筋縮肉萎，還能好受得了嗎？牛三在江湖上混了半輩子，怎會不知道「血魔穿心」的厲害。所以，臉色慘變，通身發抖，哀求的道：「我說，我說，我照實的說！」

藍秀喟然一歎道：「唉！為什麼江湖道上都怕硬不服軟呢？」

陶林連忙道：「這因人而異，這等膿包，是不見棺材不掉淚的。」

藍秀搖搖頭，順手攏了一下鬢邊短髮，對牛三道：「牛三，地下道裡還有幾位血鷹？」

牛三的頭猛搖道：「哪裡有什麼血鷹，我牛三的名頭雖然不小，只是還沒有擔任血鷹的資格，不過，派在這裡也算獨當一面，所以，只有我一個人。」

藍秀點點頭道：「哦！那你在這裡的任務是什麼？」

牛三道：「看守一個老太婆。」

藍秀並不吃驚，略一沉吟道：「多久了？」

牛三道：「快三年了。」

「那老太婆是個什麼人？」

「……」牛三眨了眨眼，愣愣的不出聲。

陶林一見，沉聲道：「牛老三！」

他的這聲悶喝，還真有用，牛三忙道：「我說，那老太婆可是有身分的人，江湖上人都知她的份量，不是等閒之輩。」

陶林不耐的道：「只問你她是誰？」

牛三忙掙扎一下，下意識的向後退了一退，口中連忙道：「是……她是丐幫新任幫主費天行的娘！」

本來十分沉著冷靜的藍秀，也不由心頭一震。她只知道雨花台有一個神秘的地方，是因為牛三照例每天出來購買他視同性命的老酒，但並不知道這神秘地方是雨花台石桌下的地道，更不知道地下道裡困著的是費天行的老母。

藍秀心中雖然覺著怪異，但是口中卻不疾不徐的道：「哦！想來司馬山莊要徹頭徹尾的控制費天行，也就是要嚴格的掌握整個丐幫。」

牛三愣愣的道：「我是奉命行事，其餘的完全不知道。」

陶林插口道：「費天行事母甚孝，司馬長風這一招也未免惡毒！」

藍秀深深歎了口氣，又向牛三問道：「牛三，除此之外，地道裡再沒有其他的人嗎？」

牛三衝口道：「有。」

藍秀笑道：「哦！是誰？」

牛三大聲道：「是金陵世家的常玉嵐。」

此言一出，不亞於晴天霹靂。藍秀身子一震，失神的邁步跨下大石，人已不知不覺之際，飄到了牛三身前，一雙眸子，閃放出異樣懾人的光芒，逼視著。

牛三不由身子一震，整個人癱瘓了一般，失神的望著藍秀，訥訥的說不出話來。

陶林趨前一步，也十分惶恐的道：「主人，有事老奴代勞。」

藍秀像是悶住一口氣在胸口，此刻才悠然一聲出口長氣道：「你說的是實話？」

牛三顫抖的道：「句句實話。」

藍秀急急的道：「他是何時拘進來的？」

牛三的聲音有些嘶啞，如夢囈一般的道：「不久，不久，就是天亮之前，由泰山三奇的『六指追魂』萬老前輩送進來的。」

「哦！」陶林像是向牛三問話，又像是對藍秀說明，「泰山三怪又露臉了，這事情透著不簡單。」

藍秀的一臉緊張之色，此時反而放鬆了來，又是笑容可掬的道：「卻是愈熱鬧愈妙。先把三個老怪物除掉，也算替武林除害。」

她的話像是小孩兒吃糖一般的平淡，說著，對陶林囑咐道：「帶他到地道中，請令主出來。」

陶林躬身道：「是！那費老太婆呢？」

藍秀道：「一起帶出來，不要驚嚇了她。」

陶林探臂將癱在地上的牛三衣領提起，真像老鷹抓小雞一般。

沉聲道：「帶我進地道放人！」

牛三此刻已完全懾服在一剛一柔的威風之下，哪裡像是先前鐵腿的倔強，簡直是隻軟腳狗，被陶林半拖半拉的拖到涼亭石階之前。

藍秀一見，柳眉緊皺，低喝道：「牛三！你怎麼一點人樣兒也沒有，先前……」她的喝聲未落，忽然有人嬌滴滴的接聲道：「他不像人樣兒，有像人樣兒的來了。」

怪聲尖叫之中，泰山三怪連袂而至。

他三人幾乎是同時落地，紋風不驚，落葉不起，輕身功夫，顯然已臻上乘。

原本已步上台階的陶林，聞聲知警，急切間抓住牛三的手指微翹，輕易地點了牛三的玉枕睡穴，放開手，任由那牛三躺在石階之上，自己滑步擋在藍秀的身前七尺之處，雙目精光閃閃，打量這當面的三個山精似的怪人，目光一眨也不眨。

這一連串的動作，真是快速異常，一氣呵成。

「八荒琴魔」花初紅，是最喜出風頭的性子，每次三怪齊出，她總是搶在前面，這一回也不例外。

她不看當前的陶林，一雙三角眼直盯在藍秀的臉上，從頭到腳打量個夠，然後怪聲怪調的尖著嗓門道：「咦！我親眼看過的女人何止千千萬萬。只有這一個嘛，還有些女人味道。」

陶林不由勃然大怒，戟指著三怪道：「泰山三怪，還記得老夫嗎？」

「六指追魂」萬方傑冷冷一笑道：「記得，踏破鐵鞋無覓處，得來全不費工夫。陶運春，你狠狠到這種地步，當年的威風，哈！嘿嘿！哪裡去了？」

這時，「黑心如來」夏南山把光禿禿的腦袋不住的晃著，嘶啞著聲音道：「姓陶的！你一個八十萬禁軍的副都統，怎麼搖身一變，就成了個老僕人，真是江河日下，窮途潦倒。」

陶林不怒反笑，仰天打了個哈哈，揚聲道：「虧你們還記得你家都統爺，總算當年沒白饒過你們這三條狗命！」

花初紅咬牙切齒的道：「陶林，老不死的！今天的泰山三奇，不是當年的三個寨主！算你倒了八輩子的楣，明年的今天就是你的忌日，上！」

她的「上」字出口，猛的一扭水缸般的粗腰，人已穿出丈餘。

同時，另外兩怪各展身形，分兩下躍開。

三人成了三角形，將陶林圍在核心。

陶林又是一笑道，「當年我搜剿泰山餘孽，一念之仁放了你們一條生路，料不到你們命中注定要死在我陶某的手下，正是閻王注定三更死，便不留人到五更。」說著，緊緊腰帶，立勢揚招。

此刻，未發一言的藍秀卻漫不經意的道：「陶林，他們就是泰山三怪嗎？」

陶林雖在強敵當前之時，依舊立刻收起招式，恭謹的道：「回主人的話，這三人當年乃是泰山的劫匪，小的奉命率兵征剿，他們是漏網之魚。」

藍秀頷首帶笑道：「原來你們是冤家路窄，怪不得一見面就像紅眼鬥雞似的！」

他們一問一答，反而把來勢洶洶的泰山三怪給吸引住了。

分明是山雨欲來風滿樓的形勢，一觸即發，生死決鬥的當口，眼見藍秀不緊不慢，一副溫柔細膩的神態，加上陶林異常恭敬的禮數，怎不大出人意料之外，使泰山三怪覺著不合情理呢？

花初紅再也忍不住了，尖聲喝道：「姓陶的，瞧瞧你這副賤骨頭的樣子，教人看了噁心。」

「黑心如來」夏南山也嘶啞的叫道：「陶老頭，那女娃兒是你的女兒，還是你的相好的？瞧你對她那副唯命是從的……」

「叭！」

「黑心如來」夏南山的話未說完，突然，覺著眼前白影一閃，接著自己臉上被人摑了一記耳光，雖然不痛，但清脆聲音。

在場之人全都聽得清清楚楚。

藍秀，好像沒事的人一樣，彷彿原地而立，並未移動半步，口中冷淡的道：「出口無狀。先打一耳光聊施薄懲，以為沒有口德者戒，只是，可惜打髒了我姑娘的玉手。」

這席話，簡直同神話一般。泰山三怪彼此互相凝視，久久說不出話來。

良久，花初紅才以不信的道：「誰挨了她一耳光？」

「六指追魂」萬方傑道：「我只聽見清脆的耳光聲。」

「黑心如來」夏南山摸了摸面頰，暴吼道：「小輩！剛才是你打我一記耳光？」

「哈！嘻嘻嘻！」藍秀不由笑得花枝招展，幾乎笑彎了腰道：「天下有這種事，挨了耳光不知是誰打的。」她收起笑聲，側身對陶林道：「你押著牛三去救人，這三塊廢料交給我。」

陶林道：「等小的打發了他們再……」

陶林再想把話說完，但是藍秀已舉起一隻手，示意他照著吩咐去做，把他的話止住。

陶林又掃了泰山三怪一眼，縱身向牛三躺著的石階穿去。

泰山三怪一見，三條身影不約而同的追蹤縱起，欲待攔住陶林。

他們夠快的了。然而，藍秀的白衣飄動，像幽靈一般，長袖微拂之下，硬把三怪前撲的勢子擋住，口中嬌喝道：「那裡沒你們的事。」

藍秀的長袖拂處，隱隱然有一道似有若無的力道，硬生生把泰山三怪前撲之勢攔了下來。

泰山三怪究竟是成名的人物，不由齊的一愣，急忙各自抽身，退到丈餘之外。

相反的，藍秀已俏立在石階之上，掩護著手提牛三的陶林，鑽入石桌的地道入口之處。

「黑心如來」夏南山一退之後，一張肉臉現出驚異之色，肉球般的腦袋上，小小的圓眼睛連連眨動，像是自言自語，又好像做夢似的，口中喃喃道：「桃花舞春風！桃花舞春風！」

桃花舞春風，乃是相傳出之深宮大內的絕頂功夫。武林只知道大內深宮有一位奇女子，善於一種非常妖嬈動人的「舞姿」，名叫做「桃花舞春風」。這種舞姿不但風姿綽約嫵媚動人，而且觀賞「桃花舞春風」的人，會心動神搖，如醉如癡，甚而情不自禁，心智喪失。

據說這位奇女子由於妙曼的舞姿，使皇帝佬倌龍心大悅，進而迷戀起來。試想從東宮到三宮六院的皇后嬪妃們怎不醋勁大發而起了恐慌呢？於是，群起而攻，聯合正宮娘娘千歲，把那一位一代舞孃的奇女子，囚禁在內院的秘房之內，不讓她再在皇帝面前獻舞。

而這個奇女子被禁之後，終日無事可做，只有舞呀舞的，年長月久。不知不覺之間，將原本是娛樂的舞蹈，練成了妙不可言的無上功夫。「桃花舞春風」不但成了虛飄神比的至上輕功，而且抖袖探掌，揮臂揚指，都有一種難以抗拒，妙不可測的招式，與其他所謂的各門各派武功，不但完全不同，而且有獨到之處。

這些言之鑿鑿的傳說，江湖上固然甚囂塵上，武林中幾乎無人不知。然而，真正見過的並無一

人。

「黑心如來」夏南山這麼一講，其餘的二怪，也不由瞠目結舌，一齊用既驚又怕，既疑又奇的眼光，掃視著石階上俏立的藍秀。

藍秀微露貝齒，輕啟朱唇，淡淡一笑道：「夏南山！算給你胡猜亂矇的矇對了。其實，你早該知道，只是你有些麻木不仁，你沒覺著你的嘴有些兒變樣嗎？」

「啊！」六指追魂萬方傑大吃一驚。

「咦！」花初紅小眼翻得老高。

「哎呀！」夏南山摸著腮邊，臉色如同豬肝。

泰山三奇的神色各異，但三人愣在當場，則是一致的好笑。

原來「黑心如來」，夏南山的左面頰上，明顯的有個手印，纖纖細長的五個手指十分清晰的看得出來。

藍秀微微而笑道：「那算是姑娘我第一次出手，你也是夠光榮的了。」

「黑心如來」夏南山回神過來，心中是既嚇又怕，既氣又怒，咬著牙根暴吼如雷道：「我黑心如來與你拚了！」

需知江湖武林之人，是榮譽第一，臉面至上，雖然談不上「士可殺而不可辱」，但是寧願死，也不能灰頭土臉的活著。泰山三怪成名多年，論資格乃是上一代的「混家」，可以被人殺一刀，怎能讓人打耳光還留下這個「不光榮」的記號呢？難怪「黑心如來」夏南山形同拚命，暴吼聲中左手在腰間一摸，嘩啦抖出一條軟鞭來。

夏南山的軟鞭與眾不同，不是九節鋼鞭，也不是十三節鏈子槍，像是三節棍，但卻是分為五行，內行人稱為「五行水火棒」，外行人叫它五節棍，是一種招數怪異的外門兵刃。

夏南山怒極出招，五行水火棒夾著山崩地裂之勢，舞起呼呼勁風，披頭蓋臉，向石階上砸去。

藍秀冷冷一笑，如同沒事人兒一樣，只等棒影閃出，忽的白影箭射般快速劃空而起，眼前失去了藍秀的影子，只有一絲衣袂微動之聲。

「黑心如來」夏南山的招式用實，收勢不及。

「吧嗒！」一聲大響，火星四濺，碎石紛飛，水火棒把一大塊麻石台階砸碎了盆口大一片。

藍秀的人，不知何時已到了夏南山的身後，嬌聲道：「力道不小。」

敵人到了身後，兀自不知不覺，夏南山大吃一驚，嚇出一身冷汗來。老怪也不是弱者，一言不發，迴臂旋身，五行水火棒像一條狂蟒，凌空半砸半揮，認定發聲之處惡狠狠的揮到，口中怪吼道：「拿命來！」

心存殺機，招式也變得奇快，凌厲無與倫比。

藍秀的粉面變色，一改先前含笑的口氣道：「存心要人命，未免心狠手辣！」一言未了，不閃不躲，長袖揮處，硬把砸來的五行水火棒震偏，藕臂輕舒，右手二指已揑在「黑心如來」夏南山的腕脈之上，低沉沉的道：「不到黃河心不死，撒手！」

隨著她的嬌叱，夏南山覺著手腕痠麻，心知不妙，試著掙扎一下。然而像被一柄力大無比的鋼鉗子夾著一般，哪裡掙扎得脫。

「鏗鏘！」五行水火棒跌落當地。

這一連串的變化，說來話長，但在當時，不過是瞬息之間的事。

「六指追魂」萬方傑、「八荒琴魔」花初紅，像洩了氣的皮球，互望了一眼，扳起面色，用眼角略一示意，分為左右，同施殺手，一齊向捏住「黑心如來」夏南山命脈的藍秀抓去。

兩人心狠手辣，雖然心存殺人，但對於藍秀的功力，也已見識到了，生恐藍秀更有出乎意料的絕活，哪敢稍微大意，故而，這同時背後施襲，並不是沒有傷人之意，端的凌厲至極。

藍秀本沒防到江湖成名的三怪，會不顧禁忌，不講顏面的聯手偷襲。等到聞風知警，已覺左右各有一道陰寒力道襲人，此時唯有一鬆捏住夏南山的手，整個人從夏南山的頭頂之上平射而出，直向雨花台涼亭石桌上落地。

「哎呀！」一聲驚呼，石桌地道入口之處，竄出一道人影，幾乎與平射而至的藍秀撞個正著。因此，藍秀嬌呼一聲，凌空之勢突然一折柳腰，再一次的上衝，一隻玉手，抓住了涼亭的正樑，人像懸在半空之中，險險閃躲對方，同時也才看清楚。那地道入口之處竄出來的人，原來是常玉嵐。

常玉嵐由黑暗的地道之中向外一竄而出，因為地道中光線幽暗，突的陽光刺眼，一時睜不開眼來，又見一道人影凌空壓下，但是，上衝之勢已成，地道入口之處又小，欲閃不能，只有硬向上闖，由於涼亭屋頂的相阻，也只好猿臂長舒，抓住樑椽。

兩人不約而同的吊在半空中，像一對雪白猿猴。看清之後，不由相互一笑。

藍秀羞得漲紅了臉，單手一放，飄身落在亭子之外，草坪之上，不由跺起腳來，嬌嗔的指著兀自單臂掛在樑椽上，懸在半空中的常玉嵐道：「都是你，冒冒失失的，瞧，這一鬧把泰山三個老怪

給溜掉了。」

敢情，花初紅與萬方傑想要一舉兩得，暴施辣手偷襲藍秀，同時也是「圍魏救趙」之策，要從藍秀手下救出「黑心如來」夏南山。施襲未成，幸而藍秀放開了夏南山，又與常玉嵐幾乎撞上，耽誤了時機。這是千鈞一髮的大好良機，泰山三怪明知討不了好，焉能坐失良機。因此，三人腳底下抹油，乘機一溜煙的採了三十六計的上計，溜之大吉。

常玉嵐從來沒見過藍秀這等猴子般的攀椽縱跳，一時不由呆了，忘記自己懸在半空中，雙眼發直的瞧著帶三分嬌嗔七分嫵媚的藍秀發呆。

藍秀沒好氣的笑道：「你還像猴子樣吊在那裡作甚！」

常玉嵐這才回神過來，也不由尷尬的笑道：「什麼？他們跑了？要是我在外面，他們想跑，哼！恐怕沒那麼容易。」

「哦！」藍秀的柳眉一揚道，「如此說，怪我學藝不精囉。」

常玉嵐自覺說話有了語病，忙道：「我不是這個意思，我是……是覺得……我們兩個人可以空出一個人來，擋住他們的去路。」

藍秀螓首微搖道：「不見得，泰山三怪不是庸碌之輩，一對一，或者他們逃不過去，三人聯手，就不一定連走也走不了。」

這時，陶林扶著一個髮白如霜，憔悴萬分的老婦人從地道入口處鑽了出來。

常玉嵐隨上前與陶林一左一右的架著那個老婦人步出亭子，他一面對藍秀道：「司馬長風外表敦厚，原來都是假的。你瞧，費天行不惜賣身投在司馬山莊供其驅使，他還把人家老母折磨在暗無天日的地道裡，真不知良心何在？」

藍秀喟然一歎道：「狼子野心，令人齒冷！」

這時，老婦人顫顫巍巍十分吃力的道：「你們……你們看到我的兒子了嗎？」

常玉嵐道：「老人家你請放心，費天行已經當了丐幫的幫主了。」

不料老婦人聞言，不但沒有半點喜悅之色，反而把腳連連用力的跺著道：「糟啦！糟啦！這個傻兒了。」

藍秀有些奇怪的道：「老大人，你的意思是……」

老婦人竟然淚流滿面的道：「天行是個好孩子，對我來說，他實在是個孝子。」

常玉嵐忽然想起費天行在亭子中大理石桌面上用大力手法所寫的一個「孝」字。因此，大步跨進亭子內，將那傾斜在一邊的桌面，用雙手捧過來，送到老婦人面前道：「喏，這是你兒子費天行的字跡，你老人家還認得出來嗎？」

老婦人擦擦淚眼，用手指摸著那個「孝」字，不由傷心的道：「認得出，認得出，這正是天行的字體。可憐的孩子，你……」嗚咽不能成聲，令人鼻為之一酸。

常玉嵐歎著道：「唉！費天行之所以留下這個字，原來是向我表明心跡，他賣身投靠，與他母親被禁有所關連，不全是為了三十萬兩銀子嗎。」

藍秀道：「也許他有些耳聞，自己母親被禁在這附近，所以來此尋找，只是找不到地道而已。」

其實，他們兩入的猜測不算全對，只對了一半。

老婦人好不容易停止了哭泣，緩緩的道：「兩位恩人，既救了老身，能不能帶我去看看我的兒子？」一副慈母情懷，令人感動。

藍秀聞言忙道：「當然可以。只是，為了你兒子費天行的安全，可不能公開露面，而且不是現在。」

老婦人聞言，睜大了淚眼道：「為什麼？」

藍秀正色的道：「說來話長。不是三言兩語可以說得明的。」說著，又轉臉對陶林道：「陶林，你送費老太太到秀嵐小築去安歇下來，你再趕回桃花林。」

陶林應了聲道：「是！費老太太，我背著你走吧，有好遠好遠一段路程呢。」

老婦人茫然的道：「我……我要見我的兒子，你們……」

常玉嵐忙安慰她道：「放心！我們既然救你出困，當然要使你母子見面，只是，目前……」他生性孰厚，只是不知道藍秀所說的「不是現在」的真意何在，因此一時訥訥的說不出所以然來。

藍秀忙道：「費老太太！你想，壞人既然把你關在地道之中，目的就在控制你的兒了。現在你出了困，一旦與你兒子見面，壞人既怕你兒子報復，一定不放過你，也不放過你兒子，豈不是反而害了費天行？」

一席話說得透闢入微，費老太太聽著有理，這才收起滿臉疑雲，連連點頭道：「姑娘說的有理，老身千拜託，萬拜託，無論如何，請你轉知天行，就說老身平安，要他不要掛念！」

常玉嵐應道：「會的，我和你兒子費天行是知交好友，一定會的！」

費老太太這才千恩萬謝的，伏在陶林的肩頭。

陶林一長身子，彈腰而起，雖然背上揹著個費老太太，但並不吃力的健步如飛去了。

目送陶林去遠，常玉嵐這才拱手一揖，訕訕的道：「藍站娘，多謝你適時前來，不然……」

藍秀含情脈脈的帶笑道：「不然的話，你只怕也要像費天行的媽媽，頭髮白了形容枯槁。只怕還出不了地道。」

常玉嵐不由玉面通紅，咧嘴苦笑一笑道：「只是，不知藍姑娘如何知道我被困在地道中呢？」

藍秀略一邁步，移動一下身，調皮的道：「慚愧，我連費天行的媽媽困在此都不知道，怎會曉得你被人家給弄到這裡來呢？」

「那……」

「這叫誤打誤撞。」

「哦，真是無巧不成書。」

「所以嘛，你也不必謝我。」

「話不能這麼說，我常玉嵐是衷心感謝。」

「好！你打算怎麼謝我？」

「這……」常玉嵐一時不知應該怎麼回答，怔在當場。

藍秀一見，不由格格笑了起來，道：「說不出了吧，違心之論，還是少說為妙。」

常玉嵐急得紅起耳根，指天誓日的認真道：「我可是誠心的肺腑之言，如有半句虛假，我……」

藍秀不讓他發誓，一步跨前，伸出尖尖的五指，摀住了常玉嵐的嘴。

這等肌膚相觸，還是第一遭。常玉嵐不由心如小鹿撞上一般，跳動不已。

藍秀道：「俗氣！還想要發誓不成？我相信你就是了，我們走吧。」

常玉嵐忙道：「走？我們到哪裡去？」

藍秀道：「你跟著我走，準沒錯，我不會把我的桃花令主給賣掉。」

常玉嵐無可奈何的道：「我不是怕被你賣悼，只是得回去一趟，免得家母擔心。」

藍秀美目斜睇了常玉嵐一下，十分俏皮的道：「不用你操心，我會著人到金陵世家府上送信，說你一路平安，萬事如意的。」

常玉嵐不由走上前去，情不自禁的拉起藍秀的手。柔荑在握，一陣少女特有的體香，隨著寒風吹來。常玉嵐真的覺得世界雖大，自己是天下最幸福的人。

藍秀溫順的就勢斜倚在常玉嵐的胸前，似乎也十分滿足的喃喃的道：「為什麼說不出你要如何感謝我？」

常玉嵐低聲的，就著藍秀的耳邊道：「拜倒石榴裙下，終身為妝台不二之臣。」

藍秀笑得像朵盛開的百合，伸出一個指頭，在常玉嵐臉上劃了一下道：「甜言蜜語！」

笑！歡笑！

太陽，灑滿了原野。

雨花台在太陽的普照下，特別美麗！

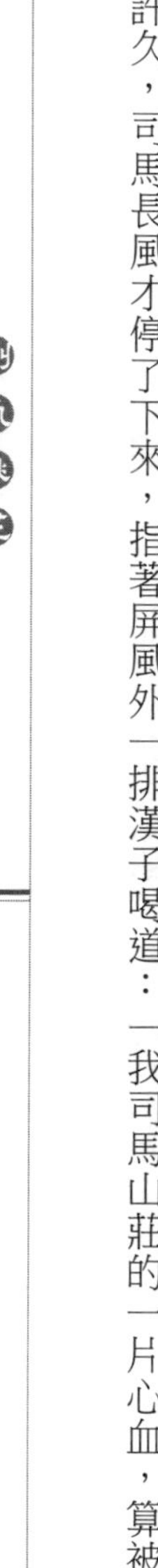

廿六　十二血鷹

青紗帳起，但是，還沒有長到比人高的當口。

紫陌紅塵，北國的田野一望無際，已是綠油油一片，不似嚴冬的肅殺單調。

陌上的麥苗，解除了大雪的壓力，舒展嫩葉，迎風飛舞。偌大的司馬山莊，卻意外的沉寂淒清。然而，那所謂的沉寂淒清，只是外表浮光掠影的情形，相反的，骨子裡卻火一般的熾烈，也隱伏著無限的殺機，埋藏著緊張。

那是司馬山莊的地層。

司馬長風怒容滿面，雙目凶焰逼人，咬牙切齒，不安的在鋪著紅氈的地上急步踱來踱去。

司馬駿一臉緊張，垂手肅立，大氣也不敢出，像一個木雕的偶像。

隔著一道屏風，一字排班似的，站著十二條漢子，雖然個個一副練家子氣派，但臉上充滿懼怕之色。

空間不大，又擠著十幾個健者。

但是，靜得怕人，除了司馬長風的腳步之聲而外，再也聽不到半點聲響。

許久，司馬長風才停了下來，指著屏風外一排漢子喝道：「我司馬山莊的一片心血，算被你們

給破壞無遺，你們人人埋頭苦練了丘年，平時我千叮萬囑，難道都是對牛彈琴？」

十二條漢子張口結舌，慢說是回話，連睜開眼看看司馬長風也不敢。

司馬駿只好囁嚅的道：「爹，您何必生這麼大的氣嘛，氣壞了身子……」

司馬長風面色鐵青，甚至猙獰得怕人，暴吼道：「我還不生氣！十八血鷹去一趟金陵，回來只剩下十二個，怪我生氣？」

司馬駿道：「常老太婆的子母連環球，是趙家的成名利器，難怪有六名血鷹葬身火海之中，好在烈火堆裡，不會有半點痕跡。」

「我不是怕什麼痕跡。」司馬長風怒猶未息的道：「出一次任務少六個，你們想一想，再能辦幾回事？我的遠大計劃才剛剛開始，你們知道嗎？」

司馬駿湊近半步，低聲道：「爹，地字號的地窖中，還有調教好的三十餘人，我們可以隨時挑選，湊夠十八血鷹之數呀。」

「不行！」司馬長風沉喝聲中，人已繞過屏風，指點著十二血鷹，又厲聲道：「暫時記下你們十二個的失職之罪。」

十二血鷹不約而同的齊聲高叫道：「多謝莊主！」

司馬長風又道：「立刻動身，前往彰德府，那兒崑崙派正在舉行一年一度的大會，照我的計劃行事，將功贖罪！」

十二血鷹又暴雷以的嘶應道：「屬下等遵命！」

司馬長風又道：「此次行動，與往日不同的有一件，我要你們帶回崑崙派掌門人西門懷德的項上人頭。」

十二血鷹略一沉吟，互相望了一眼，才又同聲應道：「遵命！」

司馬長風沉聲惡狠狠的道：「記住，沒有西門懷德的人頭，你們十二人就不必回轉司馬山莊，一起跳到黃河裡餵甲魚。」

十二血鷹誰也沒敢吭聲，但是個個連連點頭，對司馬長風不近人情的命令，講理是沒有用的，只有逆來順受，也只有點頭的分。

司馬駿總算勉強壯起膽子道：「爹，這次去彰德府，要派誰為首？」

司馬長風冷然的道：「紀無情！」

司馬駿聞言，不由有些將信將疑的道：「爹，你信得過紀無情？」

「哼哼！」司馬長風冷哼了一聲道：「不是我信得過他，是他自己中了老夫的妙計，他一心要報殺家之恨，滅門之仇。」

司馬駿習慣的微微而笑，不忘奉承父親一番，因此道：「爹，誰也逃不出你的神機妙算。」

「哈哈……」司馬長風得意的仰天狂笑，雙手握拳向上高高舉起，連連揮動道：「略施小計而已，否則，我一心想當天下第一人的心血，豈不是白費。」

他說完，臉色忽然變得鐵青，雙目幾乎暴出的揮手對十二血鷹道：「還愣在這兒幹嘛，彰德府，去！到時，你們的頭目，就是黑衣無情刀紀無情，該都認識他吧。」

十二血鷹同聲朗喊了聲：「是！」衣袂連振，一陣風似的去了。

司馬長風目送十二血鷹去遠，轉身對司馬駿道：「駿兒，為父這叫一石二鳥，你懂嗎？」

司馬駿道：「孩兒似懂非懂。」

他是「知父者莫若子」，司馬長風嫉才自傲，目空一切的性情，司馬駿當然心中明白。所以，司馬駿即使明知道他爹心裡想的是什麼，也不敢輕易說出來，怕司馬長風認為兒子強過他。可是，說完全不懂，說不定會被大罵一場，說他是「虎父生了個犬子」，故而模稜兩可。

總算他對了司馬長風的胃口。司馬長風朗聲道：「紀無情心中已認定崑崙派是他的仇家。此番不免要拚了性命，對付西門懷德。若是紀無情挑了崑崙派，八大門派豈能善罷甘休。」

司馬駿連連點頭道：「當然不會，一定聯手起來替崑崙派找回面子。」

「對！」司馬長風連連點頭，又道：「假若紀無情失敗了，一方面與八大門派結上樑子，另一方面紀無情也要費盡心機，把武林鬧個天翻地覆。」

司馬駿接著道：「我們可以坐收漁人之利。」

司馬長風道：「當然，駿兒，還有一樁事，你可能也猜不透。」

司馬駿恭謹的道：「爹爹明示。」

司馬長風道：「你可知道我為什麼除了練功之外，還窮研醫道？」

司馬駿微笑的道：「濟世活人。」

「濟世活人？」司馬長風不由笑出聲來：「嗤！我會去當郎中嗎？我不妨告訴你，我要研究出傳說之中的長生不老之方，只要我自己長生不老，濟不濟世，活不活人，還有什麼重要？」

司馬駿半晌無言，但是還沒忘面帶笑容點頭不已。停了片刻，才低聲道：「爹，只顧侍候您老人家，把要回話的事給忘了。」

司馬長風道：「是不是費天行已經來了？」

「是。」司馬駿應了一聲，又接著道：「孩兒派專人前往洛陽傳您的話，他能不來嗎？」

司馬長風緩緩坐下，才道：「叫他來見我。」

司馬駿道：「孩兒這就去叫他。」

室內，只剩下司馬長風一人。他四下瞧個夠，然後順手從古董架上陳列的許多兵刃之中，選了一柄寒森森的匕首，納入袖內，才回到原來的座位之上，口中自言自語的道：「不怕一萬，就怕萬一，還是小心為是，哼哼！」他冷哼聲中，帶著一股寒意，也隱伏著無限的殺機。

腳步聲動。

司馬駿在前，費天行一步一趨的緊跟著跨進門來。

費天行雖當了丐幫幫主，並未換上百結鵪衣，也沒有背九袋褡褳，依舊一身黃衫，往日裝扮。

他跨進門來緊走一步，肅身施禮，向高踞而坐的司馬長風道：「費天行見過老莊主。」

司馬長風面帶微笑道：「免了吧，天行，你已不是司馬山莊的總管，而是丐幫的龍頭老大，一幫之主了。」

費天行忙道：「屬下怎敢放肆！能回丐幫，是老莊主的仁德。」

司馬長風拈鬚而笑道：「只要你記得就好。」

費天行道：「屬下終生難忘！」

司馬長風點頭道：「那就好。那就好。」

費天行見司馬長風面帶春風，這才開口道：「不知莊主召屬下有何吩咐？」

司馬長風且不回答，順手在案頭抽出一張文書來，笑著道：「上次你離莊之時，臨行匆匆，忘記把你這張親筆文件還給你，現在原物交還。」

費天行一見，不由打心坎裡感激司馬長風的仁厚。原來，他不看就知道，那是自己借用三十萬兩白銀，重建丐幫總舵龍王廟的一紙賣身契。

因此，他且不去接那紙契約，口中連聲道：「屬下蒙莊主准回丐幫，已感激不盡，這紙契約，應該存放在莊主手上，只等丐幫內部穩定。有了適當領導之人，屬下立即回來，聽候差遣。」

司馬長風冷眼瞧著費天行。

費天行的詞意懇切，態度端肅，確是由衷之言。

然而，司馬長風十分認真的道：「不！銀錢乃身外之物，你當了丐幫之主，就是名門正派的主子，我不但不要你再回山莊，而且要幫助你發揚幫務，揚名立萬。」

費天行恨不得立即跪下叩幾個響頭，一臉的感激之色，恭謹的道：「多謝莊主！」

司馬長風淡淡一笑道：「你既然不願收回、老夫把它毀了吧。」

說著，將那紙契約揚了一揚，表示是如假包換，然後三把兩把撕個粉碎，揉成一團，振腕丟向牆角雜物堆裡。

司馬長風的神情，真的十分誠摯。

費天行幾乎感動得流下淚水，撲身跪倒在地，伏首道：「屬下真的不知怎麼報答，只有來世結草啣環以謝莊主天高地厚之恩！」

「不必！」司馬長風忽地一改和藹可親的臉色，收起笑容道：「你起來，咱們不必說什麼來生

結草啣環，老夫眼前就有一件事交給你辦。」

費天行恨不得以死相報，如今聽了司馬長風之言，不愁反喜的道：「莊主儘管吩咐。」

司馬長風的臉色更加嚴肅，雙眼凝視著費天行，神情有些緊張的道：「這件事非同小可，你可不能等閒視之，萬一我說了出米，你辦不到的話，後果是很嚴重的，你知道嗎？」他再一次的強調事情的不平凡。

然而，費天行朗聲道：「莊主，粉身碎骨，赴湯蹈火，屬下即使拚了性命也不讓莊主失望。」

「好！」司馬長風臉色稍有笑容，但是，神情十分認真的道：「我已選定了端午節那天，在司馬山莊舉行一個很特別的武林大會。」

費天行道：「屬下願意暫時放下丐幫幫務，以總管的身分，替莊主張羅。」

不料，司馬長風不住搖頭道：「不！你仍舊是丐幫幫主的身分前來赴會，不過要率領丐幫的重要人物，如八方長老、水陸兩路的分舵舵主，加上各級護法，一同來參加大會，不能缺少一個。」

費天行忙道：「屬下照辦。」

司馬長風微笑點頭，又道：「這樣就好，你且坐下來，我還有話與你商量。」

三年來，費天行在司馬山莊，從沒見過司馬長風這等親切，這等語氣和藹過，尤其是「坐」，在司馬山莊，費天行乃是「總管」。說穿了不過是「僕人的頭子」而已。

雖然司馬山莊儼然武林盟主，身為山莊總管是一人之下許多人之上，在山莊裡份量地位都很高，對外也受人尊敬，但費天行從來沒有在司馬長風身側坐下來過。

更有一點是「有話與你商量」，這商量二字，也使費天行受寵若驚，內心不由忐忑不安，料定必有驚天動地之事，還是……

司馬長風見費天行沉思良久沒有說話，不由道：「你在想？」

費天行不由悚然一驚，忙道：「哪有屬下的座位，莊主說商量，屬下更不敢當。」

司馬長風仰臉笑了聲道：「哈！費幫主，你可知道這次武林大會的用意嗎？」

「屬下愚昧。」

「歃血大會。」

「歃血？」

「對！我選了八大門派以外的野仙遊俠，要組織天下第一流。」

「天下第一流？」

「不稱幫，不論派，不叫會，不立門戶，我叫它做『流』，這個『流』，就叫做『天下第一流』，懂嗎？」

費天行實在不懂，但又不敢說出口來，一時答不上話來。

司馬長風又道：「我之所以稱它為『流』，是想這個『流』像是水一般，能掀起狂濤巨浪，又能像涓涓細流，無孔不入，無處不在，靜時淙淙不絕，動時滾滾瀉瀉，像洪流似的，席捲天下。哈哈……天行，你該明白了吧。哈哈……」說到興起之際，司馬長風忽的從座位上彈身而起，舉起雙臂，長笑不已，似乎天下只有他一人，似乎他已是宇內的至尊，武林的宗主。

費天行不由瞠目結舌。因為，目前司馬山莊在江湖上已經有崇高的地位，武林中承認的盟主，一劍擎天的名號響亮得很，實在用不著再舉行「歃血」大會。「歃血」大會是一門一派的開幕大典

的儀式，或是結盟併寨才有的禮數。司馬長風約誰來，已經指出是「野仙遊俠」，假若是真的歃了血，不用問，現在的名門正派，是參加還是摒諸門外呢？參加，無形之中名門正派自然瓦解，因為都併入司馬山莊。不參加，司馬長風的性格，加上「天下第一流」的構想，勢必要消除異己，那麼……費天行覺著一陣陣冷汗順著自己背後滲出，內裡的裡衫濕透。

司馬長風焉能看不出費天行的心思，冷冷的道：「天行，你不贊成我的意思？」說著，他高舉的手臂突然垂下。

「噹！」藏在袖內的匕首應聲落地，巧的是那柄匕首落下時乃是刀尖朝下，「篤」的一聲脆響，竟然插在麻石鋪成的地面，幾乎整支匕首都刺入石中，力道之沉可以想見。

費天行忙道：「屬下斗膽請問莊上，丐幫承蒙莊主面囑屆時前來，是不是要充任接待宇內高人，或大會中各級執事？」

不料，司馬長風搖手不迭道：「不！你率領丐幫前來是參加歃血，並不是要擔當什麼職司。」

費天行的一顆心幾乎要從口腔內跳出來，但臉上卻帶笑道：「哦！屬下……」

「你聽我說！」司馬長風攔住費天行的話，道：「天下第一流的主流是司馬山莊……其餘各處沒有門派的高手我都一齊網羅過來，算是主流的一點一滴小水泡。你嘛，哈哈！天行，算是第一道支流，你還滿意嗎？」

費天行勢在必問的道：「那麼一來，莊主，丐幫呢？丐幫算是什麼？」

想不到司馬長風忽然前跨一步，走近了費天行道：「你從來沒想到丐幫二字非常難聽？你忘記了丐幫被黑白兩道稱做窮家幫？要你率領丐幫的重要人物前來歃血，就是要給你天大的面子，從歃血之日起，不准任何人再提丐幫，掃去那個難聽的『窮』字！」他口中說著，腳下不經意的一寸一分的前移，等到話說完，人已在費天行的身前五尺之處，探手可及。

費天行通身發毛，汗流夾背。

司馬長風就在此刻，突然右手疾伸，搭在費天行的左肩之上。

費天行乃練功之人，而且是列名高手。自然反應靈敏，人雖不敢躍退，而暗地裡已將全身真氣上提，力道凝聚在左肩琵琶骨及肩井大穴。

司馬長風豈不感到有股反彈之力，不由朗聲而笑道：「天行，你的功力進境很快，反應的力道也恰到好處。哈！嘻嘻！」

費天行的一張臉既紅又熱。適才，真的是性命交關的一剎那。只要司馬長風的五指運功抓下，費天行必然落一個半身殘廢，甚而二十年的功夫，算是白練了。

好在司馬長風按在肩上的手，絲毫沒有展功用力，只像平常人搭肩輕拍，接著司馬長風又道：「還有一件事，想來你一定樂意知道的，就是你母親的消息。」

「莊主！」費天行幾乎要大叫起來。

司馬長風又道：「我不但有了確實的消息，而且已將老太太接到一個最安全的地方，這該是你天大的喜訊吧。」

司馬長風說完之後，不等費天行回話，收起按在他肩上的手，折身緩步走回豹皮掩墊的太師椅，若不經意的坐下來。

費天行不由將信將疑。

解散丐幫，投入「天下第一流」，是費天行無論如何也不能接受的，因為數百年的丐幫，不能毀在他的手裡，不敢做千古罪人。

費天行在問明了歃血大會的用意之後，原已是吃了秤錘鐵了心。即使是拚了一死，也不能答應司馬長風的要求。

他料不到突然之間，司馬長風會冒出有了他母親下落的消息。費天行是丐幫出了名的孝子，他之所以能進入丐幫，也是九變駝龍常傑的大師兄。人稱「日走千家」飛毛腿葛天民偶爾之間發現他事母至孝，又是練武的上上之材，才刻意的傳授了丐幫的打狗棒法。交到九變駝龍常傑門下，存心要他接棒做丐幫的掌門。

因此，他聽說母親有了消息，不由為難起來。

司馬長風的性格固然是專門控制別人，利用別人的弱點，不擇手段達到自己的目的，在此時此刻提了出來，一定是逼著費天行投靠，居心的尖酸刻薄甚至到了惡毒的地步。

費天行除非是不顧老母的性命，否則沒有第二條路可走。只有聽他的擺佈，牽著鼻子走。

此時，司馬長風又故作緩和的道：「天行，我可不是拿你母親來脅迫你，你可以自做主意，仔細的斟酌一番，然後再回我的話。」

他說完，又微微打了個哈欠，顯出倦容，彷彿話已說完，有「我倦欲眠君且去」的逐客之意。

這當然是欲擒故縱的姿態。

費天行一見，連忙趨步向前，低聲下氣的道：「莊主，屬下可否見家慈一面？」

司馬長風毫不猶豫的道：「當然可以。」

費天行大喜過望，忙道：「莊主……」

司馬長風搶著道：「眼前還辨不別，因為你母親的失蹤是有人存心安排，路途遙遠得出乎你想像之外，我已差專十八血鷹中的六人前去迎接，保護她老人家平安的到司馬山莊來。到時，你何止與你母親見面，而且朝夕相聚，晨昏定省，享受天倫之樂。哈哈！天行，你安心，為時不遠了。」他娓娓道來，活神活現。

費天行天性至孝，他不能不相信司馬長風的話。

然而，他對丐幫的事卻是另一個想法。他不能為一己之私，為盡個人的孝道而毀了整個丐幫。因此，他試著幾近哀求的道：「莊主，家慈之事屬下縱然一死不足報深恩，不知……不知此事可否與丐幫歃血之事另說另講了？」

他料定此言一出，司馬長風可能會勃然變色，甚而大發雷霆。

誰知，司馬長風卻冷冷一笑道：「丐幫就是你，你就是丐幫。天行，我之所以放你去當這個幫主，難道你還不明白嗎？我也累了，你也去歇息吧。」

司馬長風說完，已立身而起，連眼也不看一看費天行，邁步跨過屏風，逕自走向臥室。臥室是司馬長風自己一個人的天地，除了司馬駿之外，連費天行也沒進去過，是司馬山莊的第一號禁地。

外廳，只剩下費天行。

對著空蕩蕩的大廳，費天行除了發呆之外，還有什麼呢？地底深處，本來是冬暖夏涼的。此刻，一絲涼意，伴著費天行淒清的一聲歎息，在寬闊的大廳上空飄蕩，久久沒有散去。

好生淒涼！

中州，有幾個知名的城鎮。

彰德府，是個南北雜貨的集散地，一年四季商賈雲集，車馬相接，煞是熱鬧。

崑崙派每年一次大會今年選定這個府城舉行，乃是最為難得。會期定在三月二十八日。這一天，是東嶽大帝黃飛虎的生日。

崑崙派的大會，為何不在總舵所在地的崑崙山呢？

一來，崑崙山地方偏僻，各路人馬往返舟車不便又費時日，尤其要邀請的賓客也往往因路程遙遠而十請九不到。

二則，崑崙一派自七十二代之後，由於收徒氾濫良莠不齊，惡性影響所及，幫務不振，總舵幾乎自顧不暇，徒眾分散，人力、財力都有不勝負荷之感。

於是，掌門人西門懷德將一年一度的大會責成幾個人手眾多財源充足的分舵輪流辦理。

彰德府南來北往的人多，商業頻繁，幫務容易發展，財源不虞缺乏，是最好的大會地點，南北相距又恰在中站。因此，更加熱鬧。

處在北門外的「東嶽大帝廟」提前一個月，已經整修得煥然一新。

北方的廟會，是一件大事，四面八方的商人，早已向廟祝接洽，要租賃一片地方，搭建臨時的棚帳，賣草藥、農具、傢俱、吃食、茶點、玩具、衣飾……

廟祝本來就是崑崙弟子，他憑廟中的人手是不夠的，所以也把這件事交給崑崙彰德府分舵來辦。崑崙門彰德府分舵的舵主，人稱「拚命郎君」羅大友，在地方上頗有些名望，可惜他是憑這點名望被崑崙派給看上的，目的只在借重他既有的名望，故而論手底下的功夫，並沒得到崑崙門的真傳，花拳繡腿而已。

大會就在東嶽廟，而接待四方前來與會的地方，卻是彰德府最大的一間「仕官行台」，店名叫做順風莊。順風莊在彰德府最熱鬧的商業中心，南門大街街頭，北門大街的街尾，一連五進，門面七間，氣派十分宏偉。店主也是個舞刀弄棒的朋友，算是崑崙俗家弟子，叫做薛無痕，練就一身輕身功夫。

這一天，正是三月二十五日。天色也不過是黎明，太陽剛剛露出臉。

一個凶巴巴氣虎虎的黑衣青年，便風塵僕僕的跨步上了順風莊的台階，對剛剛起床未久，正在卸下大門門板的店小二帶者三分怒容道：「店家，你們這是不是叫做順風莊？」

店小二帶笑指著大門額上的一塊金字牌匾道：「喏！金字招牌，順——風——莊！就此一家，別無分店。」

凡是店小二，可以說沒有老實人。因此，店小二說話的神氣活現，是比平常人來得俏皮。

誰知那黑衣少年聞言厲聲道：「難怪順風莊的氣焰逼人，連個狗腿子店小二也眼高於頂，目中無人。」

「咦！」店小二斜著眼道，「這是從何說起，我是狗腿子嗎？就算是，也是崑崙門的狗腿了，該不是客官你養的狗腿子吧！」

黑衣少年益發不悅的道：「客人上門，就是你的衣食父母，連你們掌櫃的也是一樣。」

誰知，店小二嘻嘻一笑道：「客官，改天吧。今天，咱們順風莊被別人包了，七天以後，再請你來照顧。」他說完之後，自顧去搬門板，再也不理會那黑衣少年。

黑衣少年勃然大怒，一跨箭步躍進店門，伸手隨意一推。但聽那一連五塊早已上好的門板，軸節斷落，發出聲大響，五次連在門閂之上，全部倒了下去。

店小二不由大叫道：「哪裡來的愣頭青，也不打聽打聽咱們順風莊的行情，大清早就來鬧事。」他這一大聲喊叫，驚動了所有店中隊計，一齊擁了上來，對著黑衣少年亂吼一通。

黑衣少年一言不發，順手抽出一根門閂，揚起股勁風，也吼道：「怎麼，想打！」

「打」字出口，場面大亂。二三十個夥計，呼哨一聲，群體而上。

黑衣少年氣定神閒，振腕揮動手中門閂，逢人便打，遇物就砸。一時，呼痛之聲不絕於耳，嘩啦噼啪之聲此起彼落，亂成一片。

後進腳步聲中，走出一個孔武有力的漢子，年約卅餘歲，身材瘦削，薑黃面色，雙目有神，兩眉緊皺。人在二門以內，陡的一式鳶飛魚躍，人已到了前堂大廳之上，高聲喝道：「閣下住手！住手！有話找我姓薛的說，該如何我是店東，願一力承擔。」

黑衣少年聞言，這才將手中門閂丟在地上，也朗聲道：「你就是店東，你名叫……」

薛無痕拱手道：「在下薛無痕，請問閣下是……」

黑衣少年掀起雙眉道：「黑衣『無情刀』紀無情，聽說過沒有？」

薛無痕不由臉色一怔。

廿七　辣手判官

南劍北刀，馳名宇內，紀無情的名號在武林之中。喧騰不是一時片刻。常玉嵐、紀無情、司馬駿、沙無赦，被江湖上譽為武林的四大公子，也是家喻戶曉的人物。

薛無痕開了招商客寓，眼皮本來就雜，雖沒見過四大公子的任何一人，但聽說早已聽說過。因此，他連忙上前，拱手為禮，面帶笑色道：「失敬！失敬！原來是南陽紀府的紀爺，下人不知，多多得罪，請息怒！在下賠禮，請！」薛無痕單掌肅客向後進正房請。

紀無情怒意稍減道：「既然開張鋪面，可不能持仗崑崙派的虛名慢怠上門的客人，」

薛無痕忙陪著笑臉道：「紀爺，你指教的對，傭人無知，還請海涵！」

到了正廳，早有傭人端出茶湯敬客。

沒等薛無痕開口，紀無情放下茶杯，朗聲道：「薛掌櫃的，貴店共有多少客房？」

薛無痕應道：「總共有卅二個上房，九間下房。馬廄卻很寬大。」

紀無情不住的點頭道：「正好，從今天起，你們的客房全由紀某訂下了，不准再招待其他的客人。」

此言一出，薛無痕幾乎不敢相信自己的耳朵，愣然說不出話來。先前，薛無痕以為黑衣無情

刀紀無情，是崑崙門禮請前來參加崑崙年會的上賓，所以才以待客之禮接進正廳。為今，聽紀無情之言，顯然不是那麼一回事。因此，略一定神，依然帶笑道：「紀爺是不是本門帖請前來參加大會的？」

紀無情冷漠的道：「參加大會一點不錯，可惜，我並不是西門懷德那老兒請來的。」

薛無痕既是崑崙子弟，耳聞紀無情之言，不由怒沖沖的道：「自古文人相輕，咱們武林可沒有這個惡習，請紀爺看在武林一脈份上，對本派門主稍加尊重，薛某直言，紀爺莫怪，」

不料，紀無情聞言，單掌猛的一拍茶几。

「鏗鏘！」茶杯被大力一彈，竟然飛了起來，跌在地上摔成數不清的碎片。

紀無情森顏厲色的道：「西門懷德是你們的門主，可是，在紀某眼中，沒有他這一號的人物。今天紀某只談住店，談別的，你還不配。」

薛無痕也是條硬漢子，聞言也怒色吼道：「既然如此，本店恕不招待，送客！」

紀無情冷笑一聲道：「由不得你！紀公子我是住定了，喏！這是店房租金，飯食的銀子。」他說著，探手在懷內取出三個十兩來重的金元寶，順手向檀木屏風上丟去。

篤！篤！篤！嘶嘶風聲之中，三次脆響。三個金元寶一併排射進堅如鐵石的檀木屏風之上，幾乎全部看不見了。力道之猛，用法之巧，令人歎為觀止，也令薛無痕自料不是敵手。

然而，薛無痕乃是彰德的地頭蛇，又是常年開著這座全府城最大的旅社，免不了經多見廣，自料手底下不能解決，嘴皮子上也不能示弱，因此道：「紀爺是特意前來找崑崙一門的碴子？」

紀無情冷笑道，「由你去想！」

薛無痕苦苦一笑道：「我們開店的有開店的規矩，講究個先來後到，順風莊早已被人訂下了。紀爺，你呀，來遲了一步。」

紀無情既然是存心而來挑事找碴，便大講歪理的道：「如此甚好，先來後到，我紀無情不是先來嗎？既然他們後到，還有什麼話說。」

薛無痕為之氣結，又道：「紀爺，先來後到只怕不是你這等解釋吧。」

紀無情的劍眉一掀道：「我就是這等解釋。」

正在此時，店門之外，人聲嘈雜。

一個店小二氣喘如牛的跑進來道：「掌櫃的，門外又有十二個野漢，硬叫著要住店，不講道理，還要動手打人。」

紀無情一聽，笑了聲道：「嘿嘿！我的人到了。店家，快讓他們進來。」

話沒落音，幾個店小二跌跌滾滾的衝了進來。接著暴吼之聲一片，十二個粗壯健漢，半跳半吼的也進了正廳。

他們一見黑衣無情刀紀無情，一個個收起凶神惡煞的樣子，十分恭敬的站得挺直，其中一個向紀無情拱手執禮道：「請問敢是紀公子嗎？」

紀無情大剌剌的點了下頭道：「各位辛苦了，我已訂下這座順風莊，做為我們的下處，該歇著了。」說完，回頭對發呆在一邊的薛無痕道：「店家，引他們各就上房，梳洗之後，在大廳擺一桌上等酒筵，算是替他們兄弟接風洗塵。」

薛無痕氣得像一尊泥塑木雕的菩薩，咬著牙大聲道：「紀無情，枉費你是名門正派，把崑崙門

當成了什麼?欺人太甚!」他說著，由座位上跳了起來，向正廳外衝去。

「你還不能走!」斷喝聲中，紀無情已騰身而躍，攔住薛無痕的去路，冷冷的道：「你該先吩咐你的手下，把酒筵安排好再走不遲。」

薛無痕算是「光棍眼睛亮，不吃眼前虧。」他衡量著慢說是黑衣無情刀紀無情，就是那十二個漢子，人人都不是好相與的。因此，他強忍怒火，咬牙切齒的道：「好，薛無痕的順風莊認栽，可是，崑崙一派不會認栽，咱們是騎驢看唱本，走著瞧!」

紀無情狂笑聲道：「哈哈!好!紀無情找的正是崑崙派，你這種小角色，還不是我的對手。滾!半個時辰之內，要是不備好酒筵，我連你這順風莊，也拆成一堆瓦礫場，哈哈!」

就在此刻、門外一聲：「無量壽佛!」

聲音不大，但震得人耳鼓發抖，調子不高，但一個字一個字如同黃鐘大呂，帶動的餘音裊裊不絕如縷，久久尚有嗡嗡之聲。

薛無痕大吃一驚，卻也神情一愣，打量著門外門誦佛號之人。

原來是一個蒼蒼白髮，身材高大魁梧的偉岸道士。

那道士赤紅臉，連眉毛都是白的，奇怪的是沒有一根鬍鬚，下巴光禿禿的十分刺眼，也十分滑稽，一身八卦鶴敞半披半穿，散開前胸不束不扣，肩上扛著一柄光亮的鐵骨傘，大跨步進了大門。

因為前面的客廳中順風莊的人都被趕到正廳來，所以那道士進門之後，逕自向正廳走來，翻著對既大又亮的眼睛，瞧著紀無情道：「小伙子，你能公然大嚷找的是崑崙派，這份勇氣可佳，真是後生可畏!」

他口中說著，並不理會紀無情與薛無痕，甚而僅僅對正廳中一字排列的十二血鷹瞄了一眼，一疊身，自顧坐在正位，原先紀無情坐的大位上。

紀無情看得出，那道士步履之間，雖如常人，但步馬的穩、步法的健，分明有過人的內功修為。

因此，他不再理會薛無痕，折身向偉岸道士道：「道長，還沒請教你法號是……」

偉岸道士將肩頭的鐵傘重重的向地上一杵，「通！」發出聲震耳的大響，然後對紀無情咧咧嘴道：「一定要問嗎？」

紀無情已有三分不悅。

因為道士放下鐵傘，用的是大力手法加上收放的內功顯示——只發聲音並未將地磚砸碎，連損的痕跡也沒有，乃是外剛內柔的雙修功夫。

這種內外兼修功夫固然高明，只是嚇不到紀無情，因為紀無情家學淵博，從兒時經父母調教，也已達到了這個地步，並不足奇。

但是這道士炫功耀力，乃是敲山震虎的手段，實在是武家一忌。因此，紀無情面色一沉，冷哼一聲道：「道長功力深厚，紀某頗為欽佩，只是，外剛內柔，乃是雕蟲小技，南陽紀家的家丁護院，都練過三五年，哈哈！道長，你可能是江邊賣水，孔夫子門前賣文。」

那道士翻了翻大眼，盯視著紀無情道：「南陽世家紀飛虎是你什麼人？」

紀無情朗聲道：「你先報出名號來。」

「好！」道士咧嘴一笑道：「鐵傘紅孩兒『辣手判官』鄭當時，聽說過沒有？」他彷彿十分得意自己有這麼長的名號，也十分驕傲的又充滿自信的覺得自己的名頭是無人不知，無人不曉，雷響天下知的名人。

不料，紀無情淡淡冷哼聲道：「哼！沒有！」

道士勃然大怒，霍地從座位上站了起來，厲聲暴跳如雷：「好狂的小子！報上名來，道爺好超度你上路。」

他的一頭白髮，本來披散垂肩。此時突然根根倒立，好像一個紅土堆上長滿了蓬蓬亂草，甚是怕人。同時，道士的一雙大如銅鈴的眼睛，一閃一閃，不停的放出懾人藍光，形同鬼火，比傳說中的山精妖怪，更加凶狠。

紀無情雖然狂放，也不覺悚然一驚，閃身退出正廳，朗聲道：「老怪物，你是人還是鬼？」

辣手判官鄭當時手中鐵傘向地面一撐，人已尾隨而出，就在院落之中喝道：「快報名來！」

紀無情「嗆啷」聲中無情刀出鞘，橫刀當胸，朗聲道：「紀無情！你聽說過沒有？」

「紀無情？」鄭當時口中喃喃的道：「看你這把無情刀，應該是南陽世家的傳人，你與紀飛虎怎麼個敘法，是他什麼人？」

紀無情道：「他是先父，我是他唯一的兒子，這把無情刀你既然見識過，那該心裡有數。」

鄭當時的怒火稍息道：「有什麼數？」

紀無情道：「不大好應付。」

鄭當時本已平息的怒火，突的又發作起來，怒吼道：「小輩！當年你爹與我雁蕩山七天七夜，也沒分出勝負來，憑你這年紀，能比你爹高嗎？」他說時，忽然將手中鐵傘迎風一抖。

呼——一陣猛然的勁風，應聲而起。

鄭當時的那柄鐵傘，原來只有傘骨，八八六十四支傘骨，寒光閃閃，如同六十四片飛薄的利刃，加上鄭當時手握的傘柄不停轉動，利刃破風之聲刺耳驚魂，點點閃動寒芒，耀目生輝。

紀無情耳聞鄭當時之言，心知這老怪功力必非等閒，加上鐵傘乃是外門兵刃，不由格外小心。因此，他橫在胸前的無情刀不敢輕易出手，只是護住子午要穴，從天庭、玉柱、紋中、喉結、中庭、丹田、會陰，一線穿珠，守個牢固，然後凝神待敵，要先判明鄭當時的傘招。

鄭當時老奸巨滑，洋洋而笑道：「小娃兒，你倒老練得很，道爺的招數，不是你可以看得出的，先接這一招試試。」

鐵傘挾雷霆萬鈞之勢，把當面舞成一堵牆般的勁風，蒙頭蓋臉的向紀無情推來。

紀無情只覺著眼前黑漆一片，黑暗中有萬點寒星，不分個的迎面襲來，根本看不見辣手判官鄭當時人在何處，甚至連影子也沒有。

過招對敵，連對方都看不到，試想要克敵制勝，豈不勢同登天。

紀無情眉頭一皺，忽的側身橫跳丈餘，閃到通往外廂的出口之處，放眼尋找鄭當時的影子。

他這一招甚為聰明，一則可以從側面找到敵人的蹤影，二則因為像鄭當時手中鐵傘之等外門兵刃，既寬大又沉重，不能硬接，在狹小的空間之中也不易閃躲，只有找寬大的地方，也能利用靈活的身法，巧妙的招式，避重就輕，伺機制敵。

這時，正廳上十二血鷹一見紀無情有了敗象，十二人一聲叱喝，全都閃到院落之內，分為四方，圍住了辣手判官鄭當時。

紀無情一見，朗聲喝道：「這個老怪物還不用驚動各位，讓紀某一個人打發他上路。」十二血鷹的手下功夫究竟如何，紀無情並沒見過。

十二血鷹用的是軟刀，對付鐵傘如同螳臂擋車。

十二血鷹加入圍攻，滅了紀無情的威風，形成了群毆群鬥。

十二血鷹人多，把本來不寬的院落，擠在一起，對鄭當時更加有利。

因此，紀無情接著叫道：「鄭老怪物，有種的跟紀某到南門外亂墳崗比劃比劃，讓紀少爺伸量伸量你怪招絕學，我先去了，來不來在於你的膽量。」

他不等辣手判官鄭當時回答，人已一溜煙的竄出順風莊，逕奔南門而去。

辣手判官鄭當時鐵傘既已出手，焉能就此作罷，他本是三十年前的魔頭，為人在善善惡惡之間，而聽紀無情吆喝之聲，不由叫道：「小輩，竟然也有些我的脾氣。不喜歡群打濫仗。好！道爺看看你有多大的能耐，就權當舒散舒散筋骨。」說著，連鐵傘也不收，尾隨著紀無情，半點也不放鬆。

此時，街頭已人潮如鯽。

然而，紀無情幾個閃躍，快如飛矢般在前，鄭當時舞動鐵傘，如同一個大車輪緊跟在後，不免引起一陣騷動，路人也紛紛走避。

亂墳崗就在南門外兩箭之地，平時極少有人來往。

紀無情選定一個稍為平坦的窪地，立在塊大石碑之上，朗聲道：「鄭當時，有什麼奇招絕學，你就儘管連壓底的玩藝都亮出來吧，」

辣手判官鄭當時悶聲不響，舞動鐵傘，瘋了一般出招連人帶傘，滾捲如潮，硬生生向紀無情立身之處撲去，勢同驚濤拍岸。

紀無情一路飛奔，心中卻在盤算鄭當時的招式，尤其是揣摩著漆黑一片的傘招。

竟然被想出一套妙著。

傘勢席地捲未，不妨凌空飛躍。

傘勢平面推來，專門側跳斜騰。

傘面當頭壓下，立刻矮身遊走。

因此，他眼見鄭當時人傘合一滾騰而至，長嘯一聲，提氣上拔，猛然穿過鄭當時的頭頂，無情刀下削帶刺，認定鄭當時戮去。

鄭當時人在地上，幾乎是不斷滾動，這種滾動之勢，一時怎能收勢停身。

幸而他對敵經驗老到，急切之間，人在地上，雙臂來個急轉彎，硬將旋動之中的鐵傘倒轉過來，嗤叭一聲，因旋勢太急，一大半傘骨，竟刺進身後的一個墳墓堆中。

紀無情原本要下撲連人帶刀奮力一搏，忽然順鼓的勁風猛然一旋，心知不妙，眼前金風刺來，幾乎近在眉睫，一股涼意起自心底，嚇得大呼一聲：「不好！」拚著全身之力，將整個人捲成一團，連翻帶滾，就在毫釐之差，滾到一個墳堆之後。

這時，辣手判官鄭當時，也是額上嚇出冷汗，茫然呆立在三丈之外。

兩人彼此都滿面驚嚇，彼此誰也不敢輕易出手，就這麼相對逼視著，像兩隻鬥雞。

辣手判官鄭當時心想：「這個紀無情年紀輕輕的，就這麼凶狠，比他老子紀飛虎要高明許多，

我苦練了十來年豈不是白練了！隱姓埋名為的是什麼，就等重出江湖一舉成名，而今……」

紀無情也在想：「難怪他當年與爹爹力拚多日沒有分出勝負來，看來不可輕視，我這等挖空心思，針對他創出來的絕招，不但沒能奏效，而且幾乎被他反擊成功，要是被他的精鋼傘骨砸個正著，雖然不是被切成兩段，恐怕也是多了十餘個血孔，還有命嗎？」

足有盞茶時分。

兩人像是不約而同，齊的發聲吼，雙雙騰身而起，傘風似海，刀光如山，凌空中又換了一招。

「錚！」火星四濺，兩股勁風相擊，發出聲悶響，又是不分上下。

紀無情偷偷看了一下手上的斷魂刀，幸而用的是刀背，因此並無損傷。

鄭當時也在抽招之時瞄了自己的鐵傘一眼，卻沒有被紀無情的刀背砸壞。

就在兩人換招之後。

從亂葬崗外的小路上，一群人快步如飛跑來，為首的正是崑崙一派現任掌門人西門懷德。

西門懷德的人在老遠，大聲嚷道：「當時兄，千萬不要動手。紀賢侄，快快退下。」

他的喊叫聲中，人已到了亂葬崗的草坪之上，拱手向辣手判官鄭當時含笑道：「鄭兄，你老久未出山，今天能重出武林之初，第一次就肯來參加本門大會，乃是小弟的光彩，何必與紀少俠鬥氣。」

說完之後，回頭向紀無情道：「紀少俠，別來無恙，我來引見……」他的話尚未落音，紀無情搶著吼道：「不必！哦！原來這個老怪是你請來的。」

西門懷德聞言，不由奇怪的道：「紀少俠，難道你生老夫的氣？」紀無情不怒不吼，反而冷冷的一笑道：「一點也不錯，西門懷德，你少裝蒜，紀無情找的就是你。」

「找我？」西門懷德莫名其妙的茫然道：「是為了來參加本門的大會？」

紀無情的臉色一沉道：「呸！少在臉上貼金，狐群狗黨，開的什麼大會。」

此刻，十餘崑崙弟子已到了當場，聞言個個怒形於色，但是礙著本派的掌門在此，弟子們不便多言。

西門懷德算是修養有素，雖然臉色一紅，但強自按捺下來，緩緩的道：「少俠此言差矣，崑崙開山數百年來忝列八大門派之一，我不敢說什麼名門正派。但也不是你所說的狐群狗黨。」

這時，辣手判官鄭當時道：「西門兄，這真的是紀飛虎的兒子嗎，為何如此狂妄？」

西門懷德點頭道：「飛虎兄少年之際，也是個性情剛烈的人，不過，他是理字當頭，義字為重。」

紀無情聞言，更加火上加油，暴吼道：「你們也懂得什麼叫做理，什麼叫做義？」

西門懷德朗聲道：「不敢說全懂，但是老夫的為人武林自有評論。少俠，近十年來，本門弟子因為人數過多，良莠不齊在所難免，若有得罪之處，只要你指出名來，三日之後的大會上，我一定按門規處治，給你南陽世家一個滿意的交代。」

紀無情咬牙發出一個無聲的冷笑道：「真的？」

西門懷德忙道：「老大身為掌門，別的不敢誇口，這一點自信還辦得到！」

紀無情又追問一句道：「真的？」

西門懷德道：「只要你點出名來，舉出事實，一定還你一個公道，鄭老可以做證。」

紀無情將手中無情刀舉起，遙指著西門懷德，沉聲大聲道：「就是你，西門懷德！」在場之人全是一陣愕然。

一眾崑崙弟子，互望一眼之後，不由鼓噪起來，三五個已再不能忍耐的急性漢子，已高聲嚷道：「掌門，這紀無情是存心找碴挑事來的……」

西門懷德苦苦一笑，一隻手掌虛空輕輕按了兩下，阻止了門下弟子，卻又向紀無情道：「紀世兄，老夫適才說過，要舉出真憑實據，你的真憑實據在哪裡，老夫又做了什麼開罪你南陽世家的錯事？」

紀無情怒氣沖沖的道：「錯事？何止錯事。你心狠手辣，殺了我一家二十一口，放火燒了紀家的基業，難道是假的嗎？」

鄭當時聞言，不由身子一震，瞪起雙大眼睛，望著西門懷德。

西門懷德反而朗笑聲道：「少俠，你的玩笑未免開的忒大了吧！」

紀無情道：「本少俠哪有心情與你開玩笑。西門懷德，依我的性子，現在就要向你討回這筆不共戴天的血債。可是，哼哼！少俠我忍耐三天，三天之後，我要在東嶽廟當眾揭開你凶惡的面目，當眾要你血染七步，割下你的六陽魁首，血祭我紀家二十一口的在天之靈！」

他越說越氣，臉色鐵青，一雙虎眼幾乎要從眼眶內暴出來，然後冷哼一聲又道：「你儘管邀人保鏢，紀無情若是不能報父母血仇，哪算我學藝不精，從此，江湖之上，再沒有南陽世家這一號！」

西門懷德是既急又氣，逼得說不出話來。

紀無情又道：「你為何不說話？」

西門懷德這時才透過一口氣來道：「這話是從何說起？未免血口噴人！」

紀無情道：「我的話已說完，咱們三天之後在東嶽廟見！」他說完之後，反手還刀入鞘，一個彈身，就待離去。

西門懷德彈腿疊腰追蹤而起，朗聲道：「且慢！紀少俠，你所說的事，是親眼所見嗎？」

紀無情爽朗的道：「沒有！」

西門懷德道：「聽了別人的話？」

「對！」紀無情雙拳緊握道，「你自為神不知鬼不覺，沒算到有人親眼目睹吧。」

西門懷德道：「此人是誰？老夫願意與他三當六面的對質。」

紀無情冷漠的搖搖頭道：「我發誓不說出此人，他才肯將實情相告，我是不會告訴你的，西門懷德，你心中明白就好。咱們三天之後見，我不怕你一走了之，哼哼！一派一門的大會，總不會見不到掌門人吧！哈哈……哈哈哈……」

狂笑聲中，紀無情的人已平地躍起，衣袂連振，像一縷黑煙，已在十四五丈之外。

西門懷德大叫道：「紀少俠！紀無情！」

然而，黑衣無情刀紀無情三幾個起落，已沒入荒煙蔓草之中，看不到影子。

西門懷德喟然一歎道：「這是閉門家中坐，禍從天上來。」

辣手判官鄭當時皺了皺眉頭，低聲道：「西門兄，這姓紀的娃娃所說的話……」他說到此處，猶豫了一下，才又道：「我想不會吧！你與南陽世家向有交往，毫無芥蒂，更沒有利害衝突，怎能下此毒手殺人滅門？」

西門懷德連連搖頭道：「鄭兄，你該知道，崑崙一門日漸沒落，我日夜憂心忡忡，自顧尚且不暇，怎能惹事生非，哪有力量殺人放火。再說，小弟的個性，也不是心狠手辣之人。」

辣手判官鄭當時不由失聲一笑：「噗！我想你是不會的，是否有人嫁禍江東？」

西門懷德道：「我西門懷德的才略不足是真，但從來沒得罪過人，誰會陷害我？」

這時，崑崙弟子中一人道：「上稟掌門，兵來將擋，水來土掩，紀無情蠻橫無理，我們也不是好欺負的，與他拚了！」

西門懷德道：「這不是崑崙一派的事，要是把近日江湖上一連串的事聯起來，只怕一場暴風雨就將來臨，血腥殺劫，是免不掉了。」

辣手判官鄭當時道：「久別中原，難道三十年前的熱鬧又要重演嗎？」

西門懷德不住的歎息道：「先是血鷹重現，現在是出了『桃花血令』，看來這場殺劫，要比三十年前還要來得厲害。」

他這位老掌門一臉的悲天憫人之色，當然對於三天之後的大會更加擔心。

因為紀無情臨行的那股怨氣、那份怒火、那深的恨、那凶的神色，分明是抱定不共戴天的決心，誓死相拚的架勢，常言道：一人拚命萬夫難擋。再說，紀無情是有備而來，諒來不僅他一人，所知道的已有十二個來歷不明的高手，齊集在順風莊。

辣手判官鄭當時眼見老友面色凝重，神情黯然，不由道：「西門兄，我鄭當時算是真的當時，三十年不履江湖，再出道就碰上這場熱鬧，講不得，只好認了，雖不是你崑崙中人，也不會袖手旁

觀。」

西門懷德悠然一歎，拱手為禮道：「鄭兄，但願憑你的無上功力，震懾住這一次殺劫，崑崙門別無妄想，只想這次大會平安無事。唉！」他的一聲長歎，淒涼至極。

亂墳崗在西斜的太陽光下，愈覺得肅殺、寂寥。

暮春季節。

北國的原野，麥浪迎風，大地翠綠。一望無垠的遼闊，是那樣開朗豪邁。

然而彰德府卻隱隱地有一重化不開的殺機。

出了北門，這股殺氣騰騰的氣氛。連一般人也感覺得出來，只是誰也不敢過問。

在八大門派之中，崑崙一派雖然像一個破落戶，但在彰德府，卻是叫得噹噹響的江湖字號。一則「拚命郎君」羅大文是地頭蛇，上起官府，下到雞鳴狗盜之徒，莫不知道有這一號，因此，人緣極佳。二則，崑崙門一年一度在彰德府舉行，官府自問惹不起。於是睜一隻眼閉一隻眼，而分舵中也早已從上至下的有了打點。衙門八字開，有理無錢莫進來。常言道：「有錢能使鬼推磨」。受到好處的官府不聞不問，百姓們誰敢多事。

因此，通往東嶽廟的路上，公然的安了明樁，各站刀劍錘抓，其餘的暗樁，也密密麻麻，把這短短的官塘大道守得水洩不通。而會場東嶽廟，更加關防得嚴，像一個鐵桶一般，沒有崑崙門的信物，斷難混得過去。

分舵之主「拚命郎君」羅大文，分為早、午、晚一天各三次自己親自帶了手下逡巡，平時，分

舵的執事，輪流查察毫不懈息。

為了使大會做得熱熱鬧鬧，保留崑崙派的顏面，對於周近數百里來趕集逢會的買賣客商，崑崙門分別安慰，鼓勵他們照舊參加來做生意，免得大會冷冷清清。所以，雖然是山雨欲來的危機四伏。但外弛內張，表面仍舊是昇平景象，熱烈異常。

崑崙掌門人西門懷德，是夜派出門人，四下延請各門各派的高幹，專誠邀請他們參加大會，既想藉著各方實力，做為震懾江湖的聲勢，必要時也可能多一些幫手，把自己一門一派之事，擴大為整個武林的糾紛，將這千斤擔子分開了來。最不濟，也多幾個排解的魯仲連，把大事化小，小事化無。

已經是三月二十七了。

時近初更。月黑、風高、雲濃、星稀。

一連兩天，並沒有黑衣無情刀紀無情的訊息。

西門懷德坐鎮在東嶽廟正殿，上首，坐著鐵傘紅孩兒辣手判官鄭當時，右首，坐者一個斑白頭髮又白又胖長相非常富態的老太婆。

那老太婆初看上去，與常人並無二致，假若仔細一看她那對白森森的大眼睛，令人不寒而悚。因為除了她的眼睛特別大之外，眼珠子白森森的，竟然沒有半點黑瞳子，比盲目的瞎子還要怕人。

這時，她的一雙白眼珠微微一動，仰臉對著大殿的屋頂，咧開厚嘴唇，破鑼似的喊道：「西門，怎麼一連三天都沒動靜？姓紀的小子是唬人的吧，會不會早已溜之大吉，離開彰德府，害你窮緊張一頓？」

西門懷德苦笑道：「不可能，紀無情年輕氣盛，做事不會虎頭蛇尾，他是有備而來。」

鄭當時也扶了扶身側的鐵傘，點頭道：「來者不善，善者不來，那小子手底下有兩下子，不會甘心就此溜之大吉。」

老太婆冷兮兮的道：「西門，那小子會不會聽說我來了，他知難而退。」

鄭當時不以為然的道：「老姐姐！你我多年沒有在江湖上露面，常言道老雞老鴨值錢，人老了可就不值錢了。對不對？」

老太婆聞言，白眼暴動一下，有些著惱的道：「我不服氣，雖然多年沒出道，『瞎眼王母』柳搖風七個字還沒人敢忘吧。」

「瞎眼王母」柳搖風二十年前可是棘手角色，當年九嶷山有一個知名的門派，開窯立寨的開山祖師原來是一個生苗、人稱九天飛狐，柳搖風就是「九天飛狐」的妻子。

「九天飛狐」來自苗疆，落腳九嶷山開山擋萬，憑他一身怪異的武功，確也創下了名頭，漸漸為八大門派所接納，幾乎形成了八大門派以外的第九大門派。

怎奈，「九天飛狐」野性難馴，野心逆大，不但不與八大門派修好，而且揚言要消除異己。見了八大門派之人，不分青紅皂白，一律用最惡毒的手段對付，死在他手下的武林朋友，簡直數不清。

因此，惹起了公憤。

先是，八大門派以牙還牙，見了九嶷山的子弟，也大施報復。

惡性循環，九嶷山與八大門派成了死對頭。

僅只如此，「九天飛狐」憑著怪異的功夫，還不曾失敗，八大門派雖也有聯手一搏之議，還沒能找出制倒「九天飛狐」之策。

不料，禍起蕭牆，生性殘暴的「九天飛狐」對自己的門下，也是毫不留情，稍有不如意者，不是當眾用功力立斃大庭廣眾之前，就是用野蠻的剝皮吸血手段加以處置，令人慘不忍睹。

久而久之，人心渙散。

僅只是人心渙散，卻也無妨，內中幾個親信，竟然連起手來，乘著「九天飛狐」沉睡之際，用牛筋結成的練索，捆綁了個結實，燒紅了七十二柄火紅的匕首，刺進「九天飛狐」的通身七十二個大穴。

別說「九天飛狐」也是血肉之軀，就是銅鑄的金剛鐵打的羅漢，也沒有不死的道理。

當時，「瞎眼王母」柳搖風，正值不在九嶷山而遠赴苗疆，一來採藥，二來參加苗疆的皇年拜月大祭。等到她事畢回轉九嶷山，一眾弟子煙消雲散，只剩下「九天飛狐」已殭未腐的屍體。

「瞎眼上母」柳搖風，據說抱著「九天飛狐」的死屍，足足哭了七天七夜，只到屍體已發出臭味，才在九嶷山前埋下，自己也找了一個隱秘的洞穴，從此不出九嶷山，偶爾下山，也僅止採買些火種而已，不再與江湖人士來往，也絕口不提「替夫報仇」的事。

這一次，湊巧下山，碰到崑崙派手下，用盡甜言蜜語，加上「辣手判官」鄭當時與「九天飛狐」生前頗有交情，才把這老婆子找到彰德府來押陣。

因此，「瞎眼王母」柳搖風對於鄭當時的話，認為是長他人志氣，滅自己的威風，打心眼裡一百個不服氣。

西門懷德生恐自己的兩個靠山起了內哄，忙不迭的陪著笑臉道：「柳姐姐，你的大名當然是無人不知無人不曉了，鄭兄的意思，是恐怕後生晚輩們不知道你內外雙修的至上功力，所以……所以……」

「瞎眼王母」柳搖風拉開破鑼嗓子格格而笑道：「咯唔！那容易，靈不靈當場試驗，不怕死的，下妨來試試。我是眼瞎心不瞎，手更不瞎！」

她的話才落音。忽然，簷前那塊「東嶽帝君」的橫匾上，一縷黑煙似的飄一個花衣人來。

那黑乎乎的人未落地，尖聲尖氣的叫道：「說的不錯，一殘二瘋三大怪，是既不殘又不瘋，也不怪！」

正殿上除了「瞎眼王母」柳搖風，「辣手判官」鄭當時之外，西門懷德既是崑崙一派的掌門人，也有相當高的修為，此時，全部大吃一驚，不自覺的同時起步發難，全向那花衣人撲去。

這實在是不可思議之事。

崑崙門一年一次的大會，由於人頭複雜，三山五嶽的黑白兩道本就良莠不齊，因此，東嶽廟一月之前，已有戒備，別說是人，連一隻麻雀也躲不過明裡暗裡的監視防範，加上紀無情這麼一鬧，不分日夜崑崙弟子十二個時辰都時時小心，處處留神。

如今，就在正殿的頂上橫匾之中躍下一個人來，怎不使在座之人大吃一驚呢？所以，西門懷德等三人，已成三角之勢，圍了上來，其餘崑崙門人，也一窩蜂的擁上前去，圍在正殿四周，個個亮出傢伙。

橫匾上飄下的花衣人飄身下地，又尖聲叫道：「幹嘛！只聽說列隊歡迎，可沒聽說圍個大圈圈來歡迎客人的。這是新規矩嗎？」

「瞎眼王母」柳搖風已聽出了口音，不但沒撤身退後，反而左右開弓，雙手十指戟張，認定那人抓去，嘶啞著叫道：「臭瘋子，我就知道是你，鬼頭鬼腦的躲著嚇唬人！」

這時，西門懷德也看清了那人的面貌，不由笑道：「我的老哥哥，你這飛將軍從天而降，難怪，多年不見，你還是那麼瘋瘋癲癲的！」

說著，連忙對鐵傘已經抖開的「辣手判官」鄭當時道：「鄭兄，我來引見，這位是三十年前一殘、二瘋、三大怪的『宇宙雙瘋』之一，人稱『活濟公』的賈大業。」

鄭當時又奇又覺好笑。

因為三十年前「宇宙雙瘋」的名頭不小，自己雖然沒見過，但可慕名已久。

他只聽江湖傳言，「宇宙雙瘋」生性怪異，不但滑稽好笑，而且不分青紅皂白，也不分尊輩大小。有時，往往弄得人十分尷尬，但又無可奈何。

而眼前這位「宇宙雙瘋」之一，形象真的如傳說中的濟公活佛一式無二。

頭頂著一頂油膩烏漆的道僧帽，亂髮東長兩短，左灰右黃，臉上不知是油是灰、是汗是泥，除了翻著的厚紅唇與滴溜溜亂動的小白眼珠之外，分不出五官，看不出血肉，身上一襲像直裰又像僧袍的半截衣衫，不知道是什麼顏色，因為千百個補釘，五顏六色，一個壓一個，一個連一個，分不出底色來。下身的及膝處，卻是一條厚茸茸的被帶褲，腳下一隻是多年麻鞋，一隻是半短統靴子，卻又是新的，咧著嘴偏著頭，一閃躲在鄭當時的身後，尖聲叫道：「判官大人，快救命，這個瞎老

婆的爪子，我瘋子可受不了……」

鄭當時不由笑道：「沒有的話，老朋友了，真難得，大業兄……」

不料，賈大業忽然尖叫道：判官大人，話可要說明，我這個『大業』，可不是大爺、二爺的爺，乃是家大業大的大業，千萬不要誤會。」

這時，「瞎眼王母」已停下手來，笑道：「家大業大，不怕人笑掉大牙，天下哪一寸土地是你的，廟裡的哪一塊磚哪一片瓦是你的？」

「活濟公」賈大業道：「所以嘛，我選了多年，揀了姓賈。賈嘛，一切都是假的，假大爺，本人就是賈大業，嘿嘿……」

西門懷德笑笑道：「老哥哥真會說笑話，坐，坐，請來上坐！」

「上坐就上坐。」「活濟公」賈大業也不客套，忽的一弓腰，人像一個大猴子，縱身跳到正位的太師椅上，綣曲成一堆，縮著頸子道：「大掌門老弟。」既是武林之會就該熱熱鬧鬧歡歡喜喜，怎麼悶沉沉的，像死人發喪一般，又那麼緊張兮兮的？」

「瞎眼王母」心直口快，搶著道：「這你就別問了，既來了，有熱鬧好看的就是。」她說完，又折回頭去，對西門懷德道：「喏！我說麼，這不又來一個一流的幫手嗎？」

西門懷德沒來得及回話，「活濟公」早又把頭搖得不停，雙手連擺道：「唉……唉……少來，少來，大業我可是多年不動手，打不動了，打的方法也全都忘了，別扯上我，先此聲明，以免後論。」

西門懷德忙道：「老哥哥，講不得，我這個掌門人可待你多回啦。」

誰知「活濟公」完全不賣帳，連聲道：「恕難應命，我這次到彰德府來，是有所為而來。」

「哦！」柳搖風白眼一翻道，「你瘋瘋癲癲的能為什麼事？」

「活濟公」尖聲叫道：「大啦！事情大啦！聽說江湖上出了一個桃花血令，我可是奉了老大之命，來打探一下的。」

久未發言的「辣手判官」插嘴道：「你們賢昆仲也聽說了！」

「活濟公」逗笑的咧咧厚唇，似笑非笑道：「是呀！心想，武林大會是打探這個消息的地方，料不到重重關卡，我嗎，只好……嘿嘿……躲躲……」他指指大殿上的那塊匾，嘿嘿的笑起來。

西門懷德深知「活濟公」的性情，就是，他不答應的事，一輩子也不肯答應，任由你說盡好話，甚至如何懇求，也不能使他回心轉意。因此，他皺皺眉頭，不疾不徐的道：「老哥哥……這算你找對了。」

活濟公道：「怎麼說……」

西門懷德道：「這件事，我是略知一二。」

「噢！」活濟公色然而喜道：「真的？」

西門懷德並不回答真或是假，緩緩的道：「桃花血令是桃花林的人發出來的，發令之人是誰……」

「活濟公」迫不及待的問道：「是誰？」

西門懷德道：「令主是誰？我知道，但是，我沒見到過……」

「廢話！」「活濟公」本來的興高彩烈，聞言將欠起來的身子，又縮捲成一團道，「那有什麼用！」

西門懷德還沒來得及回話。大殿外面人影晃動，幾個崑崙門人十分不安的走來走去，伸頭探腦的向大殿內窺視。

「辣手判官」鄭當時照料一下，低聲對西門懷德道：「西門兄！好像發生了什麼事？」

西門懷德只顧向「活濟公」遊說，聞言才向正殿外朗聲道：「進來……」

「拚命郎君」羅大文跨步走上正殿，恭身道：「分舵舵主羅大文參見掌門！」

西門懷德略一頷首道：「發生了什麼事嗎？」

「拚命郎君」羅大文湊上前去，在西門懷德耳畔道：「八大門派之中，有五大門派已經到了，弟子都安排在私宅款待。」

西門懷德鬆了口氣道：「哦！那用得到大驚小怪嗎？真是！」

不料，羅大文又道：「司馬山莊的少莊主也到了，只是他辭卻本門的接待，不知落腳何處！」

西門懷德點頭道：「司馬山莊雖未開派立幫，十三省都有他的安排。」

羅大文把聲音壓得更低道：「上稟掌門，來了兩批十分神秘的人物……」

西門懷德搶著道：「兩批？神秘？什麼神秘人物？說仔細一點。」

這時，「活濟公」竟縮在太師椅上睡熟了，鼾聲大作如同雷動。「瞎眼王母」柳搖風見西門懷德只顧與分舵舵主呢呢喃喃嘀嘀咕咕，不耐煩的道：「大掌門，什麼事這麼神秘兮兮的，說出來大家聽聽不好嗎？」

「辣手判官」鄭當時也道：「西門兄，反正事情瞞不住，說出來大家拿一個主意也未可知。」

柳搖風嘶啞的道：「醜媳婦總得見公婆面。」

這話聽在西門懷德耳朵裡，雖然不是味道，但眼前的形勢，他可不敢得罪柳搖風。因此，紅著老臉苦苦一笑道：「他們說彰德府來了兩批神秘人物。」

柳搖風白眼一翻，眉飛色舞的道：「好呀！神秘人物！神秘才有味道，人在哪裡？」

西門懷德回頭對羅大文道：「大文，對柳老前輩與鄭老前輩稟明。」

誰知，本來呼聲震天的「活濟公」這時突然一躍而起，尖聲叫道：「嘿，還有我！我這個老前輩，最喜歡聽神秘的事，快說！快說！」

羅大文肅聲道：「是！這兩批神秘人物之所以說他神秘，第一，不屬於任何門派，第二，兩批人全是清一色的女性，個個如花似玉。」

柳搖風把嘴一癟道：「我年輕的時候，也是如花似玉，有什麼稀奇！」

在座之人幾乎要笑出聲來。但誰也不敢出聲，因為憑柳搖風現在的德性，即使年輕，也不會如花似玉，光是那對有白無黑的特大號眼睛，也漂亮不到哪兒去。

羅大文強忍笑容道：「奇怪的是那豪華的氣派，好比王公大臣的夫人，富商大賈的寶眷。」

西門懷德凝目道：「說不定果真如此！」

羅大文搖頭道：「掌門，從她們架車的鞭式，眼睛的光輝，分明是練家子。」

鄭當時不住的點頭道：「要是真的，這兩批人馬，可能來者不善，怕很棘手。」

只顧凝神傾聽的「活濟公」尖聲道：「她們落腳在什麼地方？」

羅大文忙道：「兩批人住在兩個地方，一批住在東門大街祥雲客棧，把整個客棧包下來了，另

一批令人懷疑的是住進南門內『冷香書寓』。」

柳搖風聞言愣愣的道：「冷香書寓是什麼所在？」

羅大文望著西門懷德，沒敢冒昧回話。

鄭當時卻代為答道：「書寓就是妓院。」

柳搖風仰天一笑道：「敢情是跑碼頭的婊子。」

西門懷德連忙道：「不然！不然！這件事必定有可疑之處。大文，派人盯著！」

這時，「活濟公」賈大業突的一伸懶腰，打了個哈欠道：「去看看如花似玉的美人去。」

「去」字出口，趁著打哈欠伸腰之際，一個騰身，人已穿出正殿，沒入夜空之中。

篤！噹！篤！噹！篤噹！更梆三響，正是夜半時分。

一聲忽哨，陡然而起。東嶽廟外，一陣騷動。

崑崙弟子之一，臉色緊張，哪裡還顧得規矩禮數，匆忙的奔進正殿，朗聲道：「上稟掌門！黑衣無情刀紀無情，帶了十二個紅衣大漢，到了廟門之外，口口聲聲叫掌門出去。」

西門懷德面色一寒道：「好！紀無情未免欺人太甚！」他從坐位上突地站了起來，又向「瞎眼王母」與「辣手判官」拱拱手道：「二位請坐，我出去會會這個狂妄的小輩！」

他以一派掌門之尊，不開口請人助拳。

但是「瞎眼王母」怎能耐得下，白眼一翻道：「我也看看紀無情是不是三頭六臂。鄭當時，你這個判官是不是帶著生死簿去收紀無情的三魂七魄。」

「辣手判官」鄭當時也一笑道：「也看看你這瞎眼王母的要命蟠桃令如何？」

西門懷德因為是「事主」，所以走在前面。

此刻，東嶽廟外，崑崙弟子與紀無情吵作一團爭持不下，紀無情因為沒看到正主，只顧厲聲喝道：「叫西門懷德出來，少擺他掌門的臭架子！」

西門懷德搶上幾步，現身石階之上，故做沉著的大聲道：「本掌門在此！」

紀無情迎上前去道：「西門懷德，本人的三日之約到了，少不得要你給一個公道！」

西門懷德仰天打了個哈哈道：「公道！哈哈！老朽不知你所說的公道是什麼？」

紀無情怒道：「南陽紀家的滅門之恨！」

「笑話！」西門懷德冷峻的道，「你認為你們南陽世家滅門血案是本門幹的？」

紀無情道：「想賴？」

西門懷德道：「證據！」

「哈哈哈……」紀無情狂笑聲中，從懷內摸出一個五寸來長的棒子，拿在手中連連轉動，原來是一面十分精緻的三角杏黃小旗，雖然時當深夜，但東嶽廟前此刻火把通明不亞白晝。

但見杏黃三角小旗之上，繡著一隻俗稱「四不像」的怪獸。

紀無情將那小旗抖開了來，迎風招展幾下，冷冷笑著道：「西門懷德，你該認識這個吧！」

西門懷德一見，臉上立即呈現吃驚之色，既奇異又驚訝，而且立即肅身而立，舉手抱拳高舉過頂，愕然不解的道：「此乃本門祖師相傳的『靈獸信旗』。紀無情，你從何處得來？」

這時，一眾崑崙弟子，莫不肅身收起兵器，恭謹而立，個個面色凝重。

因為，按照崑崙門的戒規，見到「靈獸信旗」如同見到開山祖師，必須以大禮參拜。

只是，此刻這代表祖師教規的「信旗」，卻掌握在紀無情的手中。最尷尬的是，紀無情是以崑崙仇家的姿態出現，若是不對「信旗」行禮，有違門規，若是依照戒規施行大禮，哪有對找岔生事的仇家行禮的道理。

紀無情的雙目突睜，好像要噴出火來，咬牙切齒的道：「西門懷德！你是翻穿皮襖裝老羊還是明知而故問？」

西門懷德道：「這話從何說起！」

紀無情臉色突變，殺氣騰騰的道：「就從你說起，這面鬼旗子是不是只有你們崑崙掌門才能使用？」

西門懷德道：「不錯！」

紀無情又道：「是不是只有一面？」

西門懷德點頭道：「當然！本門信物，祖師相傳豈有第二面之理！」

紀無情怒哼一聲道：「呸！虧你假門假世的裝得這麼像！」

西門懷德一再被人搶白，也沉下臉來怒叱道：「本掌門已經一再忍讓，可不是怕事。紀無情，你不要得寸進尺，欺人太甚！」

紀無情道：「好吧！把話說明白，讓你心服口服。這面鬼旗子是在我家遭你屠門放火之後留在現場的，料不到你不敢承認，現在你悔不當初留下這個真憑實據了吧！可惜後悔來不及了，今天要血債血還，我紀無情不多不少，也要殺你崑崙門下二十四口，方消心頭之恨！」

他一口氣說完，將「靈獸信旗」向懷內一塞，嗆的一聲，抽出腰際的無情刀，挽了一個傘大的

刀花，作勢欲發。

西門懷德大聲喝道：「且慢！話還沒說明白。」

尚未等他的喝聲落音。嗖！「瞎眼王母」柳搖風一躍衝下石階，破鑼似的喊道：「小娃兒！我看你太不順眼！」

喝叫聲中，由袖內抽出一柄尺五長的玉尺，振臂掄起一縷勁風，認定紀無情刺去。

紀無情只顧與西門懷德吼叫，並未料著西門懷德身後跳出一個人來，急忙一揚無情刀護住面門，高聲喝道：「你是何人？」

柳搖風尖聲道：「我是你祖奶奶到了！」

她根本沒有收勢停招，話沒落，手中玉尺已直刺過來。

紀無情料不到這瞎老婆子出手如此之快，不由連退三步，手忙腳亂。

「咯……咯……」「瞎眼王母」柳搖風不由得意的發聲狂笑。

紀無情未曾出手，就被這冒冒失失不明不白的老太婆一招逼退，怒火如焚，揮動手中刀，對身後的十二血鷹大聲道：「上！」

十二血鷹原是「敢死之士」，自幼所受的就是「嗜殺成性」的熏陶，絕對服從的工具，聞言忽的轟然一聲雷應，瞬即散開了來。

嗖嗖聲響之中，每人手中已多了一柄軟刀，薄薄的軟刀閃著森森寒光，抖得嗚嗚作響，這等陣仗，先已令人膽寒。

「瞎眼王母」一見，哼了聲：「鬼畫符，嚇唬不住老娘！」她不退反進，掄起手中玉尺，擇定

迎面的二人連點帶削，閃電出擊。

「瞎眼王母」柳搖風大半個甲子的修為，又有苗族的粗獷野性，出手端的驚人。未見她發聲著力，彷彿輕描淡寫，然而，一股隱隱的勁風，已掠地而起。

十二血鷹可是經過相當的調教，乃是識貨的行家，發一聲喊，十二個人立刻呼——帶起一陣狂飆，化成一個血紅的圓圈。每個人連環移動，儼如一個腥紅的大血環，快到肉眼分不出人影。

「瞎眼王母」柳搖風狂笑一聲道：「血環奪命，是你祖奶奶我不值一看的玩藝！」喝聲之中，但見她掄動手中玉尺，並不發招，只在血紅圓環之中飛舞不停，玉尺影子化成一座小山，哪裡還看得見小山中的人影。

片刻——突然聽見「瞎眼王母」柳搖風的破鑼聲起，大喊道：「拿命來吧！」

玉尺的影子突然一停，柳老太婆的人忽地化成一道飛虹般，雙手前伸，握著的玉尺陡然暴長丈餘，認定血紅圈子刺去。

「啊……」一聲慘嚎震耳驚魂。血光如箭射出，腥氣刺鼻。

紅色圓環應聲而停。

十二血鷹之一仰天倒後七尺，胸前血箭還不住的向外噴射，緩緩的淌出血沫來，眼見活不成了。

紀無情一見，怒不可遏，大吼道：「哪裡來的瘋婆子？橫樑架事，看刀！」他是怒極出手，一柄無情刀使「情天難補」，分為左右齊拈「瞎眼王母」柳搖風的雙眼。

柳搖風一招得手，原本想乘勝追擊，痛宰十二血鷹。但是，眼見紀無情出手鋒利，又將準頭對

正自己的要害，哪敢絲毫大意。低頭仰身，抽回玉尺，虛晃一招，彈身退出五尺。

紀無情算是略微掙回點顏面，中途撤招，振腕疾壓猛揮，一式「情天悔海」二度削向柳搖風的腰際。

柳搖風玉尺一橫，招式用到一半，沉臂下落，玉尺硬向削來的無情刀砸到。

紀無情心知眼前的「瞎眼王母」功力不比尋常，不敢硬轎硬馬的一拚，忙不迭抽回刀來，側身收勢，讓過砸來的玉尺，反而跨步斜飄，順勢揚臂，直戳對手的肩井大穴。

高手過招，快如追風閃電。

「瞎眼王母」柳搖風乃是絕世高手，紀無情是少年一代的俊彥，兩人全力而為，在場之人根本看不出人影，分不開招數。

十二血鷹未能動招已報銷了一個，其餘十一人雖有心加入群毆群鬥，無奈柳、紀兩團人影來來去去勢同狂飆颶風，哪裡容第三人插得上手。因此，只好在外圍備持兵刃虛張聲勢，暴吼窮叫而已。

轉瞬之間，已是三十招過去，兀自不分軒輊，看不出勝負。

突然一聲厲吼，平地而起。

「瞎眼王母」柳搖風臃腫的身子忽然像元宵節的大炮，厲吼聲中上彈三丈，手中尺五玉尺竟然化成一道長虹，彷彿暴漲十倍，而且分明是堅愈鋼鐵的玉尺，好似變成一條玉綠的綵帶，繞著圈子，飄飄緲緲，像一朵彩雲，把紀無情的整個人罩在彩雲堆裡，眼看無法脫身。

懷抱鐵傘，在一邊凝神而視的「辣手判官」鄭當時此刻低聲對西門懷德道：「這老婆子動了真

的了，把壓箱底的玩藝——軟玉溫香功夫都抖出來，紀無情是在劫難逃。」

「軟玉溫香」並不是一種招式，而是外人的調侃之詞，青年一輩的很少知道。原來就是指「瞎眼王母」柳搖風而言。

柳搖風的內力修為，源自苗疆，加上先天的與眾不同，因此，內力深厚超過想像，一旦動了真怒，體內蓄藏的內力如山洪暴發，不可抑止。

最為常人不及之處是她內力發揮到極致之際，如同烈炎熾燃火山爆發，將她手中的玉尺，化為綵緞般柔軟，舞動之下，真的儼如一匹彩色韌帶，長短不可預估，搗掃難以分辨。

此刻，「瞎眼王母」柳搖風初離九嶷山，悶在心中的一股怨憤之氣已久，碰上紀無情性傲語狂，她怎生忍耐得下。所以盛怒之下，激起了潛在內力，熱可炙人的力道，將手中玉尺化為繞指柔鋼，漫天蓋頂的向紀無情襲到。

紀無情揮刀之處，忽然失去了「瞎眼王母」的身影，已經心中一震，猛然，一片彩霞似的光圈，披頭蓋臉撒下，隱隱的覺得似柔實剛的力道，天崩地裂壓了下來，心中知道不妙，急忙抽刀後撤，人也縮身反彈。

料不到那片襲來的力道，如同磁石吸針，琥珀引芥一般，硬是黏連著，退不回去，一股奇熱的怪風，迎頭罩下，難以化解，難以抗拒，要想騰身挪位閃躲開去，也沒有一絲空隙可尋。

紀無情怎能不大吃一驚，嚇出一身冷汗。他本能的反應，揚起手中無情刀，仰臉揮舞。

這乃是他無可奈何的一招，心中明白，即使揮刀，也抵擋不住這股無邊無岸的力道，總不能坐以待斃，等那力道壓下來。因此，他一面揮刀拒抵，一面口中大喝聲道：「紀某與你拚了！」

「瞎眼王母」柳搖風厲哼聲道：「拚！你配嗎！」冷哼聲中，她的人尺合一，兜頭向紀無情撲到。

紀無情揚刀上推，只覺虎口發麻，腦袋發脹，眼前碧綠一片，胸頭翻騰，血氣上湧，大叫了聲：「不好！」

嗆啷——一柄無情刀已被震開了來，離手斜刺裡飛去。

柳搖風咬緊牙齦喝道：「小娃娃！你給我拿命來吧！」玉尺疾如風雷，認定紀無情砸下。

就在這一眨眼之際，白色人影箭般射至，人在半途，朗聲喝道：「給我住手！」

長劍如虹，直削柳搖風執尺的手腕，快如電掣。

柳搖風眼看已經得手，料不到白影人到劍到，斜地裡出招。因此，只好縮回將砸到紀無情天靈蓋的玉尺，人也飄身落實，狼嗥般叫道：「什麼人？」

與柳搖風幾乎同時落實地面的白衣人，仗劍當胸，微笑道：「在下常玉嵐。」

「瞎眼王母」柳搖風一對白眼翻了幾下，回頭向西門懷德愣愣的問道：「是你崑崙派的人嗎？」

不等西門懷德回答，常玉嵐拱手收劍，朗聲道：「金陵常玉嵐，沒有門派。」

西門懷德微怔的道：「常玉嵐，原來你是紀無情一路的。」

常玉嵐微微搖頭道：「掌門，你猜錯了，在下與紀無情是知己好友，江湖人盡皆知……」

不料，紀無情忽然搶上一步，沉聲指著常玉嵐，怒氣沖沖的道：「誰是你知己好友，你少向自己臉上貼金！」

常玉嵐大出意外，不由紅著臉道：「紀兄，你何出此言？」

紀無情冷漠異常的道：「你還問我……哼！你心中明白，常玉嵐！紀無情早已不認你這個朋友，你不要以為你剛才救了我。」

常玉嵐忙道：「在下並無此意。」

紀無情咬牙恨聲道：「我不妨告訴你，紀某情願死在他人手下，也不認你這個無信無義的朋友。再告訴你，只要我有三寸氣在，你我的賬，總有結算的一天！」

常玉嵐搖頭苦笑道：「我姓常的是無義無信的人嗎？我們有什麼賬可算？」

紀無情道：「等我報了毀家滅門血仇，再找你！」

他二人你一言我一語，只顧逗嘴，可把個「瞎眼王母」柳瑤風氣死了。她玉尺一掄，橫身上前一步，大吼道：「你們兩個不知死活的小輩，眼睛中還有別人沒有！」

常玉嵐抱劍對紀無情一笑道：「紀兄，讓我來逗逗這個老太婆。」

紀無情真是又急、又氣、又恨、又惱。他雖說不要常玉嵐插手吧，而適才幾乎送了一條命，若不是常玉嵐即時出手，此刻自己的腦袋可能開花，腦漿四溢橫死當場。最令紀無情難看的是，此時自己赤手空拳，連無情刀都跌在丈餘之外的地上。

柳搖風這麼一叫陣。常玉嵐這麼一交待。紀無情愈覺得難堪至極，恨不得有地洞鑽了進去。

好在，「瞎眼王母」柳搖風衝著常玉嵐冷漠的翻翻白眼道：「小娃兒，我想起來了，你是金陵世家的後代，料不到我老婆子一出山就碰到了南劍北刀。好吧！來，我叫你們南劍不成劍，北刀不成刀，都給我瞎眼王母發一個利市，壯壯我二次出山的威風！」

她的話愈說到後來愈高聲，愈凌厲，不像說話，真是梟啼猿嚎。口中說著，腳下已漸漸向前移動，玉尺微微上抬，肩頭肘間骨骼咯咯作響。

常玉嵐已見過這老婆子的功力，適才一招將她逼得撤招疾退，事實上是在突然之間的奇襲，不足為訓。因此，他對紀無情淡淡一笑道：「紀兄，這一次讓給我吧，讓你替我掠陣，瞧著點兒。」

他口中說著，已經橫起手中劍，封住子午，又向怒沖沖的柳瑤風道：「我來領你幾招！」

雖然大敵當前，常玉嵐氣定神閒。

「瞎眼王母」柳搖風可沒那麼好的修養，她揚動玉尺大吼道：「拿命來吧！」氣極出手，上來就施狠招，力道自是不凡。

常玉嵐不敢大意，右手劍虛劍一招「傷心斷腸」，左手忽地化指為掌，隱入劍招之中，藉著劍花的掩飾，認定柳搖風肩頭拍到。

柳搖風玉尺初出，乃是虛招，專等著對方長劍出手，重則硬接，輕者閃過劍鋒乘隙迎擊。

卻不料揚尺逼劍之際，忽覺劍光之下，有一股勁道直拍肩頭。

大大的驚奇，覺著不妙，誰知劍光未收，掌力已到，她不由大叫一聲道：「小娃兒！這不是斷腸劍法！」口中叫著，人已斜跨兩步，險險躲過。

常玉嵐一招得手，逼退對方更不怠慢，朗聲道：「再接一招！」

劍身橫處，左手反拍一掌，直逼柳搖風的腦後「玉枕」大穴。

這一招比起勢凌厲萬分，比適才一招妙到毫末，而且直取生死大穴，端的驚人。

柳搖風更加驚訝，口中吼叫連連，急忙後退三步，手忙腳亂。

常玉嵐的劍掌配合得妙不可言，在場之人，全都沒看清楚掌劍之間的變化。只有「辣手判官」鄭當時悄悄的對西門懷德道：「西門兄，這少年人真是金陵世家的子弟？」

西門懷德連連點頭道：「如假包換，鄭兄，他千真萬確是常世倫的第三個兒子，常玉嵐。」

鄭當時道：「這像斷腸劍法嗎？」

西門懷德道：「我也在疑惑，斷腸劍雖是常家絕招，但沒有這等詭異，劍中夾掌，還沒聽說過。」

鄭當時道：「我覺得他這掌法……」他說到這裡，忽然將手中鐵傘重重的向地一震，失聲道：「啊！我想起來了。」

西門懷德冷不防被他嚇得一怔道：「鄭兄，你想起來什麼？」

鄭當時道：「八成！八成！假若我的老眼沒有昏花，八成是的。」

西門懷德追問道：「鄭兄……」

「辣手判官」鄭當時十分神秘的，湊近西門懷德身畔，壓低嗓門道：「血魔神掌！」

「啊！」西門懷德神情大變，「啊」了一聲，睜大眼睛，盯在常玉嵐身上。

「辣手判官」只顧悠然神往的道：「這小子要真的練成血魔神掌，瞎眼王母今天可討不到好去。」鄭當時不愧經多見廣。

場子中「瞎眼王母」柳瑤風吼叫連聲，然而，連人帶尺卻只在外面繞圈子，東躍兩跳，手中玉尺雖然舞動呼呼有聲，卻全都是在常玉嵐掌、劍交施之下中途撤招，可以說是守多攻少，形勢顯然不利。

反觀常玉嵐，長劍劍花如潮，左手不時拍、按、推、掃，夾在劍風寒芒中，神出鬼沒，令人防不勝防，莫測高深。

以兩人的功力修為來說，「瞎眼王母」數十年的潛修，加上先天體質的殊異，自然高過常玉嵐許多。

但常家斷腸劍法，乃是家學絕活，所以能自成一家，睥睨武林，原有獨到之處，加上常玉嵐不分日夜的苦練血魔秘籍上冊的血魔神掌，兩家絕學揉合一起，豈是等閒可比。

怎奈，常玉嵐尚未能得心應手，到出神入化之境，假若能掌劍合一，柳搖風怕不早已露了敗象，甚至中劍而退，或染血當場。

廿八　金銀雙狐

「辣手判官」鄭當時是旁觀者清。他已看出來常玉嵐的的確確用的是「血魔神掌」，不由眉頭深鎖，凝目心想：假以時日這常玉嵐必會有無人能敵的一天，這……他又想自己此次重出江湖，為的是什麼？要想揚名立萬，必須除去此人。此人不除，自己將重蹈當年覆轍，當年落敗在「血魔」手中，因此才隱姓埋名了二十年，想不到二次出山，又碰上「血魔神掌」……想著，不由喟然一聲長歎：「唉——」

西門懷德不由奇怪的道：「鄭兄，你？」

鄭當時搖頭苦笑道：「想不到我第二次出山未久，又見血鷹神掌。」

西門懷德道：「鄭兄，你看出常玉嵐真的練的是血魔神掌？」

鄭當時連連點頭。

西門懷德道：「假若真的是，柳老太婆可能早已露了敗相，可是……」

鄭當時忽然雙目暴睜，暗露殺氣，而表面上喜形於色，手中的鐵傘微微抬起，獰笑道：「乘著他還沒成氣候，打發還容易，等他有了火候，江湖上就沒有我們這一號了。」

「辣手判官」鄭當時果然心狠手辣，他不但看出常玉嵐劍掌的招式尚未配合到天衣無縫，也

料定常玉嵐血魔神掌的修為還不夠火候。因此，口中說著，陡然彈身下了石階，口中叫道：「老姐姐。歇著一會，殺雞焉用牛刀，讓我給這小子點顏色看。」話落，人已到了常玉嵐身前七尺之處，一柄鐵傘嘩啦一聲撐開了來。

「瞎眼王母」柳搖風當局者迷，她莫名其妙的被常玉嵐逗得像走馬燈般在外滴溜溜打轉，還看不出常玉嵐的招式。雖然心中又氣又急，恨不得一尺把常玉嵐砸得粉碎，或者「刺」一個前心到後心的血窟窿。但是，每次出手，都被逼回，只有乾瞪眼瞎著急。

此刻聞言，心想：我都制不了這小子，你「判官」行嗎？但是，「瞎眼王母」江湖經驗老到，深知鄭當時一定是看出了「門道」，不然是不會來自討沒趣。因此，她玉尺虛攻一招，撤身叫道：「交給你了，別讓這小子開溜。」

鄭當時這時已將鐵傘舞成一個丈來大小的傘花，帶動呼呼悶雷似的勁風，揚聲道：「他跑不掉的！老姐姐，等著瞧熱鬧吧！」

以功力來說，「辣手判官」鄭當時要比「瞎眼王母」柳搖風差了半級，但是武家交手是「一寸長一寸強」，鄭老怪手中的那柄鐵傘足有三尺六寸，比柳搖風一尺五寸的玉尺，長了一大截。況且，鐵傘撐開了來，像一個圓桌面，舞動時乃是紋風不透，滴水不進，慢說常玉嵐的肉掌，就是長劍，也難以找出空隙。

況且，鄭當時已經胸有成竹，看準了常玉嵐掌劍的配合尚未成熟，因此，一上手爭取先機，把鐵傘舞得滴溜溜團團轉，人躲在傘影勁風後面，不分招式，不稍休止的滾著逼向常玉嵐。

常玉嵐並不是呆瓜，也不是弱者。他眼見鄭當時來勢洶洶，如同怒濤狂瀾，銳不可當，遂化前攻為側擊，不攻右而攻左。

鄭當時的傘原是持在右手，左手雖也擺在鐵傘柄的中間，但力道卻全落在右手之上。

常玉嵐一味的攻向左側，逼得鄭當時只好步步向左移，無形之中，減低了前推猛旋的攻勢，使先前鄭當時的想法大打折扣。

高手過招，快如閃電。眼前二人各有千秋，不但鬥力，而且鬥上了心思，成了糾纏的局面。足有半盞熱茶時分，難以見出勝負。但是表面上，鄭當時是佔著先機。

因為常玉嵐的偏左攻勢，乍見之下彷彿是步步閃避，鄭當時的人傘合一，半追半趕的勢子，其實是要護著側面，只因傘勢凌厲，好像追逼一般。

但是，真正的行家，可看出了門道。

西門懷德迎著「瞎眼王母」柳搖風道：「柳姐姐，鄭兄這個打法恐怕……」

柳搖風玉尺舉起，搖了一搖道：「鄭判官自有他的一套鬼門道，瞧，這不是來了嗎？」

果然——忽然一聲厲嘯，高吭入霄，裂帛刺耳。

嘯聲中，鄭當時的傘勢嘩啦一收，變滾為桿，他的人也彈腰縱起，一反左滾勢子，橫掃反而向右，硬找常玉嵐的腰際揮動。

常玉嵐暗喊了聲：「不好……」急切間欲躲不及，欲退不能，肉掌既不敢硬接掃來的鐵傘，只有將右手長劍快速的下垂，護著腰際。

鄭當時厲吼一聲道：「小子大膽！給我倒！」喝聲中，一柄碗口粗的鐵傘，硬向常玉嵐的長劍砸到，勢為雷霆萬鈞。

長劍細長，鐵傘粗重，一旦硬碰硬，不但常玉嵐的劍要被砸斷了數截，他的人也斷難躲過這凌厲的一傘，雖然不會血染當場，也必骨碎筋折。

就在此刻——人影疾飄。嬌叱聲起：「給我住手！」

人影乍合即分。常玉嵐收起長劍，飄閃出七尺之外。

百花夫人虛飄飄地俏立當場，手中揚著一幅淺紫的羅帕，還捲在「辣手判官」的鐵傘之上，面露微嗔，神情凝重。

而最奇怪的是「辣手判官」鄭當時。本來眼看一招奇襲得手，雖也聽見嬌叱之聲，但手中鐵傘絲毫不慢。不料，傘勢只離常玉嵐的長劍僅是絲毫之差。忽然有一股力道把它逼住，似乎被纏住般。

可不是嗎？一縷飄飄的淺紫綢帶，鉤纏在傘尖之上，掙不脫，也抽不回。

「辣手判官」既氣又惱，眼看常玉嵐飄身而退，好比煮熟的鴨子竟然飛了。他一面握緊傘柄全力向內拉，一面怒喝道：「混帳東西，你……」

「鄭當時！」百花夫人沉聲叫著鄭當時的名字，俏立依然，未見著力，只是如同常人用三個指頭控著手帕的另一端而已。

這時，鄭當時才抬眼看清百花夫人就在身前。

說也奇怪，鄭當時像洩了氣的皮球一般，不但臉上神情發呆，雙手抱著傘柄的手，也已不用著力，鬆了左手，一隻右手有氣無力的持著傘柄，雙目失神。

百花夫人微頷螓首，不經意的道：「還好，你還認識我。」

「辣手判官」鄭當時垂頭道：「屬下怎能不認識夫人，當年屬下犯了軍令，若不是夫人講情，大司馬開恩，屬下這條命早已沒有了，連骨頭也已化作爛泥，真是終生不忘！」

「好啦！」百花夫人抖抖手中淺紫羅帕，將纏在傘上的活結放開，慢條斯理的道：「還提那些陳芝麻爛菜豆的舊事幹嘛。」

鄭當時收起傘道：「夫人現在……」

「我很好！」百花夫人淡淡一笑道：「只是我喜歡的人總被人欺負。」

鄭當時忙道：「夫人指的是？」

百花夫人已施施然走向發呆的常玉嵐道：「喏！就是他，適才只要我遲上半步，他不就毀在你追魂鐵傘之下嗎？」

常玉嵐紅著臉，拱手為禮，苦笑一聲道：「多謝夫人援手！」

百花夫人搖一下手中的淺紫羅帕，不看常玉嵐，反而走近紀無情道：「紀無情，冤有頭，債有主，殺你滿門的可能另有其人。找崑崙派，似乎受了嫁禍江東之計，還是先弄清楚再找背後的真兇吧。」

西門懷德聞言，急忙趨前幾步，拱手道：「這位夫人，請到正殿，容崑崙派略盡地主之誼。」他之所以如此邀請，乃是想藉以化解紀無情的糾纏，當然，適才也看不出百花夫人的功力，雖然不知道百花夫人的來龍去脈，但他眼看「辣手判官」鄭當時的神情，深知此人來頭甚大。

又見她對常玉嵐十分熱絡，紀無情也不陌生，加上她指明殺了南陽紀家的兇手不是崑崙派，一言九鼎，必然可以化解面臨的危釩，只要紀無情不橫生枝節，至少崑崙的大會，不會發生亂子。

所以，西門懷德以地主的身分，禮貌地邀請。

不料，百花夫人淡淡一笑道：「西門大掌門，別以為紀無情不找岔子，你們的大會就安然無事。你呀！只怕問題重重，小心著點就是。」

紀無情之所以前來找崑崙派的岔、目的就在報殺家滅門血仇。

而今聽百花夫人之言，分明是另有主使之人，因此急欲進一步知道是誰。他拱手為禮，哀憤滿面的道：「夫人，能否明白見示，究竟殺我全家二十四口的真兇是誰？」

百花夫人道：「我知道另有其人，可是尚找不出鐵證，只是不會是崑崙派。」

紀無情忙從懷內抽出那支三角小旗，揚了一揚道：「夫人，難道這不是鐵證嗎？」

百花夫人一見，不由露出貝齒，難得的朗聲而笑，聲如銀鈴，十分悅耳。

紀無情認真的道：「夫人為何發笑，難不成這崑崙的信旗是假的不成？」

百花夫人收起笑聲，端肅面容道：「先不問真假，紀無情，崑崙派若是真兇，殺人之後再留信旗，分明是不怕別人知道，最少不怕你來尋仇，對不對？」

紀無情道：「對！」

百花夫人又接著道：「既然留下信旗，又不敢承認，天下斷無此理。存心耍賴，當初就不會留下信旗，這分明是別人嫁禍。」

西門懷德聞言，忙道：「這位夫人明察秋毫。紀少俠你……」

百花夫人淡淡一笑，不等西門懷德說下去，又道：「紀無情，我再點明一些，崑崙門自從西門懷德充任掌門之後，何曾有一個人才，哪有半點作為，他們自顧不暇，泥菩薩過江自身難保，還有力量找事生非嗎？再說，挑挑崑崙派，誰是你爹的對手。誰有膽量幹這樁血案？」這話娓娓道來，一字一字如珠走玉盤，清脆明白，在場之人可全都聽得清楚。

紀無情默默無言。

西門懷德的老臉紅一陣、白一陣，不能反駁，也不能承認，十分尷尬。

百花夫人停頓一下，又向紀無情道：「你怎的沒想到這一層哩？」

紀無情一面咬著下唇搖頭，一面端詳著手中那面三角信旗。

百花大人又揚聲道：「紀無情，你上當了！你手上的小旗幟也是贗品，不信，你用鼻子聞一聞，上面可有檀香氣味？」

西門懷德緊接著插口叫道：「對！對！本門信旗供奉在祖師靈前，終日不斷焚燒的就是檀香。」

紀無情此時下意識的，果真湊著嗅了一嗅。

百花夫人又悠悠的道：「多年煙薰火燎，信旗雖未日曬雨淋，必然變色，哪有這麼新的。紀無情，你聰明一世，糊塗一時，即使讓你殺崑崙派的二十四口，二百四十口，父母仇還是報不了。」

紀無情如癡如呆，怔怔的望著手上的三角信旗，如同泥塑木雕失魂落魄。

西門懷德又湊上去道：「少俠，這位夫人的話句句珠璣，字字真理。」

紀無情突然大吼一聲道：「住口！」喝聲之中，將手中三角小旗，猛的向西門懷德丟去，朗聲向百花夫人道：「多承指點，改日再報！走！」

「走」字出口，紀無情揮手向身後剩下的十一血鷹打個手式，自己騰身射起，向東嶽廟外跑

去。十一血鷹也不怠慢，衣袂連振尾隨急追。

西門懷德雖然難堪至極，但消除了一場血劫，也算不幸中的大幸。他深知自己要邀百花夫人為今天大會的貴賓，恐怕是辦不到。因此，緩緩退到「辣手判官」鄭當時身側，低聲道：「鄭兄，你可否請她進正殿稍坐片刻，容我奉茶聊表謝意。」

鄭當時點頭道：「我可以邀請，願意不願意，就沒有準了。」說著，前趨幾步，肅身道：「夫人可否進殿稍歇片刻，容屬下拜見！」

百花夫人溫和的道：「免了吧，門外婢子們在等呢。」

說著，緩移蓮步，迎著久未發言的常玉嵐道：「你還有事？」

常玉嵐微微一笑道：「等著看熱鬧而已，沒有別的大事。」

百花夫人盈盈一笑道：「熱鬧不是已經過去了嗎？你不止是看，還加入了一份呀。」

常玉嵐不由玉面生霞紅至耳根，吱唔著道：「學藝不精。」

百花夫人忙道：「不是不精，是還不熟。」

常玉嵐照料了一下天色道：「天色將明，夫人該回去休息了，天將明時，晨霧很重。」

百花夫人喟然一歎道：「你還關心我？」

常玉嵐道：「豈止關心，我對夫人之事魂牽夢繞，一時難以盡言，請夫人珍重！」

「哦！」百花夫人似乎大出意外，失態「哦」了一聲，但立即又道：「難以盡言？有什麼話不方便講嗎？聽說你在桃花林……」

沒等她的話說下去，常玉嵐星目急忙一瞟，豎起劍眉道：「夫人，此地不是講話之所，還有幾

位武林前輩，等著你哩。」說時，指指百花夫人身後不遠的「辣手判官」鄭當時，「瞎眼王母」柳搖風與西門懷德。

西門懷德恭身道：「夫人既是鄭兄的東主，請不要見外……」

百花夫人搖頭不語，卻對「辣手判官」鄭當時道：「既然重出江湖，就該有所作為，弄明白了是非，再淌渾水，不要被人牽連了，落個晚節不保。」

鄭當時忙道：「屬下謹記教言。」

百花夫人喟然一歎，然後對常玉嵐道：「好自為之，你自己衡量吧。」說著，未見作勢，像一陣掠過的清風，人已飄出三丈，出了廟門。

目送百花夫人背影消逝。

「辣手判官」鄭當時透了口氣，拱手向常玉嵐道：「夫人已去，常世兄請到正殿待茶。」

常玉嵐拱手還禮道：「適才手下留情，在此謝過！」

鄭當時也紅著臉道：「哪裡是手下留情，夫人的一招『彩虹飛』制住了我，不然，一定得罪。」

常玉嵐有些難為情，吱唔著道：「前輩與夫人是舊識？」

鄭當時道：「不敢說舊識，我是大司馬的舊部屬，犯了酗酒誤軍機的斬罪，多虧夫人講情，才有這條老命。你既與夫人熟識，咱們是大水淹了龍王廟，自家人不認識自家人。」

常玉嵐凝神道：「夫人是大司馬的夫人？」

鄭當時不由道「難道你不曉得？」

常玉嵐忙掩飾道：「知是知道，只是不知其詳而已。」

鄭當時乘機道：「那麼，請到正殿細談。」

此刻，忽然一道黃色火爆從遠處沖空而起。

嗖——一道刺耳之聲掠空而過，火箭正落在東嶽廟的後殿之處。

眾人全部悚然一驚。

常玉嵐對西門懷德道：「掌門，紀無情的誤會已經解說清楚。據常某所知，今天貴派大會，尚有岔子，萬請小心！告辭！」

話落，人已騰身而起，在大殿獸角上略為借力，二次遠去數丈，落入將曙的晨霧裡。

艷陽高照，日正當中。

彩綢迎風，旌旗飛舞。

熙來攘往的人群，從東嶽廟廟門一箭之處起，延伸了數十丈遠近，少男少女追逐嬉戲。

人們不是為了崑崙派的大會，只是崑崙大會選了這個彰德府最大的廟會，目的只在湊熱鬧，增加大會的這份喜氣。

東嶽廟前，插滿了崑崙派的三角黃旗，迎風獵獵作響，雖沒入夜，鮮紅的紗燈排成兩側，雁翅般高懸。

陣陣鑼鼓喧天，時時鞭爆聲動。

來自四面八方，三山五岳的武林、黑白兩道、水旱兩路的人物，早已擠在正殿兩側的偏殿之

中，有的寒喧問好，有的高談闊論，亂成一團。

噹！一聲鐘響，接著擂鼓三通。

西門懷德盛裝緩步而出，在身後八大弟子，三十六分舵舵主在眾人擁簇之中步上正殿。

按照崑崙門規，掌門人先拈香叩天拜地，然後迎祖大典，接受本門弟子行禮，最後才受武林同道的祝賀。

五供、三牲，紅燭高燒，香煙縹緲。

西門懷德肅容面南而立，執事弟子燃好了三柱清香，雙手捧著。

司禮生高喊了聲：「祭天！拜地！獻——香！」

執事弟子把燃好了的三柱清香，捧著遞到西門懷德手上。

西門懷德跨上一步，正要把香插入寶鼎之中。

突然，嗤——一粒飛蝗石，不偏不正的，正打在西門懷德手執的三柱香的香頭之上，火星四濺之下，三枝線香雖然未斷，卻已熄滅。

正殿上頓時大亂，一眾崑崙弟子，人人兵刃出鞘。

西門懷德上香之時，原來低頭閉目，並未看出這塊飛蝗石來自何方。此時，仰臉凝神，朗聲道：「哪位朋友露這一手，何不請出來見一見？」

話未落音，左側人堆裡出來兩個美貌少婦，分開人堆越眾而前，雙雙帶笑道：「是咱們姐妹。」

西門懷德一見，不由眉頭一皺，心中暗喊了聲：「糟！這兩個魔女是什麼時候來的？」

自從這兩個美艷少婦一出現，左右兩殿的武林，莫不凝神注目。

但見兩個少婦都在三十左右，最令人奇怪的是，她兩人一式雲鬢高髻，蛾眉似月，俏眼如星，膽鼻挺直，雙唇櫻紅，白淨的臉頰，雙腮桃紅，那付成熟婦人的美，直如熟透的水蜜桃。

兩人行走時，腰肢款擺，如細柳隨風，荷花滴雨，撩人心脾，而且步伐一致，十分肖似，身材的高低，幾乎完全一樣。唯一不同的是，左邊一個是一身鏤金宮裝，黃澄澄的耀眼生輝。右邊一個，通身銀色宮裝，光芒閃閃，令人不能逼視。

西門懷德將手中被擊滅的香，遞給身側的羅大文，低聲囑咐道：「這是長白雙狐，不好對付，吩咐手下小心準備！」

「拚命郎君」羅大文接過殘香，應了聲：「是！」便悄悄退下。

長白雙狐的銀狐已清脆的道：「崑崙掌門，咱們姐妹可是不速之客，你不太歡迎吧？」

另一個金狐也接聲道：「沒接到帖子，這叫做不請自到。」

西門懷德勉強按捺下怒火，拱手道：「兩位遠在長白，請恕帖邀不周，既然上門，就是客人，哪有不歡迎的道理。」

這時，長白雙狐連袂齊步，已上了正殿的台階，步在鋪好的紅氈之上。

須知，一門一派的年會，乃是大事。正殿，也就是祭壇，只有該門派有數的幾個首腦人物，才有資格在祭壇陪祭。其餘貴賓，無論江湖的班輩多高，武功的修為多深，也只有在兩側觀禮的份，不能輕易踏上祭壇。此乃江湖的慣例，一般的規矩，人盡皆知。

西門懷德眼見長白雙狐不管江湖禁忌，踏上紅氈，步入祭壇。急忙迎上前去，攔在香案之前，

擋住雙狐的去路，口中卻含笑道：「懷德失迎，少時多敬兩位幾杯，請稍候片刻，等老朽拜過天地，再來奉陪。」

一派掌門，在武林中地位算得崇高。

崑崙派近幾年雖然中落，但卻是八大名門正派之一。年會之上，大典之時，當著天下武林，被人用飛蝗石擊滅供香，這份屈辱，就不能忍受。

西門懷德之所以強按怒火，一則是生恐一旦開鬧，勢必使大祭典禮無法舉行。二則，長白雙狐乃是黑道上扎手人物，一定是來者不善，在沒有摸清來意之前，不得不忍隱下來，先看對方虛實。

因此，才有這份低聲下氣的口吻。

誰知，銀狐聞言，扯開銀鈴嗓門，仰天狂笑道：「哈哈！大掌門，咱們姐妹可不是為了兩杯酒來的。」

金狐也如響斯應的道：「喝酒嗎？哪兒沒有，怎會專門來討擾你大掌門。」

西門懷德道：「那麼兩位來的目的是什麼呢？」

銀狐毫不猶疑的道：「向你借東西。」

「對！」金狐一唱一和的道：「無事不登三寶殿，借東西。」

「哈哈」西門懷德明知二人是沒事找事，因此苦苦一笑道：「借什麼？」

金、銀二狐似乎極有默契，兩人不約而同的大聲道：「借崑崙山！」

一言出口，左右兩側的一眾武林，莫不大出意外。

正殿上八大門徒，三十六分舵舵主，個個怒形於色，人人氣憤填胸。紛紛磨拳擦掌，恨不得掌門一聲令下，立刻與狂妄的長白雙狐拚命。

只有西門懷德淡淡一笑道：「二位，崑崙山擺在那兒，你二位若是要，儘管拿去，還用得到借嗎？」一派掌門，究竟與眾不同，說完之後，猛提丹田真氣，仰天長嘯起來。

不料，長白雙狐並沒被西門懷德的話難倒。

銀狐冷冷的一掀柳眉，改變先前的神情，帶著幾分不悅道：「不是我們去拿。」

金狐恨恨的接口道：「是要你退出崑崙山，讓我姐妹們住上三年五載。」

西門懷德見長白雙狐咄咄逼人，再也不能忍耐下去，也沉聲道：「我不明白兩位的意思！」

銀狐道：「那好，我們就說明白一些兒。」

金狐道：「你退出崑崙山，我們住進崑崙山。」

銀狐又道：「崑崙山從此與你斷絕關係。」

金狐道：「我姐妹才是崑崙山的主人。」

「哈哈……」西門懷德狂笑連聲，久久不絕。

這位掌門算是氣惱至極，動了真火，突的笑聲一收，怒形於色的道：「兩位憑的什麼？」

金、銀雙狐齊聲道：「手底下見真章！」

「好！」西門懷德朗聲道：「現在，我西門懷德要款待三山五岳的朋友，黑白兩道的來賓，沒法奉陪。你們既是存心而來，除了現在，任由你們兩隻狐狸選個地點，約個時間，我一定奉陪，絕不讓兩位失望！」

金、銀雙狐交換了一下眼神，同時尖笑一聲道：「選時不如撞時。大掌門，依我姐妹之見，就

選定現在這個吉日良辰。」

西門懷德勃然大怒道：「本掌門已經情至義盡，你們兩人不要逼人太甚！」

金狐破例的先開口道：「逼你太甚又怎樣呢？」

西門懷德還沒答話。「瞎眼王母」柳搖風人隨聲到，龐大臃腫的身子，已落在西門懷德的身側，雙掌作勢欲起。

另一個「辣手判官」鄭當時也隨聲而至，冷冷的道：「我也算一份，一對一，算是替老友的大會湊湊熱鬧，練幾趟把式。」

長白雙狐可不認得這兩個怪人。

銀狐打量了一下，緩緩的道：「你們倆是崑崙派的門下嗎？」

金狐接口道：「我們找的是崑崙派。」

柳搖風皮笑肉不笑的道：「天下人管天下事。」

鄭當時也道：「大路不平眾人來踩，你們既然寸寸進逼我們的老友，我們也不能袖手旁觀。」

金狐望了銀狐一眼道：「妹子，先發個利市，殺雞儆猴也不錯。」

銀狐道：「好！你去伺候那個瞎老太婆，我來打發這個孩兒臉的糟老頭。」

兩人談笑自若，簡直沒把這兩個頂尖高手放在眼下，有些輕敵。

「瞎眼王母」柳搖風，幾乎氣炸了肺，指著正殿前的院落道：「小潑婦，我若讓你走出五招，從此不再在江湖露面。來！」她說著，一擰雙肩，人已彈出三丈，落在院落的中間，蓄勢待發。

「長白金銀雙狐」也不甘示弱，互相嬌聲而笑道：「鬆鬆筋骨也好。」

兩人忽然一齊伸出雙手，四隻蔥似的尖尖十指相互一拍，發出了聲脆響。響聲中，雙雙借一拍之力，側射退出正殿，落在院落東首。這種借勢用力的功夫，在武林中甚是少見。

四個人在院落中各取守姿，八隻眼不眨一眨，凝神盯著對方。

一場大戰，又將發動。

內外鼓聲三通，嗩吶聲響。

需知，鼓通三通，乃是幫會聚會的迎賓大典，因為鑼鼓亭是設在大門之外，凡有貴賓到了，男性的鼓聲三通，女性的鑼聲三振，而後才是嗩吶奏鳴，一則表示隆重的歡迎，二則做主人的也好肅容迎客。

西門懷德這時哪有心思前去迎接貴賓，他只擔心院落內四人的勝負。

準知，嗩吶之聲未畢，東嶽廟正門已開。

一襲天青色衣衫，束髮不冠，劍眉星目，傅粉白臉，紅唇貝齒，面露微笑的司馬駿，神情瀟灑，不怒而威的跨進門來。

司馬山莊可是武林的泰山北斗，黑白威尊的盟主，少莊主司馬駿的風采，即使沒見面的人，也有所耳聞。

原本作勢欲起的四個人，也都將怒火暫時壓下，全向神采飛揚的司馬駿望去。

左右兩殿的武林，也都被司馬駿大方自然的神情所懾，無暇再顧箭在弦上的一場火併。

西門懷德一見是司馬駿到了，連忙由正殿上快步走出，迎上前去，拱手帶笑道：「少莊主，失迎！失迎！」

司馬駿滿面春風，朗聲道：「老掌門，司馬駿一步來遲，還望莫怪。」

西門懷德也笑著道：「哪裡，哪裡，少莊主駕臨，全崑崙蓬蓽生輝！」

司馬駿的劍眉微動，瞧著院落的四個人道：「怎麼？崑崙門年會，還有研究功力的節目？」

西門懷德的老臉飛紅，訕訕的道：「少莊主，說來慚愧，老朽無德無能，大會引來了長白雙狐姐妹，她們口口聲聲要佔崑崙山，鄭大兄與柳大姐，乃是，路見不平，拔刀相助。」

『哦！」司馬駿聞言，眉頭掀動一下道：「貴派年會，天下武林前來觀禮，乃是大喜日子，何必以兵刃相見呢？」他說著，不上正殿，回身向「辣手判官」鄭當時一揖，轉身又對「瞎眼王母」柳搖風拱手一禮，朗聲道：「晚輩司馬駿，久聞家父在日提到二位前輩大名，今日一見，實乃三生有幸！」

「瞎眼王母」柳搖風最喜歡別人稱她一聲老前輩，鄭當時也是喜歡戴高帽的，正所謂「三代以下，不好名者，幾稀！」人，誰不喜歡好聽的？因此，司馬駿的話，算是對癥發藥。

鄭當時收了勢子，將鐵傘抖了一下道：「你是司馬山莊司馬長風的傳人？」

司馬駿點頭道：「未能子承父業，前輩多多指教！」他說完之後，又回過頭去，對著「長白雙狐」眨了下眼神，大聲道：「兩位遠從關外來到中原，乃是中原武林的貴賓，出手動招，恐怕有些不宜吧？」

金、銀雙狐彼此望了一眼，沒有答話。

司馬駿又道：「這兩位前輩，可是成名的人物，中原武林沒有不尊敬的，也許隔著千山萬水，你們姐妹與兩位前輩少見。」

「瞎眼王母」柳搖風道：「難怪她們氣焰逼人。」

司馬駿含笑道：「誤會，誤會，我可不敢在崑崙派大會中強自出頭，尤其當著各位前輩面前，更不敢放肆。可是，衝著家父在時與八大門派的交情，想請各位賞我一個面子。」他說完，先對鄭當時與柳搖風陪著笑臉道：「為了崑崙大會，一切不要計較。」

「瞎眼王母」柳搖風道：「我本不要計較。」

西門懷德是最怕在此時生事的一個，既有司馬駿出面做魯仲連當這個和事佬，不由喜之不禁，忙道：「少莊主說得是，請四位給崑崙門一個薄面。」

司馬駿連忙點頭，走近「長白雙狐」朗聲道：「二位，千不念，萬不念，念在同是武林一脈，一切過了今朝再說，沒有擺不平的事情。」

金、銀雙狐彼此交換了一個眼神，齊聲道：「好！咱們聽你的！」

司馬駿忙道：「橋歸橋，路歸路，早不見，晚見。謝了！」

銀狐聞言連連點頭道：「再見！姐姐，咱們走。」兩人同時起身，轉面向廟外奔去，頭也不回。

一場血腥味極濃的場面，被司馬駿三言兩語，就化干戈為玉帛。

長白雙狐一走，西門懷德走下正殿，先向柳搖風與鄭當時稱謝，然後向司馬駿拱手齊額道：「父是英雄兒好漢，少莊主一言九鼎，連長白雙狐這等野性難馴之人，也為你的威儀震懾住了。」

司馬駿忙道：「哪裡，哪裡，老掌門，請就位主持大典吧。」他說完，依照武林規矩，逕自走向左側偏殿觀禮席落座。

不料，先前因為人多，又忙著與相識的人寒暄，未曾留意，等到落座之後，才看清身側坐的不是別人，乃是「逍遙公子」探花沙無赦，心中不由一寒。

然而，此刻大典已經開始，自己原是別人注意的人，怎能站起來離座呢。於是，只有點頭苦笑一笑。

「少莊主！」沙無赦已壓低聲音道：「你不愧是司馬老莊主調教出來的，實在高明！」

司馬駿本想不與沙無赦答話，既怕他嘮叨個沒完沒了，又生恐此時此地當著眾人把龍王廟丐幫之事抖了出來。故而，只好點頭應道：「沙兄，誇獎！」

沙無赦無聲的咧一咧嘴角道：「少莊主，你今晚的約會可不要忘了。」

司馬駿心頭一震，暗忖：真倒楣，為何每次都碰到這個鬼靈精？然而，口中卻道：「在下今晚並沒有與人約會。」

「少莊主！」沙無赦的臉色一寒道，「要想瞞別人，我不知道，想瞞我沙無赦沒那麼容易。別忘了，我是御前親點的探花，不是簡單人物。」

司馬駿道：「事實上並沒有約會。」

沙無赦道：「你呀，太也不老實了，連時間地點我都知道，要我點明嗎？」

司馬駿沒好氣的道：「儘管講出來！」

沙無赦不加思索的道：「地點在彰德府西關外橋頭汀的路家祠堂，時間是今天晚上，約會的人是長白雙狐。少莊主，我沙探花說的沒錯吧。」

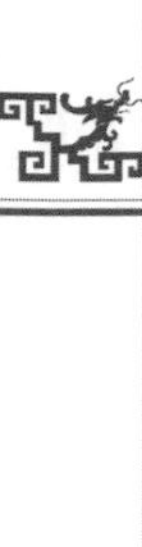

司馬駿心中怒火高熾，恨不得把沙無赦立斃掌下。怎奈此時此地固然不宜，而且沙無赦也是扎手人物，要想硬碰硬，是真的不知鹿死誰手。

他只顧想，耳畔沙無赦又已絮絮叨叨的道：「別人看不出，我在這兒可看得清清楚楚，你說話之前，先向長白雙狐眨眨眼！不然的話……」

司馬駿幾乎氣炸了肺，但按捺下來道：「不然為何？」

沙無赦道：「不然我也想不到你說的『橋』是橋頭集，『路』是路家祠堂。」

司馬駿冷哼一聲，並沒接腔。

沙無赦又像蚊子一樣在司馬駿耳畔道：「假若我猜的不錯，你先縱恿長白雙狐來擾局，等到碰上硬點子，又怕長白雙狐被制住之後吐出真情，扯出你這個幕後的主子來。所以……」

司馬駿再也忍耐不住了，伸手抓起自己束腰細穗之上繫著的那塊血龍玉佩，咬著牙握在手心，暗運內力猛的一握。但聽「吱」地一聲，牙齒也咬得咯咯作響道：「沙無赦，你以為本少莊主怕了你嗎？你……你……你是欺人太甚！」

沙無赦並不著惱，嬉笑著道：「言重了，我不過是胡亂猜測而已，何必生這大的氣。」

司馬駿漲紅了臉道：「此間祭典完了，我與你就在路家祠堂見面。」

「好！」沙無赦乾脆爽快的應了聲道：「你不約我，我也跟定了你，這是正合孤意的。喲！祭天大典竟然這麼快的完了。」

果然，正殿上燭已殘、符已焚，一應的儀式，似乎已到了尾聲。一眾武林，紛紛走向大殿，向西門懷德道賀。

司馬駿離座而起，對著沙無赦道：「姓沙的，少莊主在路家祠堂等著你！」他說完，一拂袖，含著滿面的怒色跨步就走。

沙無赦搶上半步，攔住去路道：「且慢！」

司馬駿的眉頭一揚道：「怎麼？你打算在眾人面前動手嗎？」

沙無赦面帶笑容道：「又是誤會！又是誤會！」

司馬駿道：「你待如何？」

沙無赦縱聲笑了一笑，遂即壓低咽喉道：「少莊主，我們之間的事，最好只有我們兩個人知道也就夠了，何必讓大伙兒都知道呢？」他分明是連刺激帶威脅，乃是話中有話。

司馬駿無奈的道：「既然如此，為何擋住我的去路？」

沙無赦道：「少莊主，我看你的臉上怒形於色，恐怕被別人看出，以為你有何難言之隱，最好我們倆有說有笑的去向西門懷德道賀，然後告辭。」他說著，也不等司馬駿回話，提高了嗓門道：「司馬兄，我們一同去道賀一聲，然後找一個清靜所在喝上幾杯，也好敘敘舊。哈哈哈！」

沙無赦笑得十分得意，與司馬駿並肩而行，十分熱絡般，只把個司馬駿氣得一佛山世，二佛涅磐。

但是，此時此地，可不能翻臉。因為沙無赦不但口沒遮攔，一個不對勁，必會把丐幫之事揭開。更有，長白雙狐之事，雖未發作，但也被沙無赦「猜透」，在未與雙狐計議妥當之前，還真的得罪他不得。於是，只好暫且忍耐，苦笑一笑而已。

正巧，這時，西門懷德命彰德分舵舵主「拚命郎君」羅大文前來邀請。

沙無赦又已搶著回答道：「分舵主，請你轉告西門前輩，就說司馬駿少莊主本想在貴幫打擾，不料遇上了我，咱們久已不見，要敘敘舊，就此告辭！」說完，又向司馬駿不住的點頭道：「司馬兄，我沒說錯吧？這可不是我一個人拿的主意。」

司馬駿只好點頭道：「對！是的！」

沙無赦更加得意的拱手向「拚命郎君」羅大文道：「羅舵主，後會有期！」

這時，司馬駿氣憤之下，加緊步子，早已出了東嶽廟的大門，果然向橋頭集走去。

沙無赦緊隨在他身後，如影隨形，嬉笑著又道：「少莊主，你不要這樣氣鼓鼓的好不好，咱們是朋友嘛。」

司馬駿冷冷一咧嘴道：「朋友？沙無赦！我告訴你，我只要有一口氣在，這個樑子算結定了。朋友？你卻說得好聽！」

「噫！」沙無赦瞪著眼，噫了聲，然後做個鬼臉道：「我不明白我們之間有什麼樑子，就拿洛陽丐幫的那檔子事吧，我可是守口如瓶，從來沒有對誰提起過，千萬不要誤會！」

司馬駿見他又提洛陽丐幫之事，無名火起，大聲道：「你不要拿那件事來威脅我，任由你對誰說，我司馬駿並不在乎。」

「哈哈哈！」沙無赦習慣的仰天狂笑道：「我要是打算說出去，最多只對一個人說，並不需要在武林之中逢人就提。」

司馬駿沉聲道：「一個人？是誰？」

沙無赦面帶笑容，不疾不徐的道：「還有誰，就是你貴莊的前任總管，現任丐幫的新幫主，費

天行！」

兩人說著說著，此時已出了彰德府，行人稀少。

司馬駿一聽，向四下打量著無人，突的一個轉身，右臂快如閃電般伸出，五指戟張，認定沙無赦肩井抓到，快速至極。

沙無赦豈是弱者，事實上，他已早防著司馬駿有這一著，只見到司馬駿的眼神向四下梭巡，沙無赦已知道他要發動了，又見司馬駿肩頭閃動，立刻右手一揮，身子不退微側，右掌急抓，反而搶向司馬駿伸出的肘下，口中吟吟而笑道：「少莊主，這做什麼？」

司馬駿這時，怎敢再抓實了去，急忙抽回招來，向左近的林子裡一揚道：「那兒僻靜，少莊主等你。」

他的聲落人起，箭步連連，竄向林蔭深處。

沙無赦向來驕氣十足，他忘了遇林莫入的禁忌，朗聲道：「不要走呀！失信背約，不怕丟了司馬山莊的臉嗎？」他絲毫不懼，啣尾進了林子。

林木森森，兩人高的榆樹，雖是三月天氣，早已綠葉滿枝，根本看不到五尺以外的情景。

沙無赦進了林子，不由暗喊一聲：「糟糕！被這傢伙開溜了。」

「哈哈哈……」一陣朗笑，分明是司馬駿的聲音，震得林木蕭蕭，回聲四合。

沙無赦大聲喝道：「司馬駿，跑掉和尚跑不掉廟，我會找上開封，司馬山莊跑不掉的！」

話才落音，司馬駿的喝叫之聲又起道：「你想到司馬山莊嗎？轉世投胎二次做人才行！」

喝聲甫停，忽然——忽哨之聲四起，哨聲尖銳刺耳，驚魂奪魄，令人不寒而慄，通身汗毛倒

立。

沙無赦再也料不到司馬駿在此安了埋伏，耳聞這等忽哨之聲，心知不妙。因此，停在原地不動，高聲叫道：「不要裝神弄鬼，有種的出來試試我沙小王爺的紫玉橫笛！」

沙！沙！沙！樹葉抖動之聲此起彼落，人影穿梭從林木深處四面八方的射出，怕有三四十個之多，全都是一身腥紅勁裝，每人手中一只雙截連環棍，抖動之下，呼呼風聲，加上鐵環啷當，把樹葉掃得飛舞，嫩芽細枝漫天撒開，聲勢頗為驚人，齊向沙無赦存身之處席卷而至。

沙無赦早已亮出紫玉橫笛，大聲叫道，「恃仗人多，司馬駿，你這正主兒卻不敢露面，等我收拾了這些無名小卒，看你出面不！」

他揮動玉笛，迎著紅色人潮展招作勢。

誰知，那為數三四十的紅色勁裝漢子，潮水似的勢子看著捲到距離沙無赦一丈之處，忽然停了下來，圍在四周，隔著一些榆樹，把手中的兩截棍舞成一團光影，只是不攻，卻也不退。

沙無赦一見，匆忙煞住進攻之勢，四下打量。

因為，林子中密密麻麻的樹幹，礙手礙腳，要想全力而為，施展不開，對方二四十個漢子，舞動兵器帶動的勁風，分明都不是等閑之輩。自己若是冒險搶攻，前面的敵人固然不怕，而左、右、後二面的敵人，必然借著樹幹的掩護，來個奇襲暗算，到時防不勝防，一個失手，必然凶多吉少。

他想到這裡，自料所猜不錯，橫笛當胸，找了一棵較大的樹幹，游身移近，背對樹幹，冷冷一笑，對那些漢子吼道：「叫你們少莊主露臉吧，沙小王爺還真不忍心傷到你們這些無辜的家伙。」

那三四十個漢子，彷彿是即聾又啞，沒有人答腔，此縱彼跳，

在林子中如同一大群瘋子，有時口中忽哨幾聲，看來是一種暗號。

果然——忽然，三十四個人齊的一聲尖哨，特別高亢入雲。

就在忽哨之際，三四十人晃眼變成了十組，每組四人連手。而這十組人像是排成五個方位，每一方位兩組。這兩組又分做一前一後。

前面的一組四人，簡直如同瘋狂，人人臉上充滿了殺氣，雙眼發直，掄起手中兩截棍，連跳帶滾的向沙無赦立身之處撲來。

沙無赦心中不由一寒，常言道：「一人拚命，萬夫難當」。

再看那每組四人的架勢，完全是在拚命而為，雖然尚離丈餘，手中的兩截棍舞得風雨不透。

敢情那些人手中的兩截棍，不是木製，原來都是精鋼練就，閃閃生輝。

沙無赦沒了主意了。

因為，自己手中的兵器，乃是紫玉雕成的橫笛，玉石雖堅，但是既雕成橫笛，中間早已挖空，不然何能發出上上之音。

平時，沙無赦貫上真力，對付高手尚能發揮兵器的作用，因為高手較技，重點是在招式法上，偶而硬接一招半式，但以內功修為較勁，並不是在動蠻力。

有道是：「較技怕冒失！」就是這個道理，較技是練家子，冒失是憑一股傻勁。

如今，沙無赦這個內功高手，偏遇上了外門道的極具份量的兵器，怎麼不在內心犯嘀咕呢？

當沙無赦只顧思量之時，迎面一組四人，夾雷霆萬鈞之勢，排山倒海欺近。左首，也是如此。

右首的一組吆喝連天，來勢最為凶猛，相距也是最近，探手可即。

沙無赦索性收起橫笛，倚在樹幹上的身子，緊緊向後一仰，整個人就貼在樹幹之上，暗暗用了一個「黏」字訣。再凌空真氣上提，像一隻背向的壁虎，一溜煙上騰丈餘，半途中折腰一縱，凌空翻了個元寶跟斗，人才到了樹梢之上，單腳著力，輕飄飄的站在那裡。

照說，沙無赦的輕功已儕上乘，應該騰身而起，越過攻來漢子的頭頂，躍出包圍圈子。

但是，他沒有。

理由是，他生性傲慢，目無餘子，不敢落一個「落荒而逃」的名譽，二則，他根本無心躲閃，第三，也就是最大的原因，已看出來，三四十個漢子練之有素，進退有序，所以分成十組，就是在變化靈活。

假若沙無赦騰身突圍，那些漢子必然前隊改為後隊，後隊改為前隊，依然圍成一圈，說不定自己腳未站穩，已落在兩截棍之下。輕則措手不及手忙腳亂，重則非死必傷。

他這麼一著「怪招」，乃是出於臨敵機變，可以說不成章法，圍在周遭的漢子，固然大出意料之外，一時不知如何是好，連遠遠暗地裡監視的司馬駿也不由暗喊一聲：「好滑的狂徒！」

沙無赦人在軟柔的樹梢之上，朗聲喝道：「司馬駿，是漢子亮亮相，小王爺我可沒想到要動手過招，真的過招，我可以奉陪，躲躲藏藏的，不是咱們四大公子的行為！」

常玉嵐、紀無情、司馬駿、沙無赦，在武林中被譽為四大公子，聲價可是在各門各派的掌門之上。各門各派的掌門，為一門一派之主，但所管的，不過是一門一派之事，也就是說各有範束，而四大公子是超然的地位，不管黑白兩道、名門邪派，莫不給予最大的尊敬，公認的最高榮譽。

而今，沙無赦當著司馬駿的手下這麼一吆喝，對司馬駿的聲威，乃是大大的降落。

因此，司馬駿再也不能躲在暗處挨罵，他朗聲應道：「沙無赦，化外野族，四大公子能有你這個邪魔外道嗎？」喝聲中，樹蔭深處，司馬駿已現身而出，對那三四十個漢子道：「退下！」

三四十個漢子聞言，齊的忽哨一聲，頓時交換了陣式，圍成一個圈圈將沙無赦與司馬駿圍在核心。

沙無赦朗聲一笑道：「少莊主，你總算像烏龜一樣，好不容易伸出頭來了。」

司馬駿雖然臉上發燒，但口中卻道：「下流！」

沙無赦噗哧一笑道：「哧！你也知道縮頭烏龜是下流，剛才為何把頭縮起來呢！」他說著，從樹梢移步凌虛飄身下地，一副很悠閑的樣子，不經意的揮著那根紫玉橫笛。

把一個司馬駿氣得咬牙切齒，顧不得什麼禁忌，就在沙無赦飄身下地，絲毫未防之際，突然抽出長劍，「七步成詩」幾個連環搶步，挺劍認定沙無赦的中庭大穴刺到。

這一招是怒極而發，自然是全力而為，既急又快，既狠又準。

沙無赦雖然狂傲，也不由悚然一驚，急切之間騰身退出丈餘，紫玉橫笛當胸護著迎面，吃吃一笑道：「我說嘛，司馬山莊的少莊主，總應該有個三招兩式，總算你亮出來了。」

司馬駿如何能忍耐得下，一招落空並不怠慢，長劍不收，橫劃斜挑，反而連環跨步，人劍合一道了過去，快劍毫末，銳不可當。

不知如何，一招未完，二招又起，連環進擊，刷！刷！「擎天劍法」十二式一氣呵成，把一個沙無赦逼得只有借著上乘輕功，閃、躍、跳、縱，一時手忙腳亂，竟然抽不出還手的路數。

司馬駿除了鼻子裡隨著招式冷哼之外，一言不發，一心一意要置沙無赦於死地。

論手上功夫，「四大公子」原是不相上下，正常的情況之下，沙無赦即使無法勝得司馬駿的功力，但半斤八兩是可以的。

無奈，一人拚命，萬夫莫敵，加之沙無赦也料不到司馬駿為此拚命，所以先機盡失。

武家交手，最忌失去機先，尤其是兩個功力在伯仲之間的人相鬥，佔先的一方，一定是主動，失去先機的人處處被動，不免敗象環生。

就在此刻，原來列成陣式的三四十個腥紅勁裝漢子，發聲大喊，從四面八方潮水般湧了上來。

他們並不出手，只是每人揮舞起手上的雙截連環棒，虎虎生風，威勢逼人，在外圍助威，而且圈子愈來愈小，宛如一堵圓形的圍牆，將沙無赦與司馬駿圍在核心。

沙無赦與司馬駿同樣被圍在核心，但形勢完全不同。

司馬駿面對的只有一個敵人，就是沙無赦，而且處處主動，佔著勝面，這樣一來，氣勢更盛。

相反的，沙無赦強敵當前，對付司馬駿已勉力招架，現在又擔心圍在四周的紅衣漢子放冷箭。更吃虧的是，先前跳躍閃避的功夫，至此完全施展不開，只有硬接硬架的份兒，吃力的情況可想而知。

司馬駿可是個大行家，權衡情勢，手中劍益發加緊，招招專找沙無赦的要害，著著指向沙無赦的致命之處下手。

沙無赦險象環生，心理上焦急異常。

高手過招，心理因素關係重大，心有旁鶩，功力必然大打折扣。

此消彼長，相形之下，勝負已分。

司馬駿劍走中岳，忽然一聲長嘯，如同龍吟鳳鳴，怒聲喝道：「沙無赦！你的一張利口，現在沒有用了吧！」語聲未落，長虹般的劍芒，逕抵沙無赦的咽喉。

沙無赦大驚失聲，驚呼了聲：「啊！」唯有仰天後倒。

「拿命來！」司馬駿怒吼聲中，劍尖下沉疾收，本來直指咽喉的劍尖，改劃中庭子午一線。

這一劍若是劃實，沙無赦必然是來個「大開膛」，當場血染深林橫屍當地，連一向玩世不恭的沙無赦，也不由暗喊一聲：「我命休矣！」

「司馬兄，使不得！」聲隨人至，衣衫飄忽之中，常玉嵐長袖揮處，卸去了司馬駿的劍勢，另一隻左手已將堪堪仰天倒地的沙無赦後脊托住，使他不致仰天倒下。

這也不過是一剎那電光石火般的變化，快如閃電的動作，分不出先後，幾乎是同時而發。

司馬駿完全不防之下，不由退後半步。

沙無赦玉面緋紅，愣在當地。

四十餘個漢子個個目瞪口呆。

只有常玉嵐微笑拱手道：「司馬兄，恕我魯莽！」

司馬駿對沙無赦一再揭開他的秘密。不僅視為大敵，而且如芒針在背，必須除之而後快。一則機會不多，每次見面沙無赦是「硬到不決裂，軟到不投降」，像橡皮糖似的。二則真要拚起來一對一，勝負尚在未定之數，以司馬駿的家教來說，是不打沒有把握的仗。如今，機會已至，而且眼見要將肉中刺眼中釘除掉，偏偏又被常玉嵐在緊要關頭耽擱下來，心中不悅可想而知。因此，淡淡的道：「常兄，不要忘了我們兩家是世代通家之好，更不要忘記中原武林的血脈相連。」

常玉嵐含笑道：「司馬兄所言正是，只是宇內武林皆屬血脈相連，沙兄與司馬兄之間，應該沒有深仇大恨，何必以生命相搏，非至生死不可呢。」

沙無赦已收起一貫的嬉笑態度，冷然的道：「司馬駿，你配稱為武林人嗎？」

司馬駿不怒反笑道：「司馬山莊若是不配稱為武林，不知誰有資格？」

沙無赦怒火益熾道：「呸！」他重重的吐了口唾沫，指著此刻已退在司馬駿身後的四十餘紅衣漢子道：「武林假若同你一樣，今後不必苦練功夫，只要仗著人多勢眾便可以了，對不對？」

司馬駿吼道：「廢話，適才是少莊主我一對一的取你狗命！」

沙無赦紅著臉叫道：「好！常兄為仲裁，小王爺現在與你見個高下！」他說話之際，手中紫玉橫笛刷的一聲，亮招作式，迎面立樁，擺出一付拚鬥的架式。

常玉嵐一見，橫身攔在沙無赦與司馬駿二人之間，帶笑道：「兩位都請息怒！何必呢？」

司馬駿陰陰一笑道：「哼！常兄，此人不除，終必是我中原武林的一個火種，他到處挑撥離間，先要引起中原人自相殘殺，然後他坐取漁人之利。」

常玉嵐笑道：「只要我們中原人自己不殘殺，別的人是無可奈何的。」

沙無赦道：「挑撥離間確實有之，可是，不是我沙某。」

司馬駿指著沙無赦道：「不是你是誰？」

沙無赦冷漠的道：「我兩人之間必有一個，但不是我姓沙的。」

「狡滑的小子！」司馬駿冷然不防之下，一扭腰，越過常玉嵐，手中長劍又已探出。

常玉嵐不由叫道：「有話好講！」然而，哪裡來得及。

「錚」的一聲，長劍玉笛已在雙方著力一磕之下，發出聲脆響。

兩人各自抽身而退，人影乍合即分。

司馬駿省視一下手中長劍，劍鋒毫無損傷。

沙無赦也瞄了一下手中玉笛，和闐老玉堅若金鋼，也沒有任何痕跡。

常玉嵐乘著兩人這種情形所讓出來的短暫空隙，揉身上前道：「二位相搏，師出無名。」

司馬駿並不聽什麼勸解之言，沉聲道：「常兄，閃開！等我打發這狂徒！」他口中叫著，劍招又出。

常玉嵐置身在兩人之間，又存心要化解兩人的紛爭，可不能空手攔住寒森森的利劍。因此，順手抽出腰際的「斷腸劍」，揚腕架住司馬駿的劍身，口中道，「聽我把話說開！」

不料——嗆！火星四濺，劍鋒相撞。

司馬駿勃然道：「常兄，你……」

常玉嵐笑道：「司馬兄何必要選擇一拚的方式呢？」

司馬駿聞言道：「常兄，你是存心幫姓沙的來助拳嗎？」他說時右臂疾振，長劍又出。

常玉嵐不由著急道：「誤會！」

司馬駿的長劍既出，雖然認定沙無赦，但常玉嵐攔在中間，乃是首當其衝。

加之司馬駿的長劍原是從常玉嵐劍身之上抽出，方位離常玉嵐不遠，更糟的是，常玉嵐根本沒有料到司馬駿出手如此之快。

因此，除了揚劍招架之外，沒有第二個選擇。

更糟的是，司馬駿第二劍乃是怒極而發全力而為，如同怒濤排壑，驚浪拍岸，猛不可當。

常玉嵐招式初成，只覺著一股銳不可當的力道，透過劍身直壓手臂，手腕震處，虎口痠疼，一條右臂好似千斤巨石壓了下來。

不由大吃一驚，揚聲叫道：「司馬兄，你欲意何為？」

司馬駿乃是高傲慣了的，以司馬山莊少莊主之尊，到處受人恭維，哪裡會謙虛軟化下來。因此，他已發現常玉嵐雙眉緊皺，而且吃力之色，索性力貫劍身，更加狠狠的壓下道：「常兄，除非你置身事外，否則我也要得罪了！」

常玉嵐微惱道：「常某既然出面，焉能置身事外虎頭蛇尾。」他也有心讓司馬駿知難而退。因此，口中說著，丹田升起本身真力，揚劍猛然一震，大吼道：「司馬兄，撤劍！」

常玉嵐的劍招乃是家學淵博，斷腸七劍其來有自，加上最近半年每逢獨自相處，都勤練「血魔秘笈」的功夫，內力外招，都在不知不覺之際大有精進。

此時，猛然施為，如同山洪爆發，平地驚雷，劍式夾著雷霆之威，力道之大無與倫比。

司馬駿對常玉嵐的常門斷腸劍並不陌生，對於常玉嵐的功力，也知之甚詳，故而，淡淡一笑道：「常兄真的是沙無赦約來的打手？

「哦！」

「打手」兩字出口，不由失聲驚呼，「哦」的一聲，退後三步，一雙眼吃驚的瞪著常玉嵐，半晌說不出話來。

沙無赦已看出端倪，冷笑一聲道：「這一招常兄雖未全力而為，只是少莊主卻吃了苦頭了。」

他在訕笑，尖酸、刻薄，話中帶刺。

司馬駿臉上飛紅，既羞又愧，既氣又惱，怒喝道：「沙無赦，你幸災樂禍！」

沙無赦道：「我只說出事實而已。」

常玉嵐出手一招震退下司馬駿，頗為後悔，聞言忙道：「小弟無心，司馬兄不必介意！」

司馬駿更加臉上掛不住的道：「少耍嘴皮子，司馬駿是嚇不倒的！」

常玉嵐忙又道：「誤會！誤會！」

司馬駿道：「沒有什麼誤會不誤會。常三公子，你把話說明白，常言道，鑼不敲不響，話不說不明。」

常玉嵐笑道：「你要我說什麼？」

司馬駿道：「你是站在姓沙的那一邊？還是站在中原武林一邊？」

沒等常玉嵐回話。林間枝分葉動，嬌笑連番，金銀雙狐攜手飄身而至，人在樹梢，輕浮的齊聲道：「中原武林一邊可不好站，不站到咱們這一邊，就要拿命來！」

兩個人故意說的嗲聲嗲氣，站在軟軟的枝頭，人也像風擺柳一般，隨著樹枝搖來晃去，嬌笑連連，水汪汪的眼睛不住的對場子上人飄來飄去，顯出風情萬種的樣兒，令人噁心。

沙無赦不禁道：「來了！來了！要挑掉中原武林的人來了。司馬駿，她們這兩個寶貝可是站在你那一邊的人。人證到了，缺少物證。」

司馬駿受不了這種冷嘲熱諷，怒不可遏的道：「化外野徒！你逃過剛才一劍，算你命大！我……」

沙無赦趕忙叫道：「慢點！你又想溜了是嗎？」

司馬駿可真是打算交代幾句場面話，一走了之。現在被沙無赦一語道破，越覺難堪，沉聲道：「沙無赦！你找死，選好了今天的日子嗎？」

常玉嵐生恐他再次出手，又連忙上前道：「司馬兄。」

司馬駿不等他開口，高聲道：「常兄，胳膊朝內彎，拳頭向外打……」

沙無赦插口道：「既然如此，司馬山莊為何專門找些野狐禪的敗類，來到中原惹事生非？」

這句「野狐禪」卻惹起來林梢上金銀雙狐的怒火。兩人一拍雙掌，像兩隻花蝴蝶，翩然飛落下來。

金銀雙狐的招式別具一格，與一般兩人連手的架勢完全不同，人在凌空，雙手牽牢，一施右手，一施左掌，尖攻並擊，一齊拍下。

沙無赦淡淡一笑，朗聲道：「常兄！兄弟我好艷福，兩隻玉掌，都要為我按摩！」

常玉嵐不由大急道：「沙兄，雙狐詭異，小心她們的怪招！」

一語未完，平地一聲暴響。「啪！」

「啊！」

「哈哈哈……」

沙無赦霍地退出七尺，臉上紅齊耳根。

金銀雙狐嬌笑如同銀鈴，得意至極，盯著沙無赦。

原來，沙無赦初見金銀雙狐聯手迎空下擊，乃是一雙空手，也就收起紫玉橫笛，雙掌乍合即分，迎著雙狐的下壓之勢，打算硬接一招。誰知，金銀雙狐的聯手下擊，乃是騙敵之計的虛招，目的就在引誘敵人的回擊，等到兩下眼見接實，雙狐快如閃電的倏然分開，化下擊為斜推，分為左右，以迅雷不及掩耳之勢，二次發招，叫人防不勝防，端的是變化莫測，詭異狡詐。沙無赦不知就坚，迎空全力上擊，怎能不著了雙狐的道兒。

幸而他功力深厚，臨敵經驗老到，百忙之中，抽身而退，也沒有被雙狐的夾擊兩掌拍實。不然的話，縱然不落個橫屍當場，也必五臟離位，內腑傷殘。

饒是如此，沙無赦驚呼聲，只覺左右兩股似重實輕，似剛實柔，似冷還熱的力道，似緩還實的分襲過來，不嚇出一身冷汗，幾乎愣在當場。

金銀雙狐齊聲嬌笑道：「不出所料，看他是個初出道的毛腿鴿子，瞧他嚇成那個樣子。」

沙無赦一時大意，未能想到金銀雙狐的虛中夾實的怪招，早已羞紅了臉，哪能忍受這等當面的嘲笑，不由勃然大怒道：「騷娘們，你少臭美！」喝聲之中，雙腳一挫步，紫玉橫笛已經亮了出來，「借東打西」，一招二式。

金狐聞言嬌笑道：「喲！小伙子，你既然看出咱們姐妹的騷，我們騷在哪兒哩？」

銀狐也接腔道：「是呀，我們哪個騷呀？」

沙無赦怒道：「你們騷在骨子裡，我要剝你們的皮，看看你們的騷骨頭。」口中說著，手中更不怠慢，紫玉橫笛動處，分襲雙狐的要害，情緊勢逼，凌厲至極。

金狐一見，尖聲道：「喲！哥哥，要動真的！」嬌笑聲中，金晃晃的人影一飄，跨步揉身，平地閃開五尺。

另一面的銀狐尖聲道：「姐姐，這個可是我的，你不要插手。」

她笑語之中，突的由袖口之中抽出一縷銀色汗巾，不退不讓，只把頸子一低，硬從紫玉橫笛之下欺上前來，手中銀色汗巾快速一抖，口中又已道：「哥哥，你不要那麼狠嘛！」

沙無赦只覺有一股強烈的香息直沖腦海，接著眼前銀影一縷，隨著太陽穴發脹，雙臂痠軟無力，分明著力搗出的橫笛，不自覺的垂了下來，身子搖搖欲倒。

這不過是眨眼之際的事。

銀狐的一隻藕臂，已經攔腰將搖搖欲倒的沙無赦攬在懷內，淫蕩而笑道：「哥哥，倒也！倒也！」

常玉嵐初見銀狐的銀帕出手，已看出其中一定有文章，只是這一連串的變化，來得太快，來不及提醒喝止，沙無赦已經癱軟在銀狐的懷裡。

常玉嵐生性嫉惡如仇，尤其厭惡這等邪門外道的卑鄙手段，不由怒火如焚，斷腸劍挽出一朵劍花，厲聲喝道：「賤婦！放手！」

他是既氣又急之下，挺劍救人第一，直撲已被銀狐攔腰抱住的沙無赦。

不料，「螳螂撲蟬，黃雀在後」常玉嵐只顧要搶救沙無赦，忘卻了早已躍身一側的另一只金狐。

金狐眼見常玉嵐挺劍指向銀狐，不聲不響，從衣袖內抖出一幅金織汗巾，冷不防斜刺裡照準常玉嵐的面門刷去，等到汗巾刷中，才嬌叫道：「你算是我的吧。」

常玉嵐欲閃不及，如麝似蘭的幽香一縷，肩頭痠麻，長劍幾乎把持不住。

金狐如同餓虎撲羊，雙手伸處，已把常玉嵐抱了個滿懷，高聲叫道：「銀蹄子，我們各取所需，誰也不會閑著！妙極了！」

常玉嵐怒火如焚，恨不得一劍把金狐戳一個前心到後胸，然而，怎奈通身無力，連頸子都軟綿綿地抬不起頭來，哪裡有掙扎的力量。

這時，閃在一邊的司馬駿跨步而出，冷冷的道：「賢姐妹，這二位可都是絕代高手濁世佳公子，比不得一般的紈絝子弟。」

金狐冷冷一笑道：「先廢了他們的武功！」

銀狐也嬌笑道：「叫他們變成由我們擺布的小白臉，那才有意思呢。」

這兩個淫妖相互使了個眼神，各自挪出一隻手，並指就待向懷中的「俘虜」大穴點去。

司馬駿連忙喝止道：「使不得！」

然而，已經遲了，金銀雙狐的手指，已經點了兩人的「血海」大穴。

隨著金銀雙狐的嬌笑，沙無赦與常玉嵐額上的汗珠如黃豆般大，兩人雖呈痛苦至極，但都強自忍耐下來，只有咬牙切齒，鼻孔中出氣虎虎的哼聲。

司馬駿一見，不由道：「可惜！他二人……」

金銀雙狐同聲道：「死不了的！」

司馬駿搖頭道：「事已至此，將他們背回下處再行發落。」他說完回頭招來兩個紅衣漢子，又吩咐道：「背起他們！大家回橋頭集路家祠堂。」

「慢著！」

在場的一大群人，不由一齊向發聲之處望去。

淺藍、粉紅、淡黃、湖綠，四個顏色不同卻一致宮裝的美麗少女，拖曳著輛香車，分枝拂葉緩緩進了林子。那份幽靜的意味，與眼前一大群凶神惡煞四十餘紅衣大漢，成了鮮明的對比。

司馬駿不由一愣道，「是百花夫人嗎？」

「少莊主只記得有一個百花夫人？」

語意輕柔，字字清晰明白，如同珠走玉盤，清脆悅耳，但隱隱中有一股令人不可抗拒的威力。

隨著話音，香車的簾幕徐徐展開。眼前彷彿陡然一亮，一位年可雙十的玉人，真是芙蓉為面柳為眉，雙腮紅暈似有若無，櫻桃小口似笑還嗔，長髮垂肩，通身雪白的雲裳，隨風微微飄動，端坐在香車之中，恰似神仙中人。

司馬駿不由失神的道：「藍姑娘！桃花……」

藍秀緩緩立起，蓮步款移半步，俏立在車轅邊際，梨渦動處輕啟朱唇道：「少莊主，你這等作風，傳出江湖，恐怕不太相宜吧！」

司馬駿雙眼發直，幾乎講不出話來，他被藍秀的艷麗所懾，一時吶吶的道：「這……我……」

藍秀冷然的道：「你怎麼說呢？」

司馬駿道：「在下並無傷人之心，相信……相信……藍姑娘，相信我司馬山莊與常三兄、沙探花之間，也沒有深仇大恨。」

藍秀的柳眉微皺道：「既然如此，為何施出卑鄙手法，廢了他二人苦練多年的功力？」

「這……」司馬駿吱吱唔唔，回頭向金銀雙狐看了一眼。

金銀雙狐可沒見過藍秀，不由齊聲尖叫道：「是咱們姐妹的事，你敢情是不服！」

藍秀正眼也不瞧「長白雙狐」一眼，只對司馬駿道：「好吧！他們的事，由他們自己了斷，把人交給我，這筆賬他們自己算！」

司馬駿不知為了什麼，竟然絲毫沒有反抗之意，口中應道：「好！好！藍姑娘既然吩咐了，你就把他們二位帶回去吧。」

藍秀輕盈的頷首道：「那就謝了！」

不料「長白雙狐」聞言，齊聲尖叫道：「辦不到！」她二人尖叫聲中，原已將常玉嵐、沙無赦交給紅衣漢子背起，這時卻雙雙撲近了去，金狐緊握著常玉嵐的腕子，銀狐抓著沙無赦的肩井，又齊聲道：「要帶走他們二人，先得咱們點頭。」

藍秀並不與「長白雙狐」接腔，反向司馬駿道：「少莊主，這事你不能做主？」

司馬駿囁嚅的道：「不是不能做主，只是……只是……」

藍秀有些不耐的道：「假若你不能做主，就站在一邊，我自有道理。」

沒等司馬駿回答，金銀雙狐交換了一個眼色，雙雙竄到香車之前，戟指著藍秀道：「你是何方神聖，大剌剌的，姑奶奶們的事你少管為妙！」

藍秀盈盈一笑道：「非常湊巧，這件事我是一定要管，是沒辦法的事。」

金狐狠聲道：「你憑什麼？」

藍秀道：「不憑什麼。」

銀狐暴吼道；「憑你的臭美嗎？」

藍秀的眉頭皺得更緊道：「放肆！」她的「肆」字尚未出口，左手肩頭微動，長長的水袖忽然揚起，遙遙地向銀狐拂出。

「啊——」刺耳驚魂的一聲慘呼，銀光一線，像是斷線的風箏，又像一片枯葉，掠地而起。銀狐的人被藍秀這不輕意的大袖一拂，平空飄出三丈，咚的一聲，硬繃繃的跌坐在地面。

金狐一見，不由臉色大變。

司馬駿也愣然不知所以。

藍秀施施然的道：「憑這應該可以了吧！」她說完之後，對香車邊的侍女道：「把常公子同沙探花扶到車內來。」

「是！」四個侍女應聲上前，分兩批挽扶著常、沙二人，進入香車後廂。

司馬駿固然如同泥塑木雕。

金狐也愕然不敢攔阻。

因為，藍秀適才的大袖一拂，表面上紋風不動，可是隱身長白苦練有年的銀狐竟然被震，而且運功無效，慘不忍睹，這太玄了。金狐有前車之鑒，怎敢再出面攔阻自討苦吃！

至於司馬駿，自從見了藍秀就已魂不守舍，更加說不出話來。

藍秀貝齒微露，只向司馬駿飄了一眼，然後折身回到車內，輕聲道：「少莊主，後會有期！」紗幕低下，車輪啟動。

司馬駿呆呆地目送香車轉入林蔭深處，悵然若有所失，無精打采的低聲道：「但願後會有期！」接著是一聲喟嘆，對長白雙狐同數十漢子道：「咱們也回路家祠吧。」

廿九　暗探虎穴

野風蕭蕭，落葉簌簌。

野村，偶而傳來二三聲淒楚的犬吠。

夜，黑得像一盆墨。

烏雲，一團湧在一起。

雞公山的影子，像畫家潑墨山水，迷迷濛濛的，靜悄悄趺坐在大地上。

迤邐的羊腸小徑，蜒蜒從山麓直通到雲深不知處。

好一片茂密的竹叢，一堆堆像星羅棋布的棋子，高聳入雲的翠綠竹梢，嫩葉隨著夜風搖曳，發出似有若無的簌簌之聲。

轉過竹森，忽然有一陣轟隆之聲，震耳欲聾。

原來是一幅寬可七尺長的數丈瀑布，懸空倒瀉而下，如同萬馬奔騰，氣勢之壯，嘆為觀止。

忽然一垂簾般的瀑布中間，「刷……」沖破傾瀉而下的瀑布，竄出一個瘦削的俏麗身影來。

奇怪的是，那身影像一道飛矢，又像一顆流星，穿過傾瀉而下力有萬鈞的瀑布水簾，竟然如同一枝飛鏢射穿紙糊的窗檻，輕飄飄的。

更令人吃驚的是那身影一身宮裝，紗襟飄逸，並未被凌空下瀉的水濺濕。這份快，這份輕巧，這份俐落，令人乍舌。

那身影從瀑布水簾之中穿射而出，凌空三疊，衣袂微振之下，像一片落花，落在積水成池的岸邊一人高的矮樹之上，四下略一打量，然後低聲叫道：「可以出來了，試著穿出水簾，快……」

她的聲音不高，嬌滴滴的，在澎湃的瀑布沖擊之下，近在咫尺，也聽不清楚，除非她用的傳密功夫。

可是，隨著她的話落音，嗖！嗖！破空之聲連番而起，水簾中射出兩道人影。

常玉嵐在前，沙無赦啣尾，兩人的功夫，顯然的不如先前那條俏影，無論在速度、輕巧，都似乎差了一大截。

同時，兩人穿越池水，身影已漸漸的下墜，十分勉強的飄向對岸，分明吃力的攀住池邊的粗枝，只差沒有墜落水中。

常玉嵐舉著樹枝的雙手無力，縱身飄落草地之上，微微喘息，紅著臉道：「藍姑娘，看來雙狐這麼一點，我的傷勢必須七七四十九天才能復原。」

先前的那條俏影，原來是神秘莫測的「桃花仙子」藍秀。

藍秀十分沉靜的道：「你比沙探花復原得要快。」

那邊的沙無赦雙手攀著樹枝，還在喘著大氣，分明十分吃力。

常玉嵐劍眉深鎖，朗聲道：「沙兄，你的體內真力可以凝聚了嗎？」

沙無赦氣喘噓噓的道：「難！難！我是終日打雁，被雁啄了眼了。」他是玩世不恭成習，說

到這裡，又哈哈一笑道：「人不死，債不爛，這筆賬我沙無赦早晚要算的！」說著，像打秋千的樣子，一個迴盪，借力穿身落在如茵的草坪之上。

藍秀盈盈一笑道：「你們兩位一向不是很開朗的嗎？怎麼一個憂心忡忡，一個耿耿於懷，分明是撇不開放不下，往日的瀟灑哪裡去了。」她口中說著，緩步走向草坪，擇了一個平坦的大石，施施然坐了下來，柔荑微揚，招招手對常玉嵐與沙無赦道：「兩位坐下來。」

常玉嵐苦苦一笑道：「又要我們用功？」

藍秀道：「是少不得的。」

沙無赦紅著臉道：「半個月每天枯坐半天，是我出娘胎以來從未有過的悶人功課。」

他二人口中說著，已緩緩的走向藍秀身側，分為左右盤膝趺坐在草地上，閉目垂睛，雙手虛按在自己的膝蓋之上，如同老僧入定。

藍秀的粉臉之上，忽然失去了開朗的神情，變得十分凝重，審視了一下左右端坐的常玉嵐與沙無赦，緩緩的道：「練氣的武者，最忌心有怨懟。沙探花的一股怨氣難以遏止，沉心靜氣之時，尚且透過靈明，使人有殺氣騰騰之感，應是不吉之兆。」

沙無赦忽的一睜雙目，咬緊牙根道：「大丈夫恩怨分明，我不怪長白雙狐心狠手辣，只恨司馬駿手段卑鄙，這筆賬今世不能善罷干休！」

藍秀微笑道：「沙探花，幸而長白雙狐對二位別有用心，手上還有些分寸，破了二位武功勁穴，身體沒有絲毫影響。血海若果真的被刺，你們非死即殘，哪有什麼算賬討回公道的機會。」

她口中說著，忽的雙掌連連搓揉，突然藕臂左右一伸，右掌按上常玉嵐的靈台，左掌捲在沙無

赦玉枕腦後，口中嬌聲道：「我來引導，二位各運真力，氣沖肋下，游走血海。」

常玉嵐的臉色凝重，放在雙膝上的手掌，微拾虛按在丹田之上。依言運功，順著體外藍秀玉掌上所傳來的徐徐緩流，引動真氣，依言如法炮制。

沙無赦也是內功的行家，無奈只因心中怒氣難平，雖也依照藍秀囑咐，竭力按捺下衝動的怒火，一時哪能平靜下來。

藍秀豈能沒有感覺。她低聲道：「沙探花，這是事關重要的時刻，必須沉靜，我不能多所囑咐了。」

林蔭一片寂靜，飛瀑流泉的雷鳴吼聲，引起群山響應，迴聲四蕩，此外，靜寂得連一片落葉離枝之聲，都可以清晰的聽到。

足有盞茶時候，藍秀的粉臉由紅轉白，由白變黃。

常玉嵐的頂上繞著一團白霧，聚而不散，額上的汗珠有黃豆大小，像清晨花葉上的露珠，滴滴分明。

沙無赦的面色蒼白，汗水如同大雨淋淋而下，額頭、鬢角，儼然小溪，流到領子上，把一身淡黃的長衫都透過來貼在身上。

藍秀的蛾眉緊顰，鼻孔小哼了一聲，緩緩收回雙掌，分明是十分疲乏，但一字字的道：「兩位自行運功，再有半個時辰，血海被點的制禁，會完全康復，千萬不要移動。半個時辰之後，再服一顆『桃花培元丸』，不但可培元養氣，而且能增進功力。」

藍秀的話才落音。突地，「哈……哈……」厲嘯之聲如同狼嚎，起自林外不遠之處。

這嘯聲好生怪異，不但刺耳驚魂，而且彷彿笑聲之中有無數的尖錐，直刺人的心尖，震得陣陣刺疼，使人難以忍受。

藍秀平時沉著端莊，喜怒不形於色。此刻，也不由悚然一驚，彈身站了起來。回頭再看常、沙二人，行功正在緊要關頭。

須知，行功之人到了緊要時刻，通身氣勢暢流，不亞於長江大河，一瀉千里，不可遏止。相反的，整個人體內的血液逆行，四肢百骸，都彷如拆卸散來。這時，只要外面有四兩的力道襲擊，必然骨骼分散，血肉一堆。

所以，凡行功之人，必須先找妥所謂的「護法」加以保護。

藍秀眼看常、沙二人的情況，不由蛾眉雙皺，芳心難安。

因為此時的常玉嵐固然已毫無抵抗之力，沙無赦的情況比常玉嵐更差，最糟的是藍秀本人由於輸氣沖穴，運功療傷，疲勞尚未復原，是不能再經拚鬥的。

然而，這聲淒蒼欲絕的嘯聲，分明是有為而來。從厲嘯聲中，可以知道來人的功力不凡，更可推測到所謂「來者不善」。

就在藍秀轉念之間，水池對面的懸石之上，飛下一個瘦小的怪人來。

說是「飛」，一點也不假，展開兩幅翅膀，足有車輪大小，帶起呼呼風聲不住的搧動。

說是「怪」，也真怪，兩幅翅膀中間，一個尖嘴猴腮的山羊鬍老頭，好大一個酒糟鷹勾鼻子，幾乎佔了整個臉的一大半，小耳朵圓圓的招風挺著，圓眼暴牙。總之，五官互不相襯，無法形容。

這個怪人的翅膀原來是兩幅可以收放自如的羊皮縫製而成，凌空展開足有七尺，收起來像個斗

蓬，披在肩頭並不累贅。

凌空長嘯一陣，尖聲叫嗥道：「什麼好吃的丸藥，見者有份，我也弄一顆嘗嘗。」叫嚣聲中，「噗」兩個翅膀突的一收，人也飄落地面，雙手抱胸，站在藍秀當面丈二之處，一雙小圓眼不住的眨動，尖尖的舌頭半刻不停的舔著毫無血色的雙唇，怪模怪樣，教人既討厭，又恐怖。

藍秀蛾眉緊皺，不由伸出右手，用雪紫的手帕，掩住鼻孔。一語不發。然而，她蓮步款移，不知不覺之際，已置身在常玉嵐與沙無赦盤坐的前面，含怒而立，如一尊冷面觀音。

那怪人吼叫之後，意料著藍秀必然勃然大怒，以惡言相向，因之雙目含威，得意的露著獰笑。

他料不到藍秀如此冷漠。

片刻，怪人沉不住氣的道：「你，你是啞巴嗎？」

藍秀依舊若無其事，鳳眼一瞟打坐的常玉嵐。

但見常玉嵐額頭的汗水已乾，面色呈現焦黃，鼻孔中出氣多，吸氣少，分明正到了回功的要緊時刻。

藍秀芳心暗喊了聲：「不好！」因為，從常玉嵐表面情形看，正該是用藥的時候，否則內部功力一散，慢說是增加功力，即使是療傷，也必須從頭做起多費手腳。

然而，她表面毫不著色，左手緩緩的探入腰際飾囊之中，摸出了兩粒「桃花培元丸」，斜跨半步，到了常玉嵐的身前，兩指揑定一粒藥丸，快如電掣，塞入常玉嵐口中，低聲道：「吞下去，半個時辰不要分神，只顧用氣催動藥丸，別的不要管。」

不料，身後怪人見藍秀沒把他放在眼內，不由怒沖沖的搶上前去，突出手，認定藍秀執藥的左

手抓去，口中叫道：「給老子先嘗嘗。」這一抓出其不意，既快又準。

藍秀的身手，比他快，就在剎那之間，已將一粒「桃花培元丸」塞進常玉嵐的口中，右手大袖一拂，反向怪人抓來的手臂抓去。

「噫！」怪人大出意外，忙不迭縮身抽手，斜跳七尺。

藍秀回首冷冷一笑道：「三分不像人，七分卻像鬼，你是哪裡來的山精水怪？」

怪人聞言，仰天怪笑：「哈！嘿嘿！難怪你目中無人，敢情是不認得我。」

藍秀一招驚退敵人，不屑的道：「姑娘眼中沒有你這等醜八怪。」

「嘿嘿！」怪人鼻子中似笑非笑的道：「醜八怪？哈哈！你不認得醜八怪，聽說過神鷹兩個字沒有？」

藍秀不由「噗嗤」失聲道：「嗤！我沒有聽說過神鷹，我聽過神經。你是不是有點神經？」

怪人大嚷道：「神鷹全老大你沒聽說過，這個江湖你是不用混了。」

藍秀搖頭道：「姑娘根本不是混江湖的。」

「哼哼！」神鷹全老大又是一聲冷哼：「小女子，你少賣狂，把另一粒桃花培元丸拿來。」他口中說著，手腳之際又躍躍欲試。

藍秀螓首連搖，伸出左手，手掌中有一粒蠶豆大小的桃花藥丸，光芒四射，像一顆星紅寶石，然後道：「喏！藥丸在此，可惜不是為你準備的。」

神鷹全老大的鷹眼睜得老大，射出既貪又狠的凶焰，尖聲吼道：「寶貝，你給我拿過來吧。」吼聲未了，探臂疾抓。

眼前白影一閃，神鷹全老大「噫」了一聲，不但雙手撈空，連人影也不見了，耳畔只聽藍秀的嬌柔聲道：「未免大膽了些吧！」

神鷹全老人這一驚如同雷轟頭頂。

因為，神鷹全老大自認這一抓雖未貫氣使力，但一般高手也休想閃躲得開。而今，不但抓了個空人影不見，卻在身後傳來對方的聲音，焉同小可。若是敵人此時在背後出手，後果怎堪設想。

全老大心頭大震，急如旋風一轉面。不料，幾乎碰到俏立含笑的藍秀。

敢情藍秀就站在他貼身之處，冷笑道：「蠢材！姑娘有好生之德，否則還有你的狗命嗎？」

藍秀的話毫不誇張，她若出手，全老大從玉枕大穴起，身後的制命之處，都在藍秀的指掌咫尺之處，確實是舉手之間的事。

神鷹全老大並不是庸碌之輩，乾枯瘦削的臉上，也不由一陣發燒，惱羞成怒的喝道：「氣死老夫了，拿命過來吧！」

「執迷不悟！」藍秀並不理會神鷹全老大的一擊，未見她腳下移動，整個人不慌不忙，虛飄飄地條然斜移七尺，巧妙的身法無可形容。

神鷹一擊落空，越發怒火如焚，鼻孔中氣如牛喘，雙眉一掀，不再向藍秀進攻，反而轉身退出丈餘，一疊腰，「雲里翻」竟然落在常玉嵐的身後。

藍秀不由花容變色，一改從容不迫的神情，嬌叱聲道：「全老大！你要是動他一根毫毛，姑娘我把你碎屍萬段！」

神鷹全老大聞言，桀桀而笑，得意的道：「除非你把手中的那顆培元丸交給我。否則，哼！

哼！我先把這個小白臉碎屍萬段。」

說著，雙掌一齊虛放在常玉嵐左右肩井大穴之上，揚聲道：「只要我全老大的心一狠，雙掌這麼一用力，後果可是你負責啊。他這條命不是在全某手上，就在你一句話裡。」

藍秀提高嗓門道：「你敢！」

全老大陰森森的一咧嘴道：「我神鷹殺人無數，沒有什麼不敢的。」

藍秀道：「枉費你自認是江湖成名人物，原來是小人行徑。」她想拿江湖「道義」來套神鷹全老大。

然而，老奸巨滑的神鷹，只是冷冷而笑道：「要達目的，可以不擇手段。」

「呸！」藍秀呼了一聲：「卑鄙！」

全老大尖聲道：「老子沒有功夫同你耍嘴皮子，我喊一、二、三，你再不識相，就先毀了他，一！」

藍秀芳心如同鹿撞，暗自焦急，後悔適才沒有把神鷹全老大制住，如今反賓為主，常玉嵐的性命，落在人家手中。

全老大又高聲叫道：「二！」

藍秀眼見常玉嵐雙腮如同楓染，雙唇血紅，頂端隱然有淡淡的一層薄霧，分明正在「培元養氣」的要緊時刻，藥力發動的重要關頭，只要再過盞茶光景，不但被點的血海大穴安然無恙，而且內臟經過藥丸的洗煉，功力無形大進。

此刻，藥力在他體內不住的向七十二穴衝擊，四肢百骸發散，只要外力不經意的一擊，豈止療傷培元前功盡棄，而且性命難保。

最為難的是，神鷹全老大此刻在常玉嵐身後，雙掌虛按在常玉嵐的肩井，藍秀根本無法化解，即使是遙遙發招，首當其衝的乃是趺坐在前毫無閃避抵抗之力的常玉嵐，這就是所謂投鼠忌器。

另一個盤坐在一側的沙無赦，情形更慘。

但見他臉色慘白毫無血色，喉嚨隱隱有略略的疾湧之聲，只有鼻孔中有一絲游氣，情形危殆萬分。

藍秀實在不忍心眼見沙無赦這個塞外高手就此橫屍郊野，將手中這一粒「桃花培元丸」交給神鷹全老大。

可是，常玉嵐在全老人手中，像神鷹這等殺人不眨眼的魔頭，說得出做得到，萬一……

藍秀實在不敢再想下去。

偏生全老大怒叱聲道：「老子喊出了二字，你就是給一萬粒培元丸老子也不要了！」

藍秀此刻真是進退兩難，只好忍氣吞聲的道：「我可以送你。」

神鷹全老大尖笑道；「算你想通了，將藥丸放在你身前那塊大石上，你退後一丈後，老子自己去取。」

藍秀道：「但是，不是現在，你看那邊的沙無赦命在旦夕，等我救了他，你隨我到桃花林，我可以送你三粒，因為我現在身邊只帶了兩粒。」藍秀以十分緩和的語氣，勉強壓住怒火，而且是事實確屬如此，已經十二萬分委屈。

但是，神鷹全老大哪裡肯信，反而狂笑一聲道：「嘿嘿！你把老子當成三歲娃娃。我不與你多囉嗦，老子的『三』字出口，你不要後悔。」

藍秀芳心大震，氣極道：「姓全的，你蠻不講理！」

「拳頭就是理！」全老大吼叫聲道，「小白臉，明年此刻，就是你的忌日，老子我——」

「全大！」就在神鷹全老大咬牙切齒，肩頭隱動之際，一聲嚶然之聲，山林際傳來。這聲「全大」宛如珠走玉盤，清脆異常。

藍秀不由一愣。

凶神惡煞的神鷹全老大，頓時雙眼失神，凶焰全斂，愕然應了聲：「屬下在！」他的人如泥塑木雕一般，連放在常玉嵐肩上的雙掌，也移了開來，下垂低頭，同先前的凶狠，前後判若兩人。

林間，車輪吱呀。油碧香車緩緩而出，車未停，絨幔已徐徐展開，百花夫人端坐車內，對著藍秀含笑點頭道：「姑娘，你聽說過百花夫人嗎？就是我。」

藍秀仔細打量，嚶然道：「聞名已久。」

百花夫人略一頷首，側臉向神鷹道：「全大，過來！」

神鷹全老大連趨幾步，垂手恭身搶到香車之前七尺之處，低又細聲道：「屬下參見門主！」他口中說著，右腳前跨半步，雙手高舉齊額恭恭敬敬的施禮，不敢正眼而視。

百花夫人並不回答，又向車前侍女道：「帶來的百花脂灌給常三公子吃，順便也餵沙探花幾滴。」

侍女之一應了聲，從香車的側面雕花木屜中取出一個姆指粗細的湘妃竹管，快步跑到常玉嵐的身前，啟開他的雙唇，灌了下去。然後，又去將剩餘不多的花脂，著力分開沙無赦的牙關，灌進一些。

這廂，百花夫人笑盈盈的對藍秀道：「藍姑娘，你可以把培元丸交給沙無赦服下。」說到這裡忽然加快語氣道：「對了，這事該由侍女們做，你交給她們吧。」

早有另一個侍女接過藍秀手中的「桃花培元丸」，塞進沙無赦的口內。

藍秀只是帶笑頷首，對於百花夫人心思細密，頗為折服。事實上，藍秀出自內心不願親手去掰開沙無赦緊咬的牙關。

百花夫人早又道：「藍姑娘的桃花培元丸，乃是不世靈丹獨門神藥，是桃菁精葉煉製，加上本門百花脂，相得益彰，藥力強過數倍，省卻不少時間，也使受傷的人減卻許多痛楚。」

藍秀隨口應道：「妙極！」

百花夫人梨渦深露，展顏而笑道：「瞧！常少俠已經神韻開朗，比末復之前益覺英姿煥發了。」

果然，常玉嵐不但臉色如旭日初升，光芒四射，而且四肢微微啟動，頂上的薄霧散去，卻隱然有似有若無霞光，如虛縹緲。

接著，常玉嵐的劍眉揚起，星目陡地睜開，暴射出兩道逼人的光彩，游目環顧時，令人難以逼視。

常玉嵐如夢初醒一般，眨了眨眼睛，彈身而起，跨步向香車遙遙拱手喊了聲：「夫人，芳駕怎的到此了？」

百花夫人只展顏露齒一笑，隨即回頭對垂首而立的神鷹全老大道：「全大，見過本門門護法，

常少俠！」

神鷹全老大聞言，絲毫不敢怠慢，趨步上前，打躬為禮，朗聲道：「百花門五龍之一全大，參見總護法！」

常玉嵐對適才發生之事，乃是絲毫不知，因此含笑道：「不敢！」

百花夫人又道：「全大，隨我車後回去。常少俠，你……咦？」

不知何時，場子內的藍秀竟然不見蹤影。

這時，常玉嵐也發現少了一個藍秀，不由愕然道：「呃！藍姑娘呢？」他四下打量，哪有藍秀的人，又提高嗓門喊道：「藍姑娘！藍姑娘！藍秀——」

空山寂寞，林木蕭蕭，瀑布雷動，哪有藍秀的人影。

百花夫人盈盈一笑道：「常少俠，你冷落藍姑娘了，我這個門主可管不了你們的事。啟車！」

侍女們應了聲：「是！」

車輪回輾，吱呀而去。

常玉嵐連個「送」字也忘了講，四下放眼搜索，哪有藍秀的倩影，欲待離此去找，又見沙無赦正在緊要當口，面色血紅，頂上冒氣，胸口起伏劇烈，料想正是藥力發動的重要時刻，不敢冒然離開。

他嘆了口氣，雖然是輕聲喟然極其細嫩，可是，群山回響，仍舊夾在瀑布聲中清晰可聞。

濃霧。

北國的氣溫低的出奇，枯草衰物的情景，格外淒蒼冷清。

天色欲曙未明。

禹王台的丘陵，在層層密密的荒草濃中，顯得淒迷而神秘。

忽然——一條白色的身影在荒丘的東側急速的一閃，好快的身法，連荒草的梢頭也沒有帶動，不經意，還真看不出是一個人來。

那人一閃之下，隨即隱身在一塊不高的石碑之後，游目四顧，略一沉吟，伸出雙手：「啪！啪！啪」連拍三聲。

三聲擊掌之聲才落。

「嘰！」遠在十丈之外一棵高聳的古柏之上，發出聲斑鳩的低鳴。

隨著斑鳩的啼聲，黑呼呼的古柏之上，濃蔭中撲出一個飛鳥似的人來，不像斑鳩，卻像一隻展翅大鵬，呼的聲落在石碑之上，低聲道：「常兄，小弟已來多時，有兩批人馬出現。」

古柏上飄下來的「大鵬」，原來是武林四大公子之一的探花沙無赦，石碑後是常玉嵐。

常玉嵐身子一長，由碑後現身，十分興奮的道：「沙兄，你已看到了兩批人馬？」

沙無赦由石碑上一滑下落地面，點頭道：「對，一批出一批進。」

常玉嵐道：「哦！一批出，一批進。」

「對！」沙無赦得意的道：「進的，是新任丐幫幫主費天行，出的一行共有九人之多，卻都面生，在下看不出是哪一門派，唯一可以辨認的是他們一色的腥紅勁裝，個個功夫不差。」

常玉嵐道：「那就錯不了了！」

沙無赦接口道：「絕對錯不了，我是經過了多次的折騰，才找到這裡。」

常玉嵐笑了笑道：「沙兄足智多謀，既然下過一番功夫，這些魍魎魑魅，是逃不出你的慧眼的。料來出入的孔道，你也一清二楚了。」

沙無赦咧咧嘴道：「常兄，這裡來。」一語未了，他已率先伏地，分開草徑率先蛇行。

常玉嵐不由皺了皺眉頭，只好撩起白衫，尾隨著向前淌去。

約莫半盞熱茶時分，已連轉了兩三個山丘，眼前一個窪地，荒草更密更高，地上潮濕一團，由於落葉堆積，年長月久，發出一股難耐的毒氣。

常玉嵐低聲道：「沙兄，此地不像經常有人跡到過的地方，莫非你弄錯了？」

「噓！」沙無赦一指抵在唇邊低噓了聲，遂即另手指著窪地對面一個特別高大的墳墓，壓低喉嚨道：「那墳墓後面就是秘道的出口。」

常玉嵐的眼力，由於內功修為深厚，可說是十分犀利，分別清明，雖然濃霧之中十丈之外，卻毫無妨礙。聞言放眼望去，但見蔓莘淒淒，野蘿縱橫，哪裡有什麼秘道的出口。

他正待再問，忽然沙無赦迫不及待的扯了一把，細聲道：「有人！」

常玉嵐的反應快極，不但伏下身來，而且摒息呼吸，連大氣也不敢出。

果然，一道淡黃的影子，由二十餘丈之外，星飛丸瀉迎面疾射而來，快逾閃電，轉瞬之際，已到了那個大墳墓之上。

因為背對著沙無赦與常玉嵐隱身之處，所以並沒發現常、沙二人隱伏在近。也因為這個原故，所以常、沙二人也看不出來人的面孔。

淡黃人影停落在大墳之上，四卜略一打量，一式驚虹疾落，竟然向墳壘中間的蔓草叢中穿去，連一點人影也看不見了。

那人穿落之處，正是沙無赦先前所指的地方，正是秘道出口無疑。

常玉嵐口中不言，只是點了點頭，用手微微一揮，也向那大墳堆撲去。

沙無赦自然會意，啣尾而至。

但見那大墳堆中間，原來是三塊巨石「品」字形堆在一起，乍看之下毫無破綻，若是上了墳頭俯瞰下去，才可分辨出原來三個怪石之中，有一個二尺大小的空隙，可容一個人的身體出入。

常玉嵐不由淡淡一笑，低聲道：「沙兄，現在可以用一句話來說明我們的處境了。」

沙無赦茫然道：「一句話？」

常玉嵐道：「不入虎穴，焉得虎子！」

三十　端倪漸露

沙無赦不由猶豫一下道：「意料著裡面必定機關重重，危險處處。常兄，還是謹慎些為妙。」

常玉嵐淡淡一笑道：「生死由命，富貴在天，君子除死無大難。」

沙無赦聞言，大姆指豎得挺直，笑道：「豪人豪語，沙某捨命全交，我先打頭陣。」他說完，原本站在常玉嵐身後，此時一晃肩，搶在前面，雙腳已下了那石穴之中，快如靈蛇，整個人落向洞穴，輕輕的拍了一下手。

常玉嵐十分感動，就地折腰，頭下腳上，像一尾水中的魚兒，也落向洞穴之中。

原來洞穴之下，乃是一塊兩丈方圓的沙地，沙地上鋪著層厚厚的禾草，只是黑黝黝的，加上初入洞來，伸手不見五指。

好在這兩人乃是年輕一代的高手，目力精明至極，片刻已能適應，辨別出對方的所在。

常玉嵐已瞧出遠處的一線微弱光亮，對沙無赦道：「沙兄，那兒的光……」

沙無赦道：「小弟已發現了，只是怕那是引人的陷阱，所以未敢魯莽。」

常玉嵐道：「除此之外沒有光亮之處，即使是陷阱，也顧不了許多了，隨我來。」他說完，認定微弱光亮之處走去。

軟綿綿的禾草沙地已到了盡頭，眼前一道石壁夾道，僅可容一人側身通過。

漸漸的石壁雖然依舊，已不呈依山勢原形而鑿，乃是人工堆砌而成，也隨著開闊起來。

約莫一箭之路，眼前豁然開朗，而且霞光閃耀，映目生輝，使人睜不開眼睛。

卻原來是一個生滿了石乳鐘的雪亮隧道。

地面潺潺流水，清澈生涼，生滿了像石凳般的石筍，但是卻平坦巧妙，玲瓏剔透，如同洗煉過的白玉一般，使人踏在上面，有不忍心著力的感覺。

兩壁似乎鑲上半透明的玻璃鏡子，只是凸凹不平而已。

頂端一座側懸的乳鐘，透明欲滴，如同纓穗垂落大小長短粗細有致，但卻是個像玻璃鑄成，光怪陸離，目不暇給，既豪華，又美麗。

常玉嵐不由道：「好一個洞天福地！」

沙無赦苦苦一笑道：「常兄，說不定骨子裡隱藏著無盡殺機。」

常玉嵐搖頭道：「依在下之見，這一段是沒有機關，也沒有危險的。因為這種鬼斧神工的景觀，憑誰也無法改變。再說，此地機關布置，恐怕不是一般匠人膽敢施工的。」

沙無赦連連點頭道：「常兄果然想得周到，像這等天然石乳，可能堅逾金石。」

兩人說話之際，腳下並不怠慢。

石乳盡處秘道似乎更加寬敞，完全看不出是「地下秘道」，不知光絲從何而來，視覺上與光天化日一般。

迎面一個丈餘寬窄的照壁，四個飛白大字寫著「我武維揚」，真的龍飛鳳舞鐵畫銀鉤，出自名

家手筆。

常玉嵐不由冷冷一笑，不屑的道：「暗無天門，見不得人的地方，還說什麼我武維揚。」

沙無赦調侃的道：「常兄，他不是我武維揚。我們此來不正是我武維揚嗎？」

常玉嵐一時忘記了身陷險地，耳聞沙無赦之言，不由展顏一笑道：「哈哈，沙兄說得……」

一語未了，照壁後面突的衣袂連振，颯颯風聲之中竄出四個紅衣漢子，每人手中一柄鉤鐮刀，一言不發，分成兩批向常玉嵐與沙無赦攻到。

沙無赦朗聲道：「常兄，我武要維揚了！」

常玉嵐淡淡一笑道：「沙兄，二二添作五！」

兩人一對一答之際，四個紅衣漢已像狂飆一般捲了過來，四支鉤鐮刀帶起勁風掠起寒光，聲勢卻不是平凡之輩，分明都是高手。常玉嵐使了個眼色，向沙無赦照拂一下，振掌迎著左首兩個紅衣漢子拍去。

不料，眼前紅影一晃，雙掌拍空。

常玉嵐大吃一驚，心知來人比預料中的還要難以應付。

果然不出所料，耳畔勁風拂來，寒森森的鉤鐮刀，分為左右快逾追風的削了下來。敢情兩個紅衣漢子，快如鬼魅的一溜到了身後。

常玉嵐急切之際，低頭折腰，雙掌反拍。

等到他回過身來，但見探花沙無赦在丈餘之外，被四個紅衣漢子圍在核心。

那四個漢子像走馬燈一般，包圍著沙無赦，四個人四把刀，潑風也似的，招招凶狠，式式辛辣。

沙無赦雖然沒有敗象，但是卻有些手忙腳亂，並不從容。

常玉嵐一見，勃然大怒，口中叫道：「沙兄，讓一兩個給我打發！」他盛怒之下，不再猶豫，探手抽出斷腸劍，墊步搶身上前。

沙無赦也朗聲應道：「常兄，我們平均分配，老辦法二一添作五！」他說著，也在腰際抽出紫玉橫笛，展式向兩個紅衣漢子搶攻。

兩個少年高手，一則怒不可遏，二則彼此在有幾分「比較」之下，各自展開絕招，倒楣的是四個紅衣大漢。

但聽一陣悶哼，血箭四射，噗通連聲。

四個紅衣漢子就在轉眼之際分為四方，像倒了四堵半截土牆，兩個心窩滲血，兩個喉頭噴出血沫，眼見得活不成了。

沙無赦順手將紫玉橫笛染血的一端，就著倒下紅衣漢子的身上擦去血跡，淡然的道：「該死的東西，想以多取勝，自尋死路！」

常玉嵐還劍入鞘，正待答話。

忽然沙無赦一跺腳道：「糟！」

常玉嵐道：「如何？」

沙無赦苦苦一笑道：「我們一時大意，不應該趕盡殺絕，留個活口，也好叫他們引路。」

常玉嵐搖頭道：「沙兄，這些是他們的死黨，若是靠他們帶路，說不定反而著了他們的道兒，

中了他們的鬼計。」

沙無赦也微微點頭道；「也對，看來靠咱們瞎摸亂闖了。」

常玉嵐應道：「對！沙兄，再向前摸索吧。」

就在此刻。忽然，一陣軋軋輕響，不知來自何處。

常玉嵐道：「來了，該來的來了。」

沙無赦也大聲道：「常兄，你看那照壁，我武維揚真的威揚起來了。」

照壁上「我武維揚」四個大字，竟然像風車似的打著圈子轉動起來，隨著軋軋之聲愈轉愈快，四個字也愈轉愈急，終於分不出字跡，只像一團黑圈。

常玉嵐心知有異，朗聲道：「沙兄，不要輕舉妄動，冷靜待變。」

沙無赦大聲道：「不好！這地面……」

一言未了，地面咻咻有聲。

整個禾草嘎嘎作響，禾草下的砂石如同篩動，而且漸來漸烈。

「不好！」常玉嵐覺得腳下站立不穩，身體向一側傾倒。

嘩一聲巨響，那面照壁平地翻倒下去，地面也像一塊翻動的大石板，一面下墜，一面上翹。

沙無赦也像醉酒的人，搖搖欲倒。

常玉嵐叫道：「沙兄，小……」「心」字尚未出口，人已被掀翻下沉。

沙無赦就在這地板翻落的一剎那之間，騰身疾撲，勉強抓住了常玉嵐的衣角，兩人一齊下沉。

幸而下沉之勢不高，等到腳踏實地，又是一番光景。

原來是一間石屋，地面，四周，都是一色的水磨青石堆砌而成，每塊大石約有七尺見方，怕有千斤重量，堅固異常。

常玉嵐打量一下四周道：「糟了！沙兄，這該如何是好？」

沙無赦身在困境，雖也焦急，但卻不改他玩世不恭的性情，淡淡一笑道：「在下覺得我們不是短命的家伙，一定可以出去。」

「當然！」常玉嵐也道：「出路一定有，不然這石屋如何造成的，只是看來要費些手腳了。」

沙無赦道：「分途找找看。」

「不必費神！」

不知何處，傳來清晰的聲音，語意冷漠，短短的四個字，字字著力，在石屋山發出「嗡嗡」的回音。

常玉嵐游目四顧，石屋嚴絲合縫，竟看不出有半點通風處，提聚內力朗聲道：「閣下何人？」

沙無赦也沉聲喝道：「鬼鬼祟祟的幹嘛！是漢子出來見見！」

「都是老友，二位不必激動。」

常玉嵐苦苦一笑道：「既是老友，見見何妨！」

回聲又起道：「此時此地相見，彼此都有不便，二位不覺得非常尷尬嗎？」

常玉嵐對沙無赦施了個眼神，用劍尖在地面的青石板上輕輕的劃著：「你說，我聽。」

沙無赦一面點頭，一面高聲叫道：「沒有什麼不便之處，常言道，人生何處不相逢。這句話早已說得明白，出來見見吧。」

他所以一口氣說了很多話，表示已領會了常玉嵐的意思，知道常玉嵐是要他多與對方講話，好仔細的聆聽，找出發話之人的所在，也好聽出對方自承是「老朋友」到底是誰？

果然，對方又傳來朗朗之聲道：「不愧是探花郎，出口引用詩句：人生何處不相逢，用典是再適當也沒有了，哈……哈……」

沙無赦又道：「過獎了！難得知音！該可以一見了吧。」

「見，是一定會見的，只是沙兄，在沒有見面之前，請你回答我一個問題。」

沙無赦忙道：「什麼問題，沙某回答得了的，絕對不含糊。」

「很簡單。」聲音緊接著傳來：「兩位的來意是什麼？」

常玉嵐此時忽然示意沙無赦禁聲，自己卻帶笑大聲道：「在下與沙兄來此，就是要找你的，料不到老友見面，卻對面不相逢。」

敢情常玉嵐凝神聽了良久，已聽出了發話之人是誰。

對方深深一笑道：「三公子，這話恐怕難以令人相信吧。」

常玉嵐聞言放聲一笑道：「費幫主，在下自信從未在你面前失過信。」

一片沉寂，回音渺然。

沙無赦大聲道：「閣下為何不說話？」

常玉嵐也大聲仰臉道：「費幫主！天行兄！」

沙無赦提高嗓門叫道：「費天行！費天行！」

哪有半點聲音，回音嗡嗡在石屋內蕩漾。

片刻——沙無赦低聲道：「常兄，你真的聽出是費天行的聲音嗎？」

常玉嵐連連點頭，十分自信的道：「絕對沒錯！他不回答，就是明證。」

沙無赦嘆了一口氣道：「若果這秘道之中真是費天行做怪，實在令人感嘆。」

常玉嵐道：「此話怎講？」

沙無赦道：「費天行武功不弱，一手八荒棒法領袖丐幫，加上人品氣派，都是人中之龍，一流的健者。」

常玉嵐點頭道：「沙兄所見甚是。只是，他賣身司馬山莊做了總管，恐怕是身不由己。」

沙無赦沉聲道：「我的感慨就在這一點，司馬駿用卑鄙的手段，掩盡丐幫耳目，明是救人，暗施毒手。難道費天行真的毫無所知，而且委身事敵？」

「唉！」常玉嵐嘆了口氣道：「還不止於此呢？費天行若知道另一件事的內情，可能就不會被蒙在鼓裡自己還莫名其妙呢。」

沙無赦道：「哦！常兄，難道還有比殺害丐幫老幫主九變駝龍常杰還重大的事嗎？」

常玉嵐喟然一嘆道：「費天行的苦衷，以我看來也在這一點。」

沙無赦道：「常兄所說的這一點，指的是什麼？」

常玉嵐道：「一個字，孝道的一個孝字。」

沙無赦不解的道：「孝字？」

常玉嵐道：「記得費天行曾經在雨花台的石桌之上，用大力手法寫了一個孝字，先前，我十分不解這個字的含義何在。」

沙無赦搶著問：「難道現在你已知道這個字的含義了嗎？」

常玉嵐朗聲道：「豈止知道孝字的含義，而且深知費天行的心情。費天行的孝心，只是……唉！」他語意未盡，卻深深的嘆了口氣。

沙無赦一時未語，但他見常玉嵐久久未把話接續，不由道：「常兄，可不可以說明白一點？」

常玉嵐道：「當然可以。沙兄，天下只有父母大似天，費天行的母親……」

常玉嵐又沒有把話說完。

沙無赦「噗嗤」一笑道：「常兄，你好像在賣關子，難道有難言之隱，還是對在下有所顧忌？」

常玉嵐連忙道：「沙兄，你誤會了，這只是私人私事，我是從不在背後談別人的私事。」

「哦！」沙無赦淡淡的應了一聲。

因為常玉嵐既然說明了是「私事」，自然不方便再追問下去。

常玉嵐見沙無赦雖然沒有追問，這輕輕一「哦」之中，分明是並不滿意，連忙補充一句道：「其實也沒什麼，只是有關費天行母親的消息。」

話才落音，「常兄！」費天行的聲音緊接而起，音調比先前提高很多，顯然十分激動的道：「你知道家母的消息？她老人家現在何處？」

常玉嵐微微一笑道：「在下從不打誑語，費兄若是信得過，我們見面之後，當可真相大白。」

「好！」這聲好字未了，「咔嚓！」一聲，石屋右側一疊連的三塊大石毫不經意緩緩移開，露出三尺來的空隙。

沙無赦一見，迫不及待的向那空隙搶著跨去。

「慢著！」一聲斷喝，厲若奔雷。

常玉嵐也驚叫道：「沙兄小心！」

喝聲未了，空隙之中噴出萬點寒星，千百個鐵釘似的喪門釘，像噴泉一般噴射出來。

沙無赦驚呼聲中，仰面倒退，然而已是遲了半步，頂上束髮被削斷，面頰上中了三支喪門釘，披頭散髮，臉上血流如注。

請續看《劍氣桃花》之四

臥龍生精品集 59

劍氣桃花（三）

作者：臥龍生
發行人：陳曉林
出版所：風雲時代出版股份有限公司
地址：10576台北市民生東路五段178號7樓之3
電話：(02) 2756-0949
傳真：(02) 2765-3799
執行主編：劉宇青
美術設計：許惠芳
行銷企劃：林安莉
業務總監：張瑋鳳
封面原圖：明人入蹕圖（原圖為國立故宮博物館典藏）

出版日期：2020年1月
ISBN ：978-986-352-784-8
風雲書網：http://www.eastbooks.com.tw
官方部落格：http://eastbooks.pixnet.net/blog
Facebook：http://www.facebook.com/h7560949
E-mail：h7560949@ms15.hinet.net
劃撥帳號：12043291
戶名：風雲時代出版股份有限公司
風雲發行所：33373桃園市龜山區公西村2鄰復興街304巷96號
電話：(03) 318-1378
傳真：(03) 318-1378
法律顧問：永然法律事務所 李永然律師
北辰著作權事務所 蕭雄淋律師

行政院新聞局局版台業字第3595號 營利事業統一編號22759935

定價：240元

國家圖書館出版品預行編目資料

劍氣桃花（三）／臥龍生著. --初版. 臺北市：風雲時代，2019.12- 冊；公分

ISBN 978-986-352-784-8 （平裝）

863.57 108019068